कन्नड़
की
लोकप्रिय कहानियाँ

कन्नड़ की लोकप्रिय कहानियाँ

संपादक

बी.लै. ललितांबा

प्रभात पेपरबैक्स
www.prabhatbooks.com

प्रकाशक

प्रभात पेपरबैक्स

4/19 आसफ अली रोड, नई दिल्ली–110002

फोन : 23289777 • हेल्पलाइन नं. : 7827007777

इ–मेल : prabhatbooks@gmail.com ❖ वेब ठिकाना : www.prabhatbooks.com

संस्करण

प्रथम, 2018

मूल्य

एक सौ पचहत्तर रुपए

अ.मा.पु.स. 978-93-5266-385-9

मुद्रक

आर–टेक ऑफसेट प्रिंटर्स, दिल्ली

★

KANNAD KI LOKPRIYA KAHANIYAN

Ed. B.L. Lalitamba

Published by **PRABHAT PAPERBACKS**

4/19 Asaf Ali Road, New Delhi-110002

ISBN 978-93-5266-385-9

₹175.00

कन्नड़ कहानी : एक परिदृश्य

कन्नड़ में कहानी साहित्य की एक अपनी अत्यंत पुरानी परंपरा है। साधारणतया भारतीय भाषाओं के पुराने साहित्य का अवलोकन करने पर पद्य अथवा पद्यात्मकता से परिपूर्ण साहित्य ही ज्यादा उपलब्ध होता है। भारत में वाचन की परंपरा के ये सबूत प्रस्तुत करते हैं।

कन्नड़ इस उपरोक्त नीति का तक अपवाद है। कन्नड़ का अत्यंत प्राचीन उपलब्ध साहित्य जैनधर्माश्रित ज्यादा है। उसमें नौवीं सदी का, शिवकोटाचार्य रचित 'वड्डाराधन' गद्य में रचित उन्नीस जैन कहानियों का संकलन है।

11वीं सदी में रचा गया दुर्गसिंह का कन्नड़ पंचतंत्र भी प्राचीन कहानियों का एक नमूना ही प्रस्तुत करता है। उपरोक्त कहानियों की रचना भारतीय प्राचीन कथात्मक परंपरा का ही आगे बढ़ा हुआ रूप प्रस्तुत करती है।

कन्नड़ में आधुनिक कहानियों की परंपरा अन्य भारतीय भाषाओं के आधुनिक साहित्य की तरह उन्नीसवीं सदी के अंतिम भाग तथा बीसवीं सदी के आरंभकाल से शुरू होती है।

कर्नाटक साहित्य के भूतपूर्व अध्यक्ष श्री एम.एच. कृष्णय्या के शब्दों में, ''कन्नड़ साहित्य के इतिहास में बीसवीं सदी एक महत्त्वपूर्ण समयावधि को अंकित करता है। तीव्र रूप से वैविध्यपूर्ण तथा विस्तृत स्वरूप में कन्नड़ साहित्य की रचना उसी अवधि में हुई। मानो यह कन्नड़ का भाग्य ही था कि मास्ति, बेंद्रे, कारंत, कुवेंचु जैसे दैत्य प्रतिभा के महान् व्यक्तित्व उसी अवधि में उभरकर आए। भारतीय साहित्य में ही प्रमुख रूप से उभरकर दिखने वाले इन महानुभावों के समकालीन होकर कई युवा साहित्यकारों के परिश्रम के फलस्वरूप कन्नड़ साहित्य भारतीय साहित्य की अग्रपंक्ति में खड़े होने की स्थिति में पहुँचा है। नवोदय, प्रगतिशील

(प्रगतिवादी), नव्य, दलित, बण्डाय इन सब स्थितियों में कन्नड़ साहित्य में गाढ़ी साधना हुई है।'' सत्तर के दशक के बाद आगे बढ़कर महिला संवेदना से परिपूर्ण महिलावादी लेखन (विशेषकर महिलाओं से रचित महिला जीवन के दुःख-दर्द, शोषण, महिला-पुरुष के बीच सामाजिक दृष्टि, भ्रूण हत्या, कामकाजी महिला की स्थिति को लेकर लिखी गई कहानियाँ, मुसलिम संवेदना—जैसे बोळुवार मोहम्मद कुभ, फकीर अहमद काटपाडी, रंजान, दर्गा, सारा अबूबकर जैसे व्यक्तियों द्वारा रचित कहानियाँ भारतीय साहित्य में विशेषरूप से कन्नड़ को तक विशिष्ट स्थान का निर्माण करवाती हैं।

'बण्डाय' शब्द के प्रयोग के साथ एक बात यह भी बताना जरूश्री है कि भारतीय साहित्य में ही बंडाय आंदोलन के समकक्ष दूसरा आंदोलन नहीं हुआ।

दलित आंदोलन जिस तरह समाज सुधार के लिए वैयक्तिक और अपने ही सामुदायिक चेतना और उग्रवादी प्रयत्न को महत्व देता है, भारतीय भाषाओं में करीब-करीब हर भाषा में समस्वरूप जागृति प्रकट होती है।

बण्डाय के साथ वह बात नहीं। सत्तर के दशक में कर्नाटक में दलित साहित्यांदोलन ने जोर पकड़ा तो उसके केंद्र में दलित था—उनका शोषक वर्ग के प्रति आक्रोश भी था। दलित ही दलित साहित्य का निर्माता हो सकता था। श्री देवनूर महादेव, डॉ. सिद्धलिंगया, इंदूधर, होन्नापूर, डॉ. एल. हनुमंतय्या, रामय्या आदि इस आंदोलन के अगुवा थे।

दलित द्वारा रचित दलितों को उजागर करता साहित्य दलित साहित्य था।

बण्डाय—क्रांति और व्रिदोह का पर्यायवाची शब्द है।

सत्तर के दशक में कन्नड़ भाषा में निकले इस साहित्यिक आंदोलन को ब्राह्मणेत्तर जातियों द्वारा आंदोलित साहित्य कहा जा सकता है। समाजवादी विचारधारा से प्रभावित इस आंदोलन के कारण कई निम्न-कुचली जातियों की प्रतिभा को उन्मुख होने, आगे बढ़ने का अवसर मिला।

कालेगौड़ नागवार, कुं. वीरभद्रय्या, केशव रेड्डी हंद्राळ तथा अन्य कई प्रतिभान्वित हस्तियाँ इस आंदोलन के अगुआ रहे।

महिला लेखन को जहाँ पहले रसोईघर का इतिहास कहा जाता था, डॉ. अनुपमा निरंजना, त्रिवेणी, जैसी महिला चेतना से परिपूर्ण लेखिकाओं ने कन्नड़ साहित्य को समृद्धि दी। त्रिवेणी के मनोविज्ञान पर आधारित कथा साहित्य के कन्नड़ की अतिश्रेष्ठ फिल्मों का आधार बना।

चिंतन तथा जनप्रियता की आधारभूमि पर रचे गए डॉ. एस.एल. भैरप्पा के

कथा साहित्य की देशभर धूम रही है। किंतु पता नहीं क्यों, भैरप्पाजी ने कहानियों की रचना पर ध्यान नहीं दिया।

बोळुवार मोहम्मद कुस कर्नाटक के दक्षिण कन्नड़ जिले की उपज हैं। सामाजिक समरसता की अद्भुत कल्पना से सराबोर उनकी कहानियों में माननीय संवेदना, सामाजिक समरस्ता अपने सहज प्रवाह के साथ पाठक के मन में भर कर लेती हैं।

उनकी हर कहानी की अपनी एक विशिष्टता होती है। न मुसलिम, न हिंदू—सिर्फ एक इनसान उनकी कहानियों का केंद्रबिंदु होता है, जो इस संकलन की 'अंक' कहरलह में भी दर्शनीय है।

सारा अबूबकर मुसलिम संवेदना के साथ भारतीय महिला संवेदना का प्रतिनिधित्व करती लेखिका हैं। कन्नड़ साहित्य में उपलब्ध गिनती की महिला लेखिकाओं में से साराजी का एक विशिष्ट स्थान है।

इस संकलन में कन्नड़ की यथासंभव सभी धाराओं के लेखकों को प्रतिनिधित्व देने की पूरी कोशिश की गई है। कन्नड़ का कथा साहित्य इतना विपुल-श्रेष्ठ तथा बहुमुखी है कि इस छोटे से कहानी संकलन में कुछ ही को प्रतिनिधित्व देना संभव हो सका है। इसके लिए हम क्षमाप्रार्थी हैं।

—प्रो. बी.लै. ललितांबा

अनुक्रम

कन्नड़ कहानी : एक परिदृश्य *5*

1. महर्षि टॉलस्टाय के भूर्ज्व वृक्ष **—मास्ति वेंकटेश अय्यंगार 'श्रीनिवास'** 11
2. धन्वंतरी की चिकित्सा **—कुवेम्पु** 17
3. माँ **—यू.आर. अनंतमूर्ति** 27
4. छूटा लक्ष्य **—यशवंत चित्ताल** 34
5. आग से जलता जंगल **—हनूर कृष्णमूर्ति** 41
6. रुद्रप्पा का खंग **—कुं. वीरभद्रप्पा** 49
7. पूर्वी अंचल में हत्या आदि **—देवनूर महादेव** 55
8. अंक **—बोळुवार महमद कुञ्ञि** 64
9. अकाल **—बरगुरु रामचंद्रप्पा** 78
10. निर्णय **—सारा अबू बकर** 87
11. अंतरगंगी **—राघवेंद्र पाटील** 98
12. निर्गमन **—क.त. चिक्कणा** 102
13. दगडू परब का अश्वमेध **—जयंत कायिकिणि** 112
14. काँटों बीच फूल **—एच.एस. अनुपमा** 120
15. भंगरा **—मोगल्ली गणेश** 139
16. अलबामा की अपान वायु **—गुरु प्रसाद कागिनेले** 159
17. नोटों का परिंदा **—केशव रेड्डी हंट्राळ** 173

महर्षि टॉलस्टाय के भूर्ज्व वृक्ष

—मास्ति वेंकटेश अय्यंगार 'श्रीनिवास'

प्रभु टॉलस्टाय ने एक धनवान का बेटा होकर जन्म लिया था तो एक धनवान् जवान इनसान का दुर्नीत जीवन जिया था, फिर योद्धा बनकर नाम कमाने के बाद अतिश्रेष्ठ ग्रंथों को रचकर साहित्य केसरी कहलाने की कीर्ति पाई, पैतृक संपदा का मालिक बना, उसे विकसित किया, पारिवारिक जीवन का आनंद उठाया, अपनी अधेड़ उम्र में जीवन से विरक्त बना। इस सीमा तक विरागी बना कि आत्महत्या को ही अपनी शांति का एकमात्र रास्ता माना।

पारंपरिक आस्तिकता पूर्ण परिवार में पले उसने अपनी पढ़ाई के दिनों में वैचारिकता अपनाई, विचिकित्सा में लगकर इस निर्णय पर पहुँचा कि भगवान नहीं है। फिर उसकी समझ में आया कि उस आधार पर जीना भी संभव नहीं होगा, वह इस निर्णय पर पहुँचा कि साधारण से इनसान जैसा जीना ही सही जीवन होगा।

धनवान लोग सुखी जीवन जीते स्वस्थ रहते हैं और अतृप्त होकर कष्ट में फँसे रहते हैं तो वही गरीब होकर मुसीबतों वाला जीवन जीते अस्वस्थ साधारण इनसान उसी को अपना जीवन मानकर खुशी से उसी को स्वीकार कर लेते हैं, प्रभु को लगा कि यही विचार सही है, जीवन ही भगवान है, उसी को मान लेना ही बुद्धिमत्ता है, यही नित्य निश्चल सत्य है।

प्रभु ने यह सोचा कि इस प्रकार के सरल जीवन को दासता में फँसा कर अपने जैसे धनवान लोग अधिक संख्यावाले लोगों की मेहनत को अपने समान जो कम संख्यावाले लोग हैं, उनके उपयोग के लिए उसका लाभ बाँटते हैं, इस अन्याय को स्थिर बनाने के लिए जायदाद बनाते हैं, और उसकी रक्षा के लिए कानून बनाते हैं, उसको संचालित करने के लिए सावधानी बरतकर स्वयं छोटी संख्या में रहने के

बावजूद अपनी ही सरकार बनाते हैं, उस पर राज करने के लिए सेना का इस्तेमाल करते हैं। इस तरह राष्ट्र बने, राष्ट्रों के बीच कुछ लोगों में विवाद हुए, लड़ाइयाँ शुरू हुईं, ये सब सभ्यता की बीमारियाँ बनी हैं। इसका अंत होना ही है, बिना इसके मानवजाति की कुशल नहीं, यह प्रभु ने निर्णया किया।

अर्थात् जायदाद मानवजाति के आहित की पहली बीमारी है।

तो फिर, अब और आगे से अपनी पैतृक संपदा का इस्तेमाल नहीं करना चाहिए। अपनी कमाई की जायदाद को भी अपना समझकर रखना नहीं रखना चाहिए। उसने सोचा कि यह जरूरी है कि लिखी अपनी पुस्तकों को अपनी ही मानकर रखना और दूसरों को उसे छापने से मना करना नहीं चाहिए, आगे से किसी भी वस्तु पर स्वामित्व नहीं रखना चाहिए।

इस निर्णय पर पहुँचने के बाद टॉलस्टाय ने कहा कि मैंने हानिकार हर जायदाद का त्याग कर दिया है। इसे लोगों को बताने के लिए उसने उसको प्रकाशित किया, पश्चिमी जगत के आधुनिक युग का वह संत बना देवदूत कहलाया। उसने यह चाहा कि अपनी तरह दूसरे संपन्न लोग भी करें और संसार की हालत को सुंदर बनाएँ। यह सोचकर कि उसी की तरह बहुत से लोग कर सकते हैं, उसे शांति मिली।

संसार के लोगों को इसके शुद्ध मन का परिचय मिला। इसके मन की उदात्तता को भी माना। इसकी प्रशंसा की, मगर ज्यादातर लोगों ने इसके मार्ग का अनुसरण नहीं किया। इस तरह के निर्णय वैयक्तिक हो सकते हैं, किंतु पूरे एक जनसमूह का निर्णय नहीं होता। समझो कि अपनी हथेली के कौर को अपना समझना गलत है, फिर भी कोई बात नहीं, उसे खाया जा सकता है। कैसे? दूसरों की बात को रहने भी दीजिए, महर्षि के परिवार में ही यह सिद्धांत सौ प्रतिशत चल नहीं पाता था। पैतृक संपदा को मना करो, अपनी जायदाद को मना करो, अपनी पुस्तकों पर स्वामित्व का मानदेय नहीं लो, अपनी कमाई को अपनी नहीं कहो तो फिर घर का दैनंदिन गुजारा कैसे चले?

अकेले का हो तो कह भी सकता है कि मैं भूखा रह जाऊँगा। तब तक टॉलस्टाय आराम की जिंदगी जीता आया था। उसकी पत्नी सोफिया ताई थी। इनके तीन जवान बेटे, तीन जवान लड़कियाँ थीं। सुखी परिवारों जैसे इन पर आश्रित रिश्तेदार थे। नामी लेखक को जाननेवाले लेखकों का आना-जाना भी होता था। उनमें से कुछ लोग गरीबी के सताए हुए थे, वे सब आदतन रोज खाना खाते; सुखी जीवन जीने के अभ्यस्त हुए थे। इसे कैसे चालू रखें?

प्रभु की पत्नी सोफिया देवी थी। पति कुछ भी कहें उसने सोच लिया कि इस

जायदाद और इस कमाई के बिना कोई भी जी नहीं पाता था, पति स्वयं जी नहीं पाता। वह जायदाद को इनकार कर सकता है, मगर मैं कैसे कर पाऊँगी? बच्चे कैसे इनाकार करेंगे? ऐसा सोचकर उसने पति द्वारा त्यजे व्यवहार सूत्र को अपने हाथ लिया। महर्षि ने अपने दर्शन का प्रतिपादन किया, उसका अनुपालन करने लगा। अपने पति के विरुद्ध उसने जायदाद को रूढ़ित किया, पति-बच्चे, बंधुओं और अतिथि मित्रों की देखभाल शुरू कर दी।

इन मित्रों में से तीन लोग थे, वे चेटकार्फ, बॉर्की, सूपर-जेट्स के थे। चेट्कार्फ अति कठोर स्वरूप का समतावादी था। उसका भी यह स्थिर मत था कि जायदाद एक समाज को बरबाद करनेवाली व्यवस्था है। टॉलस्टाय द्वारा प्रतिपादित स्वामित्व के विरोधवाले वाद को बढ़ावा देनेवालों में से यह प्रमुख था। गॉर्की भी जायदाद के विरुद्ध ही था। उसका यह विचार था कि किसी के पास जायदाद इतनी भी न रहे कि वह उसका दुरुपयोग कर पाए। सूलर जेट्स दोनों तरफ के थे, यानी इसका समर्थन-विरोध करता इनसान था।

प्रभु के निवास के पास ही एक भूर्ज्व वन था। ऐसा लगता है कि उन वृक्षों के अनुकूल वह मिट्टी/जमीन थी। टॉलस्टाय की तरुणाई के दिनों में इसके कुछ पेड़ वहाँ पर थे। टॉलस्टाय ने उन दिनों में उन पेड़ों के लिए सही जगह माना, उसी भावनावाले उत्साह में उस समय उसने उसके एक सौ पेड़ लगवाये। उन्हें बढ़ते देखकर संतुष्ट भी हुआ था। वह जैसे ही जायदाद का मालिक बना उसने उसके साथ और सौ पेड़ जोड़ दिए, उसे सही मायने में एक वन बना दिया। इस बात पर उसे खूब घमंड भी थी। उसके बाद जो भी अतिथि उसके पास आते, वह उन्हें वहाँ ले जाता और वह दिखाकर गर्व के साथ कहता कि ये सब मेरे पाले पेड़ हैं। अब जब उम्र हो गई और बीमार पड़ा, तब भी किसी की सहायता लेकर कभी-कभी वहाँ जाकर देख आता था। जिस दिन वह नहीं जा पाता था, तब वह अपने घर के ओसारे में बैठकर वन की तरफ देखकर खुश होता। पुराणकथा में जो यह कहा जाता है कि एक ऋषि ने जो सब कुछ त्याग दिया था, उसका एक हरिणमृग के साथ दया बनी, वह बाद में मोह में परिणामित हुआ, उसी तरह स्वामित्व अहंकारी, दुष्ट आदि कहलाता, टॉलस्टाय जैसे ऋषि सदृश बने श्रेष्ठ लेखक को इस भूर्ज्व वन के बारे में अनजाने ही एक अपनत्व की भावना और प्रेम भाव ने रूपाकार पाया। घर के खर्च के लिए कभी सोकिया देवी को पैसों की जरूरत पड़ी तो उसने इनमें दस-एक पुराने पेड़ों को बेचना चाहा। वे खूब बढ़कर अब सूखते पेड़ थे। अच्छा दाम मिल सकता था। किसी ने आकर माँगा भी था। टॉलस्टाय को तभी यह

बात सुनाई दी। उसने कहा, "छिः ऐसा कैसे होगा? कैसा वन है यह, पेड़ काटकर उसे बरबाद करोगी?"

इसे जानकर सोफिया ने यह विचार दूर किया। पति ने पेड़ लगाकर पाला था अब बीमार पड़ा है, पेड़ देख-देखकर आनंदित होता है, कौन जाने, और कितने दिन यह सुख पाता रहेगा, कितनी जल्दी उसका जीवन खत्म हो जाएगा, नहीं कह सकते; ऐसी हालत में ये पेड़ कटवाकर उसको दुःखी क्यों करूँ? उसने सोचा।

इसके कुछ ही दिन बाद उस गाँव के मजदूर लोगों ने आकर माँग पेशकर कहा, "हम लोगों में से किसी के पास अपना मकान नहीं है, सोचते हैं छोटे-छोटे मकान बनवा लेते हैं। मालिक से कहकर उस भूर्ज्व वन के पेड़ हमें दिलाइए, हम मकान बना लेते हैं; उन्होंने उदार मन बनाया है, कहते हैं कि उन्हें जायदाद नहीं चाहिए; कोई भी आकर ये पेड़ काटकर ले जा सकता है, इन्हें हमें दिलाइए।"

चेर्टकॉफ ने टॉलस्टाय को यह बात बता दी। उसने कहा, "आप तो जायदाद को मना करते हैं। यह मैं अच्छी तरह जानता हूँ कि ये आपके सही विचार हैं। इसे सभी को समझाने का यह उपयुक्त अवसर है। इन मजदूरों की विनती की पूर्ति कीजिए।"

टॉलस्टाय तुरंत कुछ बोला नहीं। चेर्टकॉफ ने दोबारा यह बात छेड़ी तब उसने कहा, "जब आप जायदाद अपनाने से मना करते हैं तो फिर आदेश देने की क्या बात? मजदूर हैं, पेड़ हैं।" यह बात उसने खुशी-खुशी नहीं कही थी यह चेर्टकॉफ भी जानता था, फिर भी उसने उसका इस्तेमाल किया, मजदूरों को पेड़ काटने में उसका एतराज न मानते हुए वह आगे बढ़ा।

मालकिन सोफिया देवी को यह बात मालूम हुई। उसने उसको रोककर कहा, "मेरे पति ने ये पेड़ लगाकर उन्हें बढ़ाया है। इस वजह से कटवाने से मन हटाकर मैं चुप रह गई। अब किसी दूसरे को आकर काटने दोगे?" चेर्टकॉर्फ ने कहा, "ऋषि सदृश तुम्हारे पति की उदारता तुम्हारी वजह से बेकार हो रही है। यह तुम्हारे लिए ठीक नहीं।"

उस महिला ने कहा, "मेरे पति की उदारता को फलित करने की इच्छा मुझसे बढ़कर तुम्हारी कैसे हो सकती है? तुम बहुत बढ़-चढ़कर बोल रहे हो, यह ठीक नहीं। तुम लोग यहाँ आकर खाना खाते हो, मालिकाना भाव छोड़कर ये सब कैसे निभाएँ? हमारे घर की बात हमें निपटाने दें। तुम्हें इसमें दखल देने की जरूरत नहीं।"

बात बढ़ती गई। झगड़ा ही हुआ। चेर्टकॉर्फ ने सोचा, 'मालकिन सोफिया का दिमाग ही सही नहीं।' फिर उसने कहा, "इसे कुछ भी कहने दूँ, मैं तो मालिक के विचारों को चलने दूँगा।"

मजदूर लोग आए। पेड़ काटने लगे। मालकिन ने तनख्वाह देकर दूसरे लोगों को बुलाया, उसने इन लोगों को रोकने की व्यवस्था की। मजदूर लोगों को धक्का लगा। उन लागों ने इसे दुष्ट कहा, निंदा की। सद्य शांत हुए। तनख्वाह पाते लोग लौटे, फिर तुरंत ये लोग लौटे, पेड़ काटे, तना, शाखा, छाल सबको काटकर ले गए।

दस बार इन्होंने इस तरह किया, दस बार उसने रोका, इस तरह दस महीने बीतते-बीतते भूर्ज्व वन जमीन के साथ पट गया। वन के अस्तित्व के भूतकाल की पहचान में आरे से कटे छूटे पेड़ की जड़ मात्र बची थी। ये सब चल रहे थे, तब टॉलस्टाय ने कुछ भी नहीं कहा। सोफिया देवी समझ गई कि टॉलस्टाय चाहते हैं कि पेड़ बचे रहें। मगर उसकी सारी कोशिशें बेकार गईं। वह खुद पगला गई। टॉलस्टाय एक अबोले दर्द से तड़प गया, घुल गया।

उसके कुछ महीने बाद एक दिन वह किसी से बिना बताए कहीं चला गया। उसके निकल जाने के बाद घर के बच्चों को यह बात पता चली। उन्होंने लोगों को उसे ढूँढ़ने में लगाया। उन लोगों ने उसे एक रेलवे स्टेशन पर देखा। टॉलस्टाय तब तक खूब थक गया था। वह स्टेशन पर ही रुका रहा। उसे वहाँ रुका जानकर कई लोग आए। उन लोगों ने उसे दूसरी जगह ले जाना चाहा। उसके कार्यान्वयन से पहले ही वह स्टेशन पर ही गुजर गया।

उसे पेड़ों के कटने का दुःख था ? या अपनी उदारता पर पत्नी के रोड़ा अटकाने का दुःख था ? इस बात की चिंता भी कि मालिकाना भाव को इनकारते उसे पेड़ के साथ अपनत्व के भाव की पीड़ा थी। उसके प्राण इन भावों में से किसमें घुलते खत्म हुए ? या तो तीनों भावों से जुड़कर मन में द्वंद्व बना ?

उसे अब कोई भी नहीं कह पाता।

कन्नड़ कथा साहित्य के एक अविस्मरणीय व्यक्तित्व श्री मास्ति वेंकटेश अय्यंगार अब हमारे बीच में नहीं हैं। उनकी तुलना हिंदी के कथा सम्राट् प्रेमचंद से की जाती है। उन्होंने 'श्रीनिवास' उपनाम से कई सामाजिक और ऐतिहासिक कहानियाँ रचीं। वे सिर्फ कथाकार ही नहीं, बल्कि उपन्यासकार, नाटककार, कवि सबकुछ थे। एक समय सरकार में आई.सी.एस. अधिकारी रह चुके मास्ति ने सरकारी सेवा से इस्तीफा दिया और अपने जीवन काल में स्वतंत्र लेखन को अपनाया। पूरे कन्नड़ जगत् को अपना प्रेम बरसाया। भारतीय कथा साहित्य को ऐसी अनुपम देन रही कि उनके उपन्यास 'चिकवीर राजेंद्र' को

ज्ञानपीठ पुरस्कार प्रदान कर भारत ने अपना सीना गर्व से ताना। इस कथा संकलन में उनकी एक अत्यंत श्रेष्ठ कहानी 'टॉलस्टॉय भूर्ज्व वृक्ष' शामिल है, जिसमें टॉलस्टॉय के अंतिम दिनों के निराशामय जीवन का एक सहज चित्र प्रस्तुत है। टॉलस्टॉय, जिन्होंने सैद्धांतिक रूप से जायदाद के स्वामित्व का तिरस्कार किया था, उनके अंतिम दिनों में आधान का एक स्पष्ट चित्र प्रस्तुत हुआ है।

□

धन्वंतरी की चिकित्सा

–कुवेम्पु

नंदनवन के एक किनारे कल्पवृक्ष से थोड़ी दूरी पर ऋषि विश्वामित्र एक अनाम वृक्ष की छाया में आगे-पीछे बरबस घूम रहे थे। हालाँकि वे नियतेंद्रिय थे, चाहने भर की देर, हर चाह की पूर्ति कर देनेवाले उस पेड़ के नीचे रहना कितना आघातकारी होता है, इस बात की उन्हें अनुभव से जानकारी थी। मन में कौंधती सारी भावचिंतापेक्षाएँ, जो अच्छी-बुरी, सानुकूल-प्रतिकूल होती हैं, वे सब जहाँ सच हो जाएँ तो क्या हो? सात्विकता को लेकर तीव्र विश्वास करने जितना अहंकारी न थे। ऋषि विश्वामित्र का मन गंभीर रूप से चिंता में डूबा था, वह उद्विग्न था, दूर आनंद-विलास में डूबे घमंडी देव विलासी और विलासिनी किसी कारण से जोर से हँस पड़े तो ऋषि ने एक बार अपना सिर उठाकर देखा। भौंहें तानकर, होंठ काट कर गुस्से में आए। जैसे करोड़ों इंद्रधनुष रासलीला में तल्लीन हों, हलके सी बहती हवा के आगे झूमती शोभित हो रही, सुगंधित पुष्पों से परिपूर्ण लताओं के बीच रंभा, ऊर्वशी, तिलोत्तमा, धृताचि, मेनका आदि अप्सराओं के साथ करालिंगन की भंगिमा में नर्तन कर गाते इंद्रादि देवताओं को देख संयमी, विरागी विश्वामित्र को गुस्सा चढ़ा। उस गुस्से में जलन की छाया भी रही होगी। उस पर मेनका को देखकर उनका गुस्सा द्विगुणित हुआ। वह इस वजह कि वह इस संसार में आकर इनके अपमानित होने का कारण बनी थी। तब भी ऋषि ने उसे शाप नहीं दिया। अमृत पान कर मदोन्मत्त होकर शील की सीमा पार कर व्यवहार कर रहे उन स्वर्ग के निवासियों को जुगुप्सा भरी नजर से देखते सिर नीचे कर वे फिर से बरबस घूरने लगे थे, ''यह स्वर्ग भी कैसी चीज है? कलाली से बढ़कर हो चुका है। नरक में भी यातना का सौंदर्य तो होता है। यहाँ पर लघुत्व की भी कोई सीमा नहीं। खा-

पीकर घमंडी होना, तपस्वियों को बिगाड़ना, दानवों के साथ लड़कर हारना, तब भागकर त्रिमूर्तियों की शरण जाना। इन्हीं महत्कार्यों में इनका सारा जीवन खत्म होता है—वह भी तो नहीं—चिरंजीव खत्म भी तो कहाँ होते हैं?

ऋषि इस प्रकार सोचकर अभी मुसकरा रहे थे कि तभी उन देवाप्सराओं के नृत्य के पार, उस अमरगान के घोष से बढ़कर बढ़ा लंबा क्लेश युक्त, छाती को ही जलाती एक कराहने की आवाज नंदन की भूमि को ही फोड़नेवाली सी सुनाई पड़ी। बिजली के गिरने से मानो ऋषि का मुँह खुल गया, काँप कर खड़े हो गए, फिर वही कराहने की आवाज?'' कह लंबी साँस छोड़ी।

वह कराहों की आवाज जरा भी उन मस्ती करते देवताओं को सुनाई न पड़ी। उनकी निर्लज पान-लील निरापद आगे बढ़ी थी।

यह आवाज बहुत दिनों से विश्वामित्र का पीछा कर रही थी। समय कुछ भी हो, कुछ भी कर रहे हो, वह एकदम से कानों पर पड़ती और स्थित प्रज्ञ बने भी अस्थिर बना देती थी। वह जब कैलास गए थे, वहाँ पर भी यह सुन पड़ी थी। उसी जैसे वैकुंठ में, सत्यलोक में भू नरक में संचारार्थ गए थे, तब भी वहाँ की चीख के पार सुनाई पड़ी थी। रहस्यपूर्ण अनिर्दिष्ट वह आर्तध्वनि थी।

विश्वामित्र ने हालाँकि उसके मूल को जानने की कोशिश की थी, कुछ फायदा न हुआ था। वैकुंठ में वशिष्ठ से पूछा था तो उन्होंने यह कहकर कि उन्हें वह आवाज सुनाई नहीं दे रही है विश्वामित्र की मनोभ्रांति की उपज होगी उसे दूर करने को यज्ञ करने की सलाह दी थी। मगर विश्वामित्र को पुराने छूता भरे आचारों पर विश्वास नहीं रहा था तो वशिष्ठ की सारहीन सलाह की शरण में न गए थे।

विश्वामित्र ने सोचते हुए अपना सिर ऊपर उठाकर देखा तो परशुराम को अपने पास आते देखा। रेणुकातनय के चेहरे पर भी बादल छाए हुए थे। तेजी से पास आए।

उन्होंने विश्वामित्र के कंधे पर हाथ रखकर पूछा कि कुशिका पुत्र, क्या तुम्हें एक कराह सुनाई दी? विश्वामित्र ने परशुराम से अपने अभी तक के सारे अनुभवों की बात बताई। परशुराम ने अपने भी उन्हीं अनुभवों की बात बताई और कहा कि उसके कारण को तलाशने त्रिभुवन संचार के लिए निकले हैं।

वे अभी यही बात कर ही रहे थे कि तभी देवाप्सराओं के आनंद की सारी ध्वनियों को निगलकर वह कराह खून को सख्त बनाते हुए सुनाई पड़ी। दोनों ऋषि दिग्भ्रांत हुए, बरबस काँपते खड़े हो गए। किसी को काँटोंवाले बिस्तर पर सीधे लिटाकर उसकी छाती पर चट्टान रखकर मन भर भारी हथौड़ा लेकर मारने पर निकलती कराह जैसी बीभत्स थी वह कराह!

विश्वामित्र—परशुराम के पाँवों का कंपन अभी नहीं थमा था। तभी नारद आराम से हरिकीर्तन करते हुए उस मार्ग से वैकुंठ की तरफ बढ़ रहे थे। दोनों ऋषि तेजी से त्रिलोक संचारी की तरफ चल पड़े और अपने अनुभव के कारणों के बारे में उनसे पूछा। नारद के चेहरे पर एक स्मित सी फूटी। आँखों से पानी भी झरा। उन परस्पर विरोधी भाषोंवाली घटनाओं को देख विश्वामित्र, परशुराम आश्चर्यचकित हुए। तभी यह कहकर कि बहुत समय से मुझे भी कराहना सुनाई पड़ रहा है। जब भी सुनता हूँ, मेरी छाती काँपती है। ऐसा लगता है कि प्राण निचुड़ रहे हैं। मैं भी उसकी सही वजह नहीं जानता। यह अच्छी तरह मालूम है कि निश्चित रूप से यह कराह भूलोक से ही आती है। देव ऋषि गाना गाते चले गए। दोनों ब्रह्मार्षि भूलोक की तरफ तेजी से चल पड़े।

वे दोनों अभी भूमि के पास पहुँच रहे थे कि आश्चर्यचकित रह गए। उन्हें पहचान से परे अंतर दिखाई दे गया—वह पुराने दिन जब थे लोग यहाँ थे, उस समय की भूमि और आज की भूमि, सभ्यता और संस्कृति के साथ उन्हें मिनटभर समय में कोई भी बरबाद कर सकने की असभ्य संस्कृति, उनकी रक्षा करनेवाली वैद्य संस्कृति के साथ बीमारी पैदा करनेवाली दृष्ट पद्धतियाँ, संपत्ति के साथ दारिद्रय, रेल, मोटर, हवाई जहाज, डाक, बिजली, बंदूक, बम, कागज, मुद्रण यंत्र आदि-आदि को देखते, प्रशंसा करते, समीक्षा करते हुए नवीन नरवेश धारण कर के लोग एक महानगर में आ उतरे।

यंत्रों वाले वाहनों का संचार, इनसानों की चहल-पहल, व्यापार का शोर, होटलों की धक्का-मुक्की, बिजली के तारों का ताना-बाना और खंभों पर जमघट, अजीब विज्ञापनों का प्रदर्शन, शराब बंदीवाले ऑफिस के पीछे ही शराब की दुकान, पुलिस यानी की पीछेवाले मकान की छत पर जुआघर, गली में गंदगी करने से मना करते बोर्ड के नीचे ही असहनीय दुर्गंध, सिनेमा, नाट्यगृह, कारखाना, स्कूल, कलाशाला आदि बने आश्चर्य और कौतूहल, जुगुप्सा और हर्ष को साथ समीक्षा करते कराह के मूल कारण को ढूँढ़ने लगे। तलाशते हुए वे एक मंदिर गए। वहाँ पर पुजारी तक दृढता भरे विश्वास के साथ कि मंदिर में भगवान नहीं है, बैठकर पूजा करवाने आए लोगों से पैसे वसूल रहा था। वह और वहाँ पर आए भक्तों की व्यापारिक बुद्धि को देखा। दोनों ऋषियों को हँसी आई।

विश्वामित्र ने परशुराम से कहा, "रेबुकातनय, देखा तुमने, पुरोहित वर्ग के लोग पहले जैसे आज भी कर रहे है! संसार इतना बदल गया, मगर ये तो 'स्ताणुरचलोयम्' बने है।"

परशुराम ने क्षत्रियों पर ही दोषारोपण कर कहा, ''बेचारे पुरोहित क्या करें? इस समय के राजाओं के मुताबिक पुरोहित लोग थे। आज के राजाओं के मुताबिक आज के पुरोहित हैं।''

एक दूसरी जगह एक मंदिर में लोगों का जमघट था, उसे देखकर, वहाँ जाकर देखा हरिकथा चल रही थी। वह दास भगवान की दया को देखकर श्रोताओं की आँखों में आँसू बहाते हुए सुना रहा था। लोगों का भावुकता में डुलोते कह रहा था? दोनों ऋषि थोड़ी देर सुनते वहाँ खड़े रहे। तभी उस दास ने संन्यासी की महिमा का वर्णन करते हुए परशुराम, विश्वामित्र की कथाएँ कहना शुरू कर दिया। अपने लिए ही विनूतन लगते उन दोनों ऋषियों ने विस्मय से सुना। अपनी महिमा के बारे में उन्हें स्वयं पता नहीं था।

परशुराम ने हँसते हुए पूछा, ''यह दास किस विश्वामित्र के बारे में बोल रहा है, कुशिक सुत?''

विश्वामित्र ने कहा, ''वह मुझे लेकर या मेरे बारे में नहीं बोल रहा है, वह पुराण बाँच रहा है।''

एक और जगह एक बड़ी सभा जमी थी। दरवाजे पर वहाँ रंगीन कपड़े पहने खुली तलवार लिये सिपाही खड़े थे। जरीदार साफा कैप (टोपी), हैट, बूट, लंबी कमीज, शर्ट आदि कई तरह की वेश-भूषावाले लोग वहाँ जा रहे थे तो उनको देख दोनों ऋषि उन्हीं लोगों जैसे दिखते अंदर गए। सभी सुंदर और हृट-पुष्ट होकर, सालंकृत हो, संतृप्त हो, परस्पर हस्तलाघव (हाथ मिलाते हुए) आसान ग्रहण करने के बाद एक नर्तकी रंग प्रवेश कर नर्तन करने लगी। दोनों ऋषि बहाना बनाकर बाहर निकले।

जहाँ कहीं भी गए वहाँ कहीं पर कोई भी कराह की आवाज को लेकर बात नहीं कर रहा था। ऐसा नहीं लगा कि किसी को वह आवाज सुनाई दी हो। कुछ स्थानों पर तो परिस्थितियाँ ऐसी थीं, जिससे ऋषि अपने आने का उद्‌देश्य ही जैसे भूल गए।

नगर में खूब तलाश कर थक गए तो वे शहर निकले। नगर की हँसी-खुशी का शोर कानों से दूर हुआ तो तुरंत एक भयानक कराह की आवाज साफ सुनाई देने लगी, और वे दोनों तड़पकर आगे बढ़े! अले बढ़ते जाने पर वे और समीपस्थ हुई। अरण्य प्रांत भी शुरू हुआ, वहाँ काफी दूर तक चले। वह भी निर्जन था। कहीं पर भी इनसान के रहने के चिह्न नहीं मिले। फिर बाद में जंगल का प्रदेश और भी घना हुआ, पहाड़ तक चढ़कर उतरे थे। पहाड़ की चोटी पर पहुँचते ही लगा कि

नीचे घाटी की तरफ से सुबाई दे रही है, वह तीव्र यातनापूर्ण क्लिष्ट आर्तनाद था। दोनों ऋषि तीव्र भय से एक-दूसरे का हाथ पकड़कर घाटी में उतरे। वहाँ एक छोटे से खेत के एक किनारे उन्हें एक घास की झोंपड़ी दिखी। उस झोंपड़ी से सत्यलोक कैलास वैकुंठ तक चढ़कर विश्वव्यापी वह भयंकर कराह की आवाज निकल रही थी! ऋषि मामूली इनसान का वेश धारण कर वहाँ चले।

झोंपड़ी के बाहर कोई इनसान नहीं दिखा। राख की ढेर पर लेटा एक कुत्ता ही एक दो बार भौंककर चुप हुआ। एक मुरगी अपने छोटे बच्चों के साथ कीचड़ फैला रही थी। चारों तरफ अनंत अरण्य आसमान छूते पहाड़ की सरणी पर फैलकर बीमार से नीरवता और एकांतता को बढ़ा रही थी। गरमी आग उगल रही थी। उस नीरवता में भीतर से सुनाई दे रही वराह की आवाज भीष्म भयंकर गहरी थी।

विश्वामित्र ने झोंपड़ी से आवृत्त घास की दीवार के छेद से झाँककर अंदर देखा, परशुराम को भी वैसे ही करने का इशारा किया।

झोंपड़ी के बाहर धुँधला अँधेरा फैला था। सब कुछ धुआँ भरा, काली जाली और काला हो चुकी थी। सबल, दराती, डालिया, टोकरा, मिट्टी का घड़ा, हल, (हँसिया)—आदि सब खेती के उपकरण जगह-जगह बिखरे पड़े थे। निर्जीव कचरा, सजीव मक्खियाँ मानों यत्र-तत्र सजीव हो उठी थीं, बीच में बिछे कंबल पर मैला कमर तक बाँधी धोती, पूरी तरह नंगा बना एक किसान सीधा लेटे छाती को दोनों हाथों से दबाते हुए जोर से कराह रहा था। उस नरक यातना पर उसका काला पड़ा, लकड़ी बना बदन सिर चट्टान के नीचे फँसे साँप की तरह तड़प रहा था। ऋषि देख ही रहे थे कि तभी गाँठों में खून उफनकर उसके मुँह से उछलकर लाल रंग से बाहर निकला और भूमि को गीला किया। उस किसान की बगल में खूब चिथड़ोंवाली बदन को ढँकने योग्य गंदी साड़ी पहनी दुबली उसकी घरवाली सिर पर हाथ धरे बैठे आँसू बहा रही थी। उस औरत के पीछे बाल फैलाकर विकृत रूप से, नंगी, ढीले पेट की, चार-पाँच साल की एक लड़की जमीन पर मूर्च्छित-सी होकर लेटी थी।

दोनों ऋषियों की छाती जल गई, आँखों से गरम पानी बहने लगा—उस महानगर में उन लोगों ने भोग करते हुए जो दृश्य देखे थे, उसको याद कर मन में गुस्सा भी उठा। तेजी से घास की टाटको धीमे से सरकाकर, अपना सिर कंगूर से लगने न देकर, भीतर घुसे।

हालाँकि इन दोनों ने एक मामूली इनसान का वेश धरा था, उन्हें देखते ही किसान की पत्नी ने चीत्कार कर हाथ जोड़े और टेर लगाई, "दया करो, आपके

पाँव पड़ूँगी, अब पैसे नहीं हैं। मेरा घर वाला बीमार है। उसके चंगा होते ही कर्ज उठाकर भी ला देंगे। बच्ची को देखकर तो दया करो!'' रोने लगी। ऋषियों ने जब उसे बहुत कोशिश कर यह कहकर समझाया कि हम कर वसूलीवाले सरकारी अफसर भी नहीं। पान भी नहीं, साहूकार के वसूलीवाले दूत भी नहीं, हम परदेसी यात्री हैं, उस औरत ने ऋषियों के चरणों पर गिरकर अपने दु :ख का रोना रोया।

''तुम्हारे मर्द को कैसी बीमारी है?''

''कैसी बीमारी होगी, यह तो ऊपरवाला जाने?''

''कितने दिन हो गए?''

''बहुत वक्त से है। कभी एक बार कम होता है तो दुबारा बढ़ जाता है। कितनों को दिखाया, किसी की समझ में न आया कि कैसी बीमारी है। एकदम से ऐसा लगता है कि कोई छाती पर बैठ गया है, वजन बढ़ जाता है। जोड़ों में ऐसा लगता है जैसे लोहा गरम कर उस पर दाग दिया हो, और दर्द शुरू हो जाता है, बीच-बीच में खून गाँठों जैसे बहने लगता है। वैद्य हुए, ज्योतिषी हो गए, भगवान हो गए? साब जी, भगवान ने हमारा साथ छोड़ दिया है।'' कहते वह औरत फूट-फूटकर रो पड़ी।

''नहीं, भगवान ने साथ नहीं छोड़ा। शांत हो जाओ। अपने से जो होगा, वह हम करेंगे'' कहकर दोनों ऋषियों ने रोगी का परीक्षण किया।

हृदय, श्वासकोश, जठर, अतड़ियाँ, मस्तिष्क आदि सब अंगों का अच्छा परीक्षण किया। कहीं पर तिल भर भी दोष, रोग का कारण चिह्न नहीं दिखा। रोगी किसी भी प्रश्न का जवाब देने की हालत में नहीं था। जब छाती पर हाथ रखा तभी घाव को छूने से होते दर्द सा चेहरा सिकोड़कर और तीव्रता से कराहने लगता था।

ऋषि बहुत चिंतित हो गए। यह ब्रह्म विद्या से अधिक बड़ा रहस्य था। किसान की बीमारी का कारण मालूम नहीं हो रहा था। खैर, अंत को तय किया। नजदीक वाले गाँव के सरकारी डाक्टर को बुला लाए। उसने हालाँकि कहा भी कि मैं ऐसे गाँव जहाँ मोटर गाड़ी नहीं जाती, मैं बिलकुल नहीं आ सकूँगा, ऋषि के हाथ सोने के सिक्के देखकर नकेल बँधे साँड़ मानिंद बिना कुछ कहे चला आया।

मगर उसके रोगी के पास अंदर पहुँचते ही बीमार की छाती का बोझ बढ़ गया, अधिक खून निकलने लगा। डॉक्टर तेजी से उसका परीक्षण कर, रोग के लक्षण समझ में नहीं आने के बावजूद एक बड़ा लोटिन नाम कहकर रंगीन पानी को दवा के रूप में देकर गया। उसके दूर जाते-जाते रोगी भी अपनी पहली हालत पर पहुँचा।

उस औरत को डॉक्टर पर जरा सा भी विश्वास न था। उसने पुरोहित को

बुलाने की सलाह दी। उसने पूरी तरह यह माना था कि किसी भयानक पिशाच की चेष्टा से ही उसका घरवाला बीमार है। विश्वामित्र के मना करने के बावजूद परशुराम ने यह कहकर कि देख ही लेते हैं, एक पंडितजी को बुलाया। उसे भी रोग का कोई कारण समझ में नहीं आया, मगर तब भी एक बड़ा सा नाम कहकर, यह बताकर कि माया मंत्र द्वारा उसे रोका है, सोने के सिक्के की दक्षिणा लेकर तृप्त होकर लौट गया।

विश्वामित्र ने परशुराम से कहा, ''ये पुरोहित सब एक समान होते हैं। वसूली–है–वसूली। इस वशिष्ठ ने पूर्व में वसूली की थी न, उसी तरह आज यह पंडित भी वसूल रहा है! वह तो रघुवंश को शनिग्रह जकड़ चुका था। इक्ष्वाकु, रघु, दिलीप, दशरथ, राम सभी को अपनी पुरोहिताई से निचोड़ा था। मैंने कहा तो भी कि पुरोहित को नहीं बुलाएँगे।'' दोनों ऋषि उसी झोंपड़ी में रहे और उस किसान के रोग का रहस्य और कारण पहचानकर उसके लिए औषधि तलाशने की कोशिश की, मगर सब बेकार हुआ।

जैसे ही गाँववाले लोग और अधिकारियों को इस बात का पता चला कि इस झोंपड़ी में सोने के सिक्के खूब बाँटनेवाले लोग हैं, उन्हें किसान के स्वास्थ्य की खूब चिंता हुई और ऐसे लोग भी जिन्होंने कभी वहाँ पाँव तक रखा नहीं था, अब वहाँ आकर पूछताछ करने लगे। जैसे ही अधिकारी (साहब लोग), डॉक्टर, पुरोहित आते, किसान की छाती का दर्द बढ़ जाता।

कुछ दिन बाद एक दिन ध्यान करते विश्वामित्र को एक बात सूझी कि इस रोग रहस्य को देव वैद्य धन्वंतरी ही बता सकता है! परशुराम को भी यह सूचना ठीक लगी और उन्होंने धन्वंतरी को बुलावा भेजा। धन्वंतरी एक मामूली से वैद्य का भेष धारण कर शीघ्र वहाँ आ पहुँचा।

किसान की छाती के दर्द की तड़पन देखकर और खून को भी गाढ़ा बना देनेवाली उस कराह की आवाज को सुनकर वह बेचैन हो गया। मगर फिर भी अगले ही मिनट यह यादकर कि वह स्वयं एक वैद्य है, हिम्मत कर रोगी का शरीर परीक्षण करने के लिए रोगी की छाती पर हाथ रखा।

विश्वामित्र और परशुराम भी किसान की पत्नी की तरह कातरता से होंठ बंद किये खड़े हो देख रहे थे। रोगी की कराहों के बीच, उस प्रतीक्षा की निस्पंदता बींब उसका श्वासोच्छ्वास भी सुनाई दे रहा था। बहुत देर तक परीक्षा कर फिर धन्वंतरी ने ऋषियों की तरफ व्यंग्यपूर्ण दृष्टि से देखा। किसान की बीवी ने उस दृष्टि में बसी निराशा को देख रोना शुरू कर दिया।

किसान की पत्नी को धन्वंतरी खाली देखते हुए लग रहे थे, मगर वास्तव में तब देव वैद्य और ऋषि बातचीत कर रहे थे।

धन्वंतरी ने कहा, ''यह दैहिक रोग नहीं।''

परशुराम ने पूछा, ''आत्मा का है क्या?''

धन्वंतरी ने सिर हिलाकर सूचित किया, ''वह भी नहीं।''

विश्वामित्र ने चकित होकर पूछा, ''तब?''

धन्वंतरी ने कहा कि दैहिक रोग होता तो इसे देह में ही होना था। मगर मैंने खूब परीक्षण किया है, वहाँ कहीं भी नहीं है। आत्मा का यदि होता तो उसे पाप रूप में दिखाना जरूरी था, मगर इस सरल सहज जीवन वाले किसान को अभी तक यह बीमरी नहीं चढ़ी। इसलिए कहकर अपनी जेब से एक दिव्य यंत्र बाहर निकाला (वह भी किसान की पत्नी को नहीं दिख रहा था) फिर यह कहकर कि उससे देखने पर सारा रहस्य खुल जाएगा वे रोगी से कुछ दूर और उस दिव्य यंत्र के सहारे परीक्षण करने लगे।

विश्वामित्र और परशुराम अभी खड़े होकर दिव्य यंत्र में ध्यान से देख ही रहे थे कि धन्वंतरी का चेहरा (गुस्से से) लाल हो गया। उसकी छाती श्वासोच्छ्वास के उतार-चढ़ाव से ऊपर-नीचे उड़ने लगी। आँखों से आँसू उभरकर हुए गालों पर गिरकर फिर नीचे गिरकर सूख गई।

''हाय रे पापी'' कह धन्वंतरी ने हाथी की तरह चिंघाड़ा। मगर एक साधारण सी महिला किसान की पत्नी को यह आवाज उसकी खाँसी की तरह सुनाई पड़ी थी! दोनों ऋषि चौंक गए और ''क्यों? क्या हुआ?'' कहते हुए धन्वंतरी की तरफ बढ़े।

धन्वंतरी ने चुपचाप यंत्र को ऋषियों की तरफ आगे बढ़ाया। दोनों ऋषियों ने यंत्र में ध्यान से देखा, फिर चौंक गए!

किसान की छाती पर सारा चक्राधिपत्य (राज्यभार) बहुत बड़े पर्वत के आकार में पड़ा हुआ था। ऋषि जिस महानगर को देख आये थे, वह उसके सिर पर विराज रहा है! वहाँ के मंदिर, विद्या संस्थाएँ, क्रीड़ा संस्थाएँ, आनंद वन, कर्मसौध, कारखाने, राज प्रासाद आदि सभी अपना सारा बोझ किसान की छाती पर डालकर, संस्कृति और सभ्यता की कीर्ति से विराज रहे हैं।

''हाय! हाय! हाय! यही बड़ी बात है की वह अभी तक मरा नहीं, जिंदा है। गोवर्धन पर्वत को उठानेवाले श्रीकृष्ण की छाती पर भी इस राज्य का भार पड़ा होता तो वह भी टुकड़े-टुकड़े हो गया होता?'' परशुराम चिल्लाए।

विश्वामित्र ने गुस्से से दाँत पीसकर कहा, ''जमदग्नि ने उस दिन सभी शासकों

के नामोंनिशान मिटाकर समता प्रचार के लिए अपना सारा जीवन न्यौछावर कर दिया, वह बेकार गया।''

और तब परशुराम ने यह कहकर कि तुमने भी ऊँच-नीच का फर्क मिटाने के लिए सारा जीवन निछावर किया था न, अब देख, वह भी बेकार हुआ। धन्वंतरी की तरफ मुड़कर देखा और कहा, जल्दी बता धन्वंतरी क्या करने से यह किसान बचेगा?

धन्वंतरी ने जवाब दिया, उसकी छाती से राज्य का बोझ उतारने से रोग ठीक हो जाएगा।

''सारा संसार, नियमरहित होकर अराजक होकर अव्यवस्था फैल जाए तो?''

धन्वंतरी ने जरा क्रोधित हो गुस्से से कहा, आपकी अक्ल ठिकाने नहीं। पहले रोग दूर हो। फिर शरीर से मजबूत होकर वे नीचे गिरे 'राज्य के बोझ' को छाती पर न डालकर पीठ पर ढोकर 'राज्यभार' का वहनकर निर्वाह करेगा! तुरंत विश्वामित्र ने साँड़ की तरह हुँकारा। उस हुँकार से महा भयंकर शांतिभूत रूपाकार ले खड़े हुए और सिर झुकाकर कहा कि 'आदेश हो।'

तब गर्जनकर हाथ हिलाकर कहा, ''जाओ, उस किसान की छाती पर पड़ा बोझ जमीन पर ढकेलो।'' तुरंत राज्य में बिजली, वर्षा, आँधी, भूकंप दिखकर उत्पात हुआ। देखते-ही-देखते राजमहल नीचे गिरा। मंदिर की कहे जोर की आवाज से नीचे गिर पड़े।

लगा, किसान की कराह धीरे से घटने लगी। श्वासोच्छ्‌वास सहज होने लगा। आँखों में संतोष की रोशनी भी चमकी।''' फिर''' कुछ ही देर बाद, सबको चकित करते हुए मुसकुराते हुए उठकर, ऋषियों को उसने प्रणाम किया!

बीसवीं सदी की एक ऐसी अविस्मरणीय प्रतिभा, जिस पर कर्नाटक सरकार और राष्ट्र को गर्व है। उनके चिंतन और साहित्य का राष्ट्र को इतना गौरव है कि भारत सरकार ने 1958 में उन्हें 'पद्म विभूषण' से विभूषित किया; 1967 का ज्ञानपीठ पुरस्कार उन्हें प्रदान किया गया; कर्नाटक सरकार ने 1958 में ही 'राष्ट्रकवि' के आजीवन विरुद से विरुदांकित किया।

कवि-साहित्यकार कुवेम्पु की रचनाएँ हर 'जीनर' साहित्य विधा में अपने श्रेष्ठतम रूप में उपलब्ध होती हैं। हर क्षेत्र में अपना नगाड़ा बजाती हैं।

उनकी रचना 'रामायण दर्शनम्' बीसवीं सदी के श्रेष्ठ पुराण

काव्य की गरिमा को प्राप्त कर चुका है।

'कानूर सुब्बम्म हेग्गडती', 'मलेशहळल्लि मदुमराळु' ने विशिष्ट उपन्यासों की मान्यता प्राप्त की है।

विश्व मानववाद उनके चिंतन की श्रेष्ठता को अनुरंजित करता है।

कर्नाटक सरकार ने कुवेम्पु रचित 'जय भारत जननिय तनुजाते जयहे कर्नाटक माते' कविता को नाड गीत (राज्य गीत) के रूप में स्वीकार कर अपनी श्रद्धा जताई है।

□

माँ

–यू.आर. अनंतमूर्ति

''...रात होते ही दुष्ट मृगों का संचार...फिर भी वह क्रूर माँ, बच्चा पूरी-की-पूरी रोटी खाने के बाद भी अड़ जाता है। इससे गुस्सा होकर, उस छोटे से बच्चे को ओसारे में लाकर, अंगारे लाकर फिर से रोटी थापने...।

''अव्वा (माँ)...कहानी कहते-कहते रोती क्यों हो?''

''नहीं बेटा, मैं नहीं रो रही।''

वहीं पास ही लेटा बेटा शीनू मान ही नहीं रहा था। वह अपनी माँ के जवाब के लिए उसी बात पर अड़ा है। किसी भी तरह सोने को तैयार नहीं। उसे कहानी कहकर अब्बू कैसे चुप करा पाएगी?

''देख, खूब रात हो गई...कहानी सुनते-सुनते सो जा बेटा। फिर बच्चे को बहुत डर लगकर...।''

नहीं, शीनू किसी भी तरह नहीं मानता। आँचल की छोर से आँखें पोंछकर अब्बूका बच्चे की पीठ सहलाते फुसलानेवाली आवाज में कहती है।

''बोलते नहीं बेटा। झूले में से बच्चा जाग जाएगा। अब कहानी सुन...सुनाती हूँ। वह बच्चा जोर-जोर से रोता, मगर माँ इतनी कठोर कि...।''

''नहीं...मुझे कहानी नहीं सुननी। सुबह से तुम रोती ही जा रही हो। क्यों?''

आठ साल का ही था वह, मगर उस छोटी उम्र में ही उसकी तीक्ष्ण बुद्धि। माँ से उसका बहुत लगाव था।

अपनी छाती को दिल खोलकर दिखाए बिना कोई और रास्ता नहीं। दिल बहुत दु:ख रहा है। शीनू को ही क्यों न बता दें?

''कहा जा सकता है...मगर कैसे?''

"तेरा एक बड़ा भाई था बेटा···आज उसका जन्मदिन है।"

"अब्बका, अब वह कहाँ है, भैया?"

अब्बूका अब उसे क्या कहकर जवाब दे? सारी सोच अमावस्या का अँधेरा ही। उसकी छाती में अँधेरा जमता है।

कैसे कहे कि भैया कहीं चला गया? सेना में भरती हुआ, कहीं दूर होटल में शामिल हो गया? बाजार में जाने-अनजाने लोगों का सामान उठाकर कुलीगिरी कर रहा है या कंगाल ही मर गया? माँ से दूर भागे उसे बच्चे का सुख-दुःख क्या? क्या कहकर कह पाएगी?

उसे देखकर आठ साल हो गए, मगर अब भी माँ अपने बेटे को पहचान पाएगी।

"नाम है चेलुवा। जैसा नाम, वैसा रूप। सच में उसके रूप की नजर लग जाती। जरा सा साँवला रंग, लंबा, सीधा चेहरा, नीम की कोंपल सी पतली भौंहें, गोदना लगा ऊँचा माथा। जरा सी झुकी नाक, शिवजी के हाथ त्रिशूल की चमक जैसी वे छोटी गोल आँखें। जरा सा गंभीर, जरा सा घमंड से सटे से होंठ। सख्त घुँघराले बालोंवाला वह बड़ा सिर। जैसे अभी-अभी सोकर उठ चल रहा धीमी चाल···।"

अब्बका की आँखों के आगे सबकुछ जैसे बसा है। दस-बारह साल जिसे अपनी आँखों की पुतली जैसे पाला था, उस चेलुवा का रूप वह कैसे भूल पाएगी?

"अब्बका, कहो न भैया कहाँ है?"

"तेरे बाप से गुस्सा होकर चला गया?"

अब्बका इससे आगे कुछ नहीं कह पाती। यह बच्चा इसे सुनकर भी क्या समझ पाएगा?

"अब्बका तुमने उसे जाने से मना क्यों नहीं किया?"

अब्बका की छाती में वह बात छुरी भोंकने जैसा दर्द देती है। उसे यह पता होता कि वह अड़कर चला ही जाएगा तो क्या वह उसके आगे आँचल पसारकर विनती नहीं करती? गुस्से में उसने दो-चार कठोर बातें जरूर कह दी थीं, मगर उतने से ही वह···।

"अप्पय्या ने मना क्यों नहीं किया, अव्वा?"

शीनू ने जब यह बात कह दी है, अब उसे कहना ही होगा। अब इस बच्चे से और कितने दिन बात छिपाकर रखेगी?

"तेरा बाप दूसरा, उसका बाप दूसरा। उसके बाप के मर जाने के बाद···।"

दूसरा मियाँ बट्टू कर लिया अब्बका ने। उसके जन्म लेते ही उसका अप्पय्या

(बाप) गुजर गया। उसके बाद तेरह साल किसी तरह कुलीगिरी करके चेलुवा का अकेला ही पालन किया, फिर…यह मियाँ बट्टू किया…इस बारे में उसके और चेलुवा के बीच मन-मुटाव हुआ।

यह सब कहने से शीनू की समझ में कैसे आएगा। इसी वजह से वह बच्चा नासमझ होकर कुछ भी बोले बिना आँखें टिमटिमाता चुप है। फिर अकेली नहीं जी सकी, इस मोह में फँसकर…शायद ऐसा नहीं करना चाहिए था? मगर उसकी जात में यह होता ही है। अक्कू (दीदी) ने तो तीन बार मियाँ बट्टू की है? परसों ही पाँच बच्चोंवाली मीटी ने भी की है, तब मेरी क्या गलती?

मगर तेरह साल बाद बेटे के मना करने पर भी जो किया? मगर चेलुवा के लिए क्या यह उचित था कि वह दूसरों के कहने में आकर मुझसे लड़ पड़े? अपनी ही माँ पर हाथ उठाए? माँ ने भी गुस्से की हालत में उससे घर से निकल जाने को कहा था, तो निकल ही गया? बेटे का यह बरताव ठीक है क्या?

"हाय! माँ को नहीं जानता चेलुवा। माँ के वात्सल्य की गहराई से अनजान बालक। जवानी की मस्ती में जन्म देनेवाली माँ को भी त्याग कर…।

…आठ-नौ साल बीत गए। एक बार भी इस तरफ नहीं आया। आँखें तरसतीं, राह देखती माँ को एक पत्र नहीं भेजा।

क्या उस बेटे को अपनी माँ से एक बार भी मिलने का मन नहीं किया?

"अव्वा…निचली घाटी से अप्पय्या कब लौटेंगे?…वे आएँगे, फिर तुम्हें इस तरह रोने नहीं देंगे।"

"कितना प्यारा बोलता है यह बच्चा शीनू। वह ठीक ही कहता है…मुझसे प्यार करनेवाला भी इसी तरह का है। वह मुझे कभी आँसू बहाने नहीं देता। तभी तो मैंने उसे अपना बनाया?"

उसकी वह मालिश की हुई मूँछें। पान चबाकर लाल रंग के बने हमेशा मुसकराते वे होंठ। पत्ते-कपड़ेवाले साफे से झाँकते वे लंबे बाल। वे चमकते दो कनफूल। कुली-मजदूरों से काम लेने की उसकी अदा। दैवी मनुष्य सा…

धान कूटते-कूटते गाते उस गाने के शब्दों जैसे ही…

कहा उसने बिस्तर बिछा,
कहा उसने मोगरा लगा,
कहा उसने पत्नी सो जो,
ऊब गई तो पत्नी सो जा मुझे देखा…।

पीहर को ही क्यों? उसने कहा भूल जा सारा संसार…हाँ भरी जवानी,

तब मैंने सबकुछ सीधे भुला दिया। हो सकता है, उस भ्रम में बेटे को भी एक मिनट के लिए भूल गई होऊँ? उसी वजह से शायद हमेशा शांत रहती मैंने उसपर गुस्सा किया। दुलारे बेटे को भी दोष दे दिया। अपने सुख के आड़े आए बेटे को धिक्कारा··· ।

हाय! मैं पापी तो हूँ? हाय कैसा मोह? शायद किसी दूसरी माँ के दिल ने ऐसा नहीं किया होगा? तब जैसा कुछ लोगों ने मुझे जार महिला कहा था, मैंने उससे बदतर व्यवहार किया।

मुझे जिसने प्यार किया है, वह अच्छा इनसान है। इसी मोह की वजह से ही तो अपना बेटा दूर हो गया?

कहीं जाते पता नहीं किसी बाघ ने तो उसे नहीं खा लिया? कौन जाने दुःख में बेबस हो कहीं किसी नदी में तो नहीं डूब मरा होगा? अकेला होकर भूख से कितना तड़पा होगा? माँ के जिंदा रहते अनाथ बने उसका क्या हुआ होगा?

आज उसका जन्मदिन है। अब अपने साथ रहता तो बाईस साल का हुआ होता। बहू को लाकर पोते के साथ खेलने का वह पुन्न मुझे कहाँ? क्या मैं माँ हूँ?···नहीं राक्षसी हूँ। पिशाच! महापापी!···

"अव्वा, मैं कहता हूँ, मत रो, मानती ही नहीं।···"

"अभी तेरी आँख नहीं लगी, बेटा?"

"तुम रोती रहोगी तो मैं सोऊँगा नहीं।"

"मैं नहीं रो रही हूँ शीनू···सो जा।"

"भैया की ही गलती है, उसे आपको छोड़कर नहीं जाना था···तुम क्यों रोती हो अव्वा···वह छोड़ कहानी कहो, आगे क्या हुआ···वह बच्चा जब रो रहा था··· ।

वह बच्चा रोता जा रहा था, मगर मुझ जैसी उस कठोर माँ को दया ही नहीं आई। तब बाँस के झुरमुट तले कुछ खटखट आवाज आई। तब घबराहट से बच्चे ने चौड़ी आँखें खोल देखा तो सामने बड़ा बाघ खड़ा था।"

बच्चा खूब काँपते अपनी छोटी-छोटी हथेलियों से दरवाजे को जोर-जोर से पीटते अपनी तुतलाती बोली से···"आधी रोटी काफी है अव्वा। दरवाजा खोल दे। पिलपिलाती आँखें, पूँछ फटफटाता···कहते विनती करने लगा। बिचारा वह 'बाघ' नहीं कह पा रहा था। मुझ जैसी कठोर माँ की चीख का बच्चे को जरा सी भी फिक्र नहीं।"

"आधी रोटी बस है अव्वा। दरवाजा खोल दे। पिलपिलाती आँखें, पूँछ फटफटाता··· ।"

उसी तरह उसका रोना भी बंद हुआ। यह देखने कि बच्चे का रोना किसने बंद करवाया। रोटी खाती उस माँ ने बाहर का दरवाजा खोलकर देखा···।

कहाँ है छोटा बच्चा?···बाघ के मुँह।

···उस हीन माँ की वजह से, पापिन माँ की वजह से, दुष्टा माँ की वजह से हाथ का बच्चा बाघ के मुँह का कौर बना।

बाघ के मुँह?

किसी जंगल के मुँह?

किसी नदी के आँचल?

कहाँ? क्या हुआ? कैसे हुआ होगा!

हाय···अव्वा···मुझे···।

आएगा?···नहीं आएगा?

राह देख रही है अब्बका···अपनी झोंपड़ी के बाहर···साँप जैसे गोल-गोल पहाड़ी टीले, जंगल-जंकाड़ के बीच कहीं दूर···दू···र···अपने बेटे को ले गए। रास्ते देख-देख रो-रोकर तड़पी है।

आएगा? कि···नहीं?

आएगा तो उसे कटहल का बना हुआ हलवा देगी। पहनने को अच्छे कपड़े ला देगी···अपने हाथ जमे चाँदी के तीन सौ रुपए खर्च कर उसकी शादी रचाएगी··· वह घर बैठकर खाएगा तो भी ठीक। इतना ध्यान बरतेगी कि अपने मियाँ उसे एक भी कठोर बात नहीं कहें···मगर चेलुवा···।

आवेगा···कि नहीं?

वह अपना दुलारा बेटा।

आएगा···कि नहीं??···आ···ए···गा···आ···कि न···हीं आस···?

···यह बाहर कैसी आवाज?

"अव्वा,···अव्वा···अव्वा···।"

···किसकी आवाज?···

दोपहर की तेज गरमी से थकी आवाज।···मृदुल प्रेमिल थकी अव्वा की आवाज।

हाय दरवाजा खोलने से पहले ही यह छाती क्यों इस तरह···ओह! तुम आ गए बच्चे···इतने दिन बाद भी आ गए बेटे···अपनी अव्वा को माफ कर दिया न चेलुवा···।

बैठो न बेटा···कितना दुबला हो गया है तेरा शरीर।

प्यासे आए हो ?''' मेरा दुलारा चेलुवा'''

तुझे तेल मलकर नहलाऊँगी बेटा। मुझे छोड़कर कहीं मत जाना! माँ की कोख में आग मत लगा। देखा''' तुम्हें छोड़कर अब मैं नहीं जी पाऊँगी।

हाय''' हाय!'''

यह क्या बेटा? अब फिर कहाँ चल पड़े?''' माँ को क्यों तज दोगे बेटे? इस तरह क्यों दूर-दूर बर्फ की तरह गलकर ओझल हो रहे हो, चेलुवा? तुम्हें मेरी जरूरत नहीं है?

इस तरह तुम्हारी आँखों में तिरस्कार किसलिए?''' नहीं''' उस तरह घूरकर नहीं ताकना बेटे''' तेरे लिए उन्हें, मेरे प्राणों से प्रिय''' उन्हें भी तेरे लिए छोड़ दूँगी चेलुवा''' मगर ये''' ये दोनों बच्चे मेरी कोख से पैदा हुए हैं। तेरे जैसे ही ये बच्चे मेरे हैं''' तेरे छोटे भाई हैं चेलुवा''' तुझे अपना भैया मान प्यार करेंगे बेटे''' इनको किसी भी हालत में नहीं छोड़ सकती बेटे''' मेरे लिए''' तेरे आगे हाथ जोड़ती हूँ।'''

मेरे लिए रुक जा''' बेटे''' मेरी कसम रुक जा''' चेलुवा।''' चे''' लु'''

"अव्वा''' अव्वा''' अव्वा''' इस तरह नींद में क्यों कलप रही हो अव्वा। तुझे क्या हो गया?"

बगल में तभी गहरी नींद में सोता शीनू हठात् उठकर अब्बका का बदन हिलाकर पुकारता है''' झूले का बच्चा माँ के दूध के लिए रोता है।

अक्का उछलकर अपने बहते आँसू आँचल से पोंछने की कोशिश करती बच्चे को छाती का दूध देती है।

उस शांत गंभीर अँधेरे में''' दुःख तप्त छाती से दूध बहता है। मीठा दूध।

मगर माँ की आँखों से भी आँसू बहते हैं। खारा पानी अनंत''' !

एक और श्रेष्ठ प्रतिभा, जिससे अपना देश ही नहीं, विदेश भी परिचित है। लोहिया के विचारों से प्रभावित डॉ. यू. आर. अनंतमूर्ति ने समाज की अंध-रूढ़ियों का अपनी लेखनी से खुलकर विरोध किया; वैयक्तिक जीवन में भी उन्होंने उन विचारों का पालन किया। उनके रचित 'संस्कार' शीर्षक उपन्यास ने अपने सुधारवादी चिंतन से रूढ़िवादी समाज के अंदर तहलका मचा दिया था। उसके फिल्मीकृत होने पर वह फिल्म राष्ट्रपति के 'स्वर्ण महल' से विभूषित भी हुई थी। अपनी लेखकीय प्रतिभा के कारण ही वे साहित्य अकादेमी के अध्यक्ष भी बने, वहीं के फेलो बने तथा 1994 के ज्ञानपीठ पुरस्कार से भी नवाजे गए।

उनकी असंख्य रचनाएँ साहित्य की हर विधा में अपनी जगह बना चुकी हैं, फिल्मीकृत हुई हैं। उन्हें अनेक राष्ट्रीय-अंतरराष्ट्रीय पुरस्कारों से सम्मानित किया गया है और वे 1998 में 'पद्म भूषण' भी बने।

अभी 21 अगस्त, 2014 को दिवंगत हुए।

'भारतीपुर', 'अवस्था', 'भव' आदि उनके कुछ उपन्यास हैं, 'घट श्राद्ध', 'प्रश्ने', 'क्लिप', 'जाइंट' आदि कुछ कथा संकलनों का यहाँ मात्र उल्लेख है।

□

छूटा लक्ष्य

—यशवंत चित्ताल

"पहचाना नहीं?"

"हाँ? अरे, तुम? आ···आ···आ रुको चटाई बिछाऊँगी । हाँ? आओ, बैठो, मकान जरा छोटा सा है, कुरसी-वगैरह···

"नहीं, नहीं! रहने दीजिए, मेरे साथ चलना है।"

"यह क्या, एकदम आ गए। किसी को कोई सूचना नहीं? तुम्हारी दादी ने भी मुझसे कुछ नहीं कहा।"

"नहीं, उसे भी मालूम नहीं था।"

"बेटा, तुमने पूछा न कि 'पहचाना नहीं?' तुम लोगों की पहचान कभी भूलेगी? हमारी अनसूया के बच्चों के चेहरे की छाया को कहीं भी पहचान सकते हैं। अब क्या, तुम लोग बहुत बरसों से इस तरफ आए नहीं। उस पर यह कल्पना भी नहीं थी कि तुम आज आनेवाले हो। इसी से एकदम समझ नहीं पाई। करीब सात-आठ साल बीत गए होंगे तुम्हें धारवाड़ गए।"

"जी, आठ साल से ज्यादा हुए।"

"मुक्ता, अरी मुक्ता···पता नहीं, कहाँ चली गई, अभी यहीं तो थी, मुक्ता···"

"क्या है माँ? क्यों बुलाया?"

"अरी, यह क्या? अटारी पर क्या कर रही हो? तुमने देखा कि यहाँ कौन आया है?"

"रुको, मैं आई···अय्य! कब आए माँ?"

"यहाँ आ···उतना क्यों शरमाकर भागती है? वह कोई हमारे लिए दूर का नहीं। यहाँ बाहर आ। बहुत शरमाती है बेटा।"

''यह''' ?''

''हमारी बेटी है, बड़ीवाली। इस बार मैट्रिक की परीक्षा दी है। अभी पास-न पास का पता नहीं चला।''

''यानी इस बार हमारे घर पर ही।''

''हाँ, परीक्षा देने गई थी तो तुम्हारे घर ही रही। यहाँ अभी तक वह परीक्षा देने के लिए सेंटर-ऐंटर आदि कुछ कहते हैं न, वह अभी नहीं हुआ शायद। इस वजह धारवाड़ ही भेजना पड़ा। ये खुद उसे ले जानेवाले थे। वे भी दुकान में अकेले हो गए हैं। पाँच-छह दिन बंद कर जाने से'''इसलिए मैंने ही कहा कि जाते समय वैसे भी दूसरे साथी हैं। वहाँ जाने के बाद आप लोग सहायता करेंगे ही। इसलिए तुम्हारे पिताजी को पत्र लिखकर पूछने को कहा। तुरंत जवाब आ गया। जरूर भेजिए। वह हमारे यहाँ रुकेगी तो हमें बहुत खुशी होगी। बड़े बेटे दोनों मुंबई में नौकरी में हैं, मगर इसके लिए आवश्यक व्यवस्था हम लोग करेंगे। तब तक तुम्हारे मुंबई में रहने की हमें खबर नहीं थी। तुम्हारे पिताजी बहुत बड़े व्यक्ति हैं। तुम्हारी माँ ने भी अच्छी देखभाल की। पुराने रिश्ते की बातें अभी नहीं भूली हैं'''मुक्ता, जरा चाय का पानी चढ़ाकर बाहर आ।''

''जी नहीं। अब चाय वगैरह नहीं चाहिए। अभी-अभी दादी के यहाँ पीया।''

''ऐसा कैसे होगा बेटा, कितने साल बाद आए हो। एक दिन खाने पर भी बुलाना चाहती हूँ।''

''जी नहीं, मुझे कल ही लौटना है। मेरी ज्यादा छुट्टी नहीं। मैं यहाँ आनेवाला ही नहीं था, मगर अम्मा ने ही जोर दिया। कहा, 'एक बार सभी को अपना चेहरा तो दिखा आ।' ''उस पर मुझे आज ही होन्नावर जाना पड़ा है।''

''देखा! तुम लोग हमेशा घोड़े पर सवार रहते हो। कितने साल बाद आए हो। चार दिन रुककर नहीं जा सकते? फिर कहते हो, एक चाय के लिए भी नहीं रुकोगे। कल को तुम्हारी माँ क्या सोचेगी? मेरी-तुम्हारी माँ की दोस्ती के बारे में तुम अभी नहीं जानते। वह जब यहाँ थी, तो हम एक दिन भी एक-दूसरे को छोड़कर नहीं रहते थे। मुझे इस घर में ले आए थे तो यहाँ मेरा किसी से परिचय नहीं था। ऐसा लगता था मानो किसी जंगल में छोड़ दिया है। तब तुम्हारी माँ की शादी नहीं हुई थी। तभी शादी की कोशिश जारी थी। उसकी शादी होकर जाने के तीन-चार महीने तक सबकुछ खाली लग रहा था। देखो, मुझे बहुत याद करती थी शायद! जम्हाई से सारा मुँह थक जाता था। तुम्हारी माँ मिलती है। खूब सुख दो उसे। इस बुढ़ापे में माँ-बाप दोनों आराम से हैं न?''

''जी!''

''तुम्हारी माँ को इस ओर आने का मन नहीं करता होगा क्या? अब तुम्हारी नानी बूढ़ी हो गई है। हमेशा कहती रहती है कि मरने से पहले बेटी का चेहरा देखकर मरती। तुम्हारे दिल को इतना कठोर नहीं बनना था। तुम्हारे भैया ने शायद कुछ कठोर बातें की थीं···।''

''···''

''रहने दो, अब वह खबर क्यों? कहीं पर सुख से रहते हैं, बस इतना काफी है। मोती सदृश तुम बच्चों को जन्म देकर उसके सुख में कहाँ कमी होगी? वह भी भाग्य से ही हो पाता है, अब हमको ही देखो। इतना सारा पैसा है, सबकुछ है। फिर भी घर में एक बेटे की कमी तो खलती ही है? इस वजह से हमने अपनी लड़कियों को कुछ कमी होने नहीं दी है। अब इसी को देखो···मुक्ता···री मुक्ता!''

''क्या है माँ?''

''यहाँ बाहर आकर बैठेगी कि नहीं? हाँ, ज्यादा करना शोभा नहीं देता···आ, यहाँ बैठो, देखेंगे। वह कोई हमारे पराए नहीं?···देख बेटे, अभी हमने इसे मैट्रिक तक सिखाया है (पढ़ाया है।) आजकल के लड़के अनपढ़ लड़कियों की तरफ मुड़कर नहीं देखते। यहाँ तक पढ़ाया है। सफल होने पर कॉलेज भी जाना चाहती है। उसके लिए पैसे चाहिए, यहाँ तक किसी तरह पढ़ चुकी है। उसी को सौभाग्य मानना चाहिए। ज्यादा सीखकर कल अपने पति को पालने की जरूरत नहीं, तुम जैसे कोई गुणवान पति मिलने से वह थोड़े ही अपनी पत्नी को नौकरी करने भेजेगा?''

''तुम्हारी परीक्षा का नंबर क्या है?''

''···''

''कहो, कहो, कितना शरमाती है। हर बात की एक सीमा होती है। उस पर तुमने अंग्रेजी सीखी है। वह इतने प्रेम से पूछ रहा है।''

''25073''

''फिर सीखने में भी उतनी मंदबुद्धि नहीं। अब तक किसी भी परीक्षा में नापास न हुई। यहाँ पर तो लड़कियाँ बस्ती से ऊपर हैं। तीन-चार बार नापास होकर पढ़ाई बंद कर देती हैं। परसों ही इसकी शाला की हेड मास्टरनी आई थी। उसने इसकी खूब प्रशंसा की। मैं उससे कहती कि तुम्हें अपनी हस्तकारी दिखाए, मगर शरमाती है तो! फिर तुम्हारे घर गई थी तो कमरे में तुम्हारी तस्वीर देखी होगी।''

''माँ!''

''चुप रह। मुझे बात करने दे। कैसा वर्णन···गुस्सा कर इस तरह क्यों भागती है? मैं झूठ तो नहीं बोली?''

''माँ, यहाँ जरा अंदर आओ। यह चाय ठंडी होने लगी है। देख···''

''अरे! मैं बात करने में भूल ही गई। देखा, मैं फिर अंदर क्यों आऊँ? उसे पता है कि तुमने ही यह चाय बनाई है। यहीं ले आ। फिर देख, उस डिब्बे में लड्डू है। सात-आठ लड्डू ले आ।''

''सात-आठ बस है?''

''क्यों बेटा, इतने प्रेम से आए हो। तब तुम हमारे आँगन से होकर अपनी नानी के घर जाते थे, तभी देखा था, बुलाने का मन हुआ। फिर कौन जानता है? अब बड़े हो गए हो। तुरंत अनजान की तरह चले गए तो···''

''नहीं, नहीं, ऐसा कैसे होगा? कितनी बार आपको हम याद करते थे!''

''ठीक है बेटा। आगे भी यही प्रेम बना रहे। तुम सब को अपनी माँ के गुण आए हैं बेटे। फिर भी तुम्हारे और भाइयों से भी तुम्हें देख, पहले से भी तुम्हारा यह स्वभाव बना है कि अपने लोगों के पास आते-जाते रहना चाहिए। मैं इस बारे में कुछ नहीं कहती। इस तरह के गुण सीखकर नहीं आते। जन्म से ये गुण आते हैं। तुम जब छोटे थे, तब से ही हमारे यहाँ खूब आते थे, खेलते थे। अपनी नानी के यहाँ आने पर दिन भर यहीं रह जाते थे। तुम्हारी नानी को हमसे बड़ी शिकायत होती थी। कहती—क्या बात है? हमारे लड़के को कौन सी घुट्टी पिला दी है। एक मिनट के लिए भी हमारे चबूतरे पर नहीं रहता। जहाँ बच्चे होते हैं, वहाँ बच्चे रहते हैं। हमारी मुक्ता को तो तुम्हारे प्रति बहुत ममता थी। तुम्हें याद होगा या नहीं?''

''मुझे इतना साफ याद नहीं। हमारे धारवाड़ जाते समय देखा था, तब बहुत छोटी थी। आठ या नौ साल की थी न? परसों माँ ही कह रही थी कि अभी बड़ी हो गई है।''

''सही बेटा। अभी बड़ी हो गई है। संभव हुआ तो इसी साल शादी कर देना चाहते हैं···भगवान की क्या इच्छा होगी, कौन जाने?···अरे, बात करते-करते खाना ही भूल गए? कुछ भी नहीं बचाना।''

''···तुम्हारे माथे पर वह दाग···''

''यह छुटपन में शायद मैं कहीं गिर गया था।''

''मैं जानती हूँ। खूब बड़ा दिखता है। कहीं नहीं, वह हमारे आँगन में ही हुआ था। तब तुम बहुत नटखट थे। छिह! छोटा रहते तुमने अपनी माँ को खूब तंग किया था।''

"आप मुझे खूब याद रखती हैं।"

"तुम सबकी कितनी याद आती थी, पता है? आज तुम आए तो बहुत आनंद हुआ। आज यहीं रुक जाते तो इनसे भी मिल पाते, बातचीत करते।"

"जी नहीं, जाते वक्त दुकान की तरफ से ही जाऊँगा। अच्छी बात है, चलता हूँ। मुझे भी बहुत अच्छा लगा। इतनी अच्छी तरह आपने बातें कीं। अच्छा, मुक्ता कहाँ··· ?"

"कहीं अंदर बैठकर सुन रही होगी। तुम्हें देखकर वह बहुत शरमाती है। देखो तो, इतना सारा पढ़ा-लिखा है, मगर कोई डीलडौल वगैरह नहीं करती। अपने बच्चों के गुणों की हम स्वयं प्रशंसा नहीं करते। तब भी मैंने यह बात कही। नहीं तो बस्ती में बहुत सारी लड़कियाँ हैं, मरदानी हैं। अब तक उनकी हवा नहीं लगी है। देखेंगे···तुम्हारी तरह खूब पढ़ा-लिखा लड़का···मुक्ता···कहीं छिपकर बैठी होगी··· तुम तब आँगन से होकर नानी के घर गए थे, तब वे दरवाजे पर ही थीं। तुम्हारा चेहरा ठीक से नहीं दिखा होगा, इसी तरह देखती रह गई लड़की। मैंने ही उससे हँसते-हँसते पूछा, 'री मुक्ता? तुम उसे पहचान नहीं सकी? वह हमारा मोहन है न?' वह कितना शरमाकर भाग गई थी।"

"ओह!"

"क्या बेटे?"

"नहीं, कुछ नहीं, अच्छा चलता हूँ।"

"वाह! अब ठीक हुआ। मैंने तुमसे कितनी बार कहा है। माँ, तुम तरीके से बात करना नहीं जानतीं। घर आए लोगों से मन चाहे बात मत करो।"

"इस तरह मानो मुझे निगलना चाहती है? मेरी नानी बनकर मुझे बात सिखाने आई है। शायद बस्ती की सारी लड़कियों ने अपनी शर्म तुमको ही बाँट दी है। उसने तुम्हारे बारे में कितने प्रेम से पूछा था। अच्छी तरह जरा बाहर आकर बैठती, चार बातें करती। ये सब सिखाने की बातें हैं? उसके लिए भी नसीब चाहिए। खाली रूप, विद्या से नहीं होता। उस वेंकप्पा की सुंदरी में ऐसा कौन सा रूप है? तुम्हारी जितनी पढ़ाई भी नहीं। तब भी माणिक सा पति मिला तो।"

"माँ बस करो। तुम्हारे साथ रोज झगड़ा कर थक गई। गाँव की लड़कियों की रीति-नीति मुझे सिखाने की जरूरत नहीं, अब उनके घर कितना अनुशासन, साफ-सुथरापन है। उनकी माँ भी उसी तरह। जरूरत जितनी बातचीत, हँसी, तुममें वह कुछ नहीं। उनके आगे तुम्हारे इस झूठ के आडंबर की जरूरत क्या थी? वह चुपचाप सुनता बैठा था, इसलिए। देखोगी, कल धारवाड़ जाकर कितनी खिल्ली उड़ाएँगे।"

''खिल्ली उड़ाने के लिए मैंने क्या किया ? तुम उस तरह पानी बनकर रसोईघर में घुस गई। इसलिए मुझे ज्यादा बोलना पड़ा। फिर वह सब तुम्हारे सुकून के लिए ही उसकी तसवीर देखकर तुमने ही एक बार कहा था''बच्ची, तुमको जग की रीत मालूम नहीं। दूसरों से हमारा काम बनाने के लिए हमें उनकी भी थोड़ी सी प्रशंसा करनी पड़ती है। कुछ बढ़ा-चढ़ाकर कहना पड़ता है। मैंने उसे तुम्हारे बारे में कितना अच्छा कहा!''

''वाह! सुनना पड़ेगा! वह इन आठ सालों में खूब बढ़ गया है, वह सच है, मगर क्या इतना बढ़ गया है कि पहचान ही न पाओ। तुम इतना पहचान नहीं पा रही थीं तो मुझसे पूछ लेतीं। मैं समझ गई कि तुम उसे पहचान न सकीं, इससे तुम कुछ घोटाला करनेवाली हो। इसीलिए मैंने तुम्हें कहा, जरा अंदर आ जाओ, चाय बुझने को है, मगर तुम समझ पाओगी तब न ? तुमने कहा, मोहन हो न, वाह! क्या राग अलापा तुमने…''

''तुम कह क्या रही हो ? इस तरह मेरी अवहेलना कर बात क्यों कर रही हो ? ठीक है, अगर तुम्हें वह नहीं भाता तो मैं नहीं कहूँगी।''

''जो आया था, वह मोहन नहीं था।''

''क्या ? तू क्या कह रही है ? वह मोहन नहीं था ? तू मुझे सिखाने चली है। मेरी अनसूया के बच्चों को मैं नहीं पहचानती ?''

''वह मोहन का बड़ा भाई है। उसकी शादी हुई है, एक बच्चा है।''

''तुम्हें कैसे पता चला ?''

''मैं सब जानती हूँ। उसकी माँ ने ही मुझे सब बताया था। मैं जब धारवाड़ गई थी, उसका फोटो भी देखा है।''

''सच ही ? यह सब कौन जानता है ? छोटे थे, तब अपनी नानी के यहाँ आते थे, तब यहाँ बहुत कम आते थे। कभी आकर चेहरा दिखाकर चले जाते थे। एक मिनट बैठते भी नहीं थे। परसों तुमसे सुनकर ही उनके बारे में जान सकी। फिर यह भी पता नहीं चला कि नानी भी इतना धोखा देती है। सुबह वही आकर कहकर गई। उस दिन मोहन के बारे में पूछ रही थी न, वह आज शाम को आनेवाला है। तुम्हीं देखकर बात करो।''

''उस पर गलती मत थोपो, बेचारी बुढ़िया को किसी से कोई वास्ता नहीं। सुबह जब उनके घर वह दूधवाला आया था, मैं वहीं थी। उसने कहा कि 'दादी, तुम्हारा नाती आया है। कल शाम को उस बाघवाले देव के मंदिर के सामने मिला था। मैं उसे पहचान नहीं सका। उसी ने मुझे पहचानकर बातचीत की। अच्छा लड़का

है। इस बूढ़े को अभी तक नहीं भूला है। उसने आज शाम को इस तरफ आने की बात कही है, नानी ने पूछा, कौन? देवेंद्र या मोहन? फिर भी गर्व से कहा, हाँ वही, मोहन ही। फिर नानी ने आकर तुमसे कहा।"

"ऐसी बात है?"

कन्नड़ कथा साहित्य की एक और महत्त्वपूर्ण लेखनी यशवंत चित्ताल रहे। पेशे से वैज्ञानिक और स्वेच्छा से साहित्यकार बने चित्ताल ने अमेरिका के इंस्टीट्यूट ऑफ टेक्नोलॉजी से स्नातकोत्तर उपाधि प्राप्त की। भारत लौटकर अपने अंतिम दिनों तक वे मुंबई में रहे। उनकी लेखनी विज्ञान और साहित्य दोनों क्षेत्रों में निरंतर जाग्रत् रही। उनके 'शिकारी' उपन्यास ने कन्नड़ साहित्य में एक समय 'अस्तित्ववादी' धारा की धूम मचा दी थी।

उनकी रचना 'कतेयादळु हुडुगि' (कहानी बन गई लड़की) को केंद्रीय साहित्य अकादेमी का पुरस्कार मिला है। कन्नड़ सृजनात्मक लेखन के लिए यशवंत चित्ताल की देन को पहचानकर कर्नाटक सरकार ने पंप प्रशस्ति, कर्नाटक साहित्य अकादेमी का गौरव (आदर) पुरस्कार, 'मास्ति प्रशस्ति', 'कर्नाटक राज्योत्सव प्रशस्ति', 'डॉ. शिवराम कारंत प्रशस्ति', 'श्री गुरु नारायण प्रशस्ति' (प्रशस्ति-पुरस्कार सम्मान) से सम्मानित किया था।

□

आग से जलता जंगल

–हनूर कृष्णमूर्ति

पीपल के पेड़ तले चबूतरे के चारों तरफ गाँव का मुखिया गौड़ा और अन्य मुखिया लोग बैठे हुए थे। इन लोगों से थोड़ी ही दूर चबूतरे के दूसरी तरफ पंडित नरसिंह जोइस और रामभद्राचार्य बैठे थे। चबूतरे के उस पार पाँच-छह गज दूर गाँव के बाहर की बस्ती में रहनेवाले लोग खड़े थे। उनके समूह में मुखियाओं की अदा में खड़े तीन-चार जवान लड़के पीपल के पेड़ तले चबूतरे की तरफ ध्यान से देखते खड़े थे। वे लड़के पंचायत शुरू होने की राह देख रहे थे। पंचायत के बीचोबीच सूरनायका बैठे थे। उन्होंने अपने हाथ के इशारे से शोर शांत किया। फिर इस अंदाज में अपनी बात शुरू की, जैसे उन्हें जो कहना था, वह पहले ही कह चुके थे। उन्होंने कहा, ''आज यह हालत आ गई कि यह चमार जाति भी पंचायत में आकर न्याय माँगने खड़ी हो गई। जानते हो, इसी से तो आज बारिश भी पहाड़ों पर चढ़कर बैठ गई है। रागी मुद्दे का सत्त्व भी खत्म हो गया है। भगवान भी आँख मूँदे बैठा है।'' इतना कहकर प्रश्नार्थक दृष्टि से सभा की तरफ देखकर उन्होंने चमारों की तरफ देखा, गुर्राते हुए कहा, ''तुम लोगों के सिर ऐसी कौन सी मुसीबत आ पड़ी है, जरा बताओ तो देखें।''

उस जाति के नेता जैसे दिखते सिद्दय्या नामक युवा ने कहा, ''आप गाँव के मुखिया लोग हैं, खेती-बाड़ी करते हैं। आप लोगों की वजह से हमारी बस्ती के लोगों को पीने को पानी नहीं मिल रहा है। बहती नदी के पानी में आप लोगों ने ताड़ के पत्ते सड़ने के जिए डाल दिए हैं, इससे पानी बदबूदार हो गया है।''

वीर नायिका ने उस जवान इनसान की शिकायत को अनसुना कर पुजारियों की तरफ एक बार देखा, फिर समूह की तरफ देखते हुए कहा, ''यह सच है कि

गरमी में नदी का पानी कम हो जाता है। पुजारी पूजा के लिए पानी इस्तेमाल कर लेते हैं, सभी जानते हैं कि हम लोगों की बस्ती में भी मुश्किल से पानी आ पाता है। हम लोग शांति से बैठकर बातचीत से यह सब ठीक कर लेंगे, मगर तब भी पुजारीजी, आप ही देखिए, ये जवान लड़के किस अंदाज से बोलते हैं। जूते सिलते हाथों से नाक साफ करते थे ये लड़के, उसी हाथ से 'मुद्दे (रागी का विष्ट अन्न) खाते थे, आज इस तरह बात करना सीख गए। बड़े-बूढ़े सब उनके लिए एक जैसे हो गए।''

अब पंडित नरसिंह जोइस बोलने लगे, ''नायक, आप ही देख लीजिए। पढ़-लिखकर आगे बढ़ते लड़कों के ये लच्छन होते हैं ? आज तीन-चार अक्षर पढ़ना क्या सीख लिया कि इतना बोलने लगा है। नदी के पानी की यह हालत क्यों हुई, आप जानते हैं ? मुखियाजी, आप को तो मालूम होगा कि बारिश पहाड़ पर क्यों चढ़ के बैठ गई है ? हमारे पुरखों ने जाति-वंश-गोत्र आदि बनाया था। जब यह कहोगे कि सब समान हैं तो पानी भी सूखेगा, अकाल भी पड़ेगा, सारी फसल सूख जाएगी।''

रुद्रण्णा ने कहा, ''हम लोगों की पढ़ाई से इस मसले को कैसे जोड़ेंगे आप ? दो दिन हो गए, हम लोगों के घर बच्चों को पीने को पानी नहीं मिला। सब रोते बैठे हैं। आप लोगों को यह भी नहीं दिखाई देता ?''

वीर नायका के पास ही बैठे एक मुखिया (गोंचकार) ने नायक को देखते हुए कहा, ''बात करने का सलीका तो देखिए, गौड़ाजी।'' इतना कह उस लड़के की तरफ मुड़कर पुजारीजी कह रहे हैं कि भगवान की पूजा के लिए ही पानी काफी नहीं पड़ता। हम लोगों के लिए यह गुड़ बनाने के दिन हैं। पिंडी बाँधकर अब नहीं बेचा तो फिर साल भर हमें सारा माल अटारी में ही भरकर रखना पड़ेगा।

गोंचकार की बात बीच में ही काटते हुए पालय्या कहने लगे, ''भैया, यह सब ठीक है, अपने गुड़ की पिंडी बनाकर बेचने के लिए तुमने ताड़ के पत्ते पानी में डाल दिए हैं, उससे तो चारों तरफ बदबू फैल गई है। कम-से-कम इन लोगों को वह पानी भर ले जाने दो।''

तभी रामभद्राचार कलपते हुए कहने लगे, ''तुम भी कैसी बात करने लगे ? मंदिर के आगे बहते पानी को भरकर ले जाने को कह रहे हो ? वह भी तुम लोग छुओगे, तो जान लो, तुम्हारा सिर फूट जाएगा, उसके हजार टुकड़े हो जाएँगे, सातवें नरक में पहुँचकर कीड़ा बनकर पैदा होओगे। भगवान के पवित्र स्थान पर पाँव रखोगे तो जल जाओगे। तुमको जो नहीं करना है, वह करोगे तो फिर उसे तुमको भुगतना भी पड़ेगा। यह अच्छी तरह समझ लो।''

यह सुनकर शिवमल्लु ने कहा, ''ऐसा है तो ठीक है, हम लोग गाँव में गौड़ा

साहब के कुएँ से पानी ले लेते हैं। इसके लिए तो हाँ बोलिए'' बड़े सूरानायक ने अपनी जगह बैठे ही गरजते हुए कहा, ''गाँव के बीच वाले कुएँ का पानी छूनेवाला वह कौन है बता, कुएँ में अपनी रस्सी डालकर भी देख, तेरा सिर फोड़ देंगे।'' और उधर यह सुनकर अपनी बस्ती के लड़कों के पीछे बैठा कल्लण्णा शिवमल्लु के हाथ का सहारा लेकर उठ खड़ा हुआ और चबूतरे की तरफ चेहरा कर हाथ जोड़कर अपने बुढ़ापे की लड़खड़ाती आवाज में बोला, ''धनी लोग, ये बच्चे हैं, नासमझ हैं, आप उनकी बातों पर ध्यान नहीं दीजिए। इधर हम नदी का पानी भी नहीं छू सकते और उधर कुएँ का पानी भी नहीं छू सकते। ऐसी हालत में हम लोग क्या करें? हमारी बस्ती में एक कुआँ भी नहीं है। जब तक बारिश होती रहेगी, कुंड में पानी रहेगा, ऐसा कीजिए कि हमारी लड़कियाँ घड़ा-बरतन लेकर आकर खड़ी होंगी, आप उनके बरतनों में पानी डालते जाइए। हाथ-मुँह धोने और नहाने को न सही, पीने का पानी मिल जाए तो भी ठीक है।'' बूढ़ा इतना कहकर अपनी बात खत्म करनेवाला ही था कि तब तक सूरा नायक के पास बैठे उनकी जाति के बड़े-बूढ़े चिढ़ गए। वे बोले, ''अबे बूढ़े, तू क्या बोल रहा है, तेरा दिमाग तो ठिकाने है? तुम्हारी बस्ती की लड़कियाँ घड़ा-बरतन लेकर आएँगी और हमारी बस्ती की लड़कियाँ उसमें पानी भरेंगी? हम तुम्हारी बस्ती के नौकर हो गए? बड़े-छोटे का फर्क भूलकर बोलने लगे हो। पानी की वैसी ज्यादा जरूरत हो तो गाँव के बाहर हमारे बगीचे के कुएँ से भरकर ले आओ और दिन बिताओ, बस…'' कहते हुए सूरा नायका की तरफ मुड़कर कहा, ''नायकाजी, ठीक है न, मैंने ठीक तो कहा न?'' दिनभर गाँव की सरहद वाली बस्ती के लोग और चबूतरे पर बैठे लोगों के बीच पंचायती बातचीत चलती रही, मगर अंत में उसका कोई फैसला निकल नहीं पाया।

हरे जंगल से लगा होने से करुगय्या गाँव के नाम के साथ जंगल शब्द भी जुड़ा हुआ है। इस हरे जंगल के पहाड़ों के बीच में से निकलता झरना कारम्मा झरना कहलाता है। करुगय्या गाँव से लगा यह जंगल आजकल सपाट हो गया है, इस वजह से बरसात में ही इस तालाब का पानी जरा सा इधर-उधर बहता है, गरमी में तो सूखकर बहुत पतला हो जाता है। इस तरह करुगय्या जंगल को पानी देकर निचले गाँवों तक पहुँचते-पहुँचते पानी ही खत्म हो जाता है। ऐसे समय दोनों तरफ के ग्रामवासी पानी के बँटवारे को लेकर झगड़ा-पंचायत आदि करते हैं। पिछली गरमी के मौसम में तो ऐसा हुआ कि करुगय्या जंगलगाँव में ही पानी कम हो गया, इससे बाहर की बस्ती के लोगों से पानी की माँग और इस तरह की पंचायत बातचीत आदि चली।

करुगय्या जंगलगाँव के मुखद्वार पर स्वामी चेन्नकेशव, श्रीरामजी और हनुमानजी के मंदिर बने हैं। इन मंदिर प्रांगण की दीवार से सटी 'अग्रहार' (ब्रह्मणों को राजाओं के समय दान में दिए गए कुछ मकान) की गली है। कारम्मा नदी टाउन छूते हुए बहती है, इस वजह से पहले अग्रहार में रहनेवाले लोगों को पानी मिल जाता है। गाँव के बीचोबीच मुखिया सूरा नायक रहते हैं। उनकी जाति के दूसरे परिवार और टाउन के व्यापारी बनिया आदि उनके पड़ोसी हैं। गौड़ा गोंचकार अपनी जमीनों पर मजदूरों को रखकर काम करवाते हैं और खुद व्यवहार-व्यवसाय आदि करते हैं। ये लोग गाँव से निकलकर तालुका जिले में व्यवहार करते हैं, व्यापार-व्यवसाय आदि कर लेते हैं। इस तरह साल भर अपने बाग-बगीचे को इन्हें हरा-भरा रखना पड़ता है। गाँव के अंचल पर रहनेवाले लोगों की बस्ती और गाँव से बाहर रहनेवाले लोगों की बस्ती के बीच एक बड़ा सा पीपल का पेड़ खड़ा है। पंडित नरसिंह जोइस इस पीपल के पेड़ के साथ राम मंदिर से जुड़ी एक कहानी सुनाते हैं कि त्रेता युग में इसी जगह पर हनुमानजी से रामजी की दोस्ती हुई थी। अपनी दोस्ती को अमर बनाए रखने के लिए उन्होंने यह पीपल का पेड़ लगाया था। पुजारीजी कहते हैं कि यहाँ का श्रीराम मंदिर इतना पुराना है, जितना यह पेड़। यह कोई नहीं जानता कि पेड़ से जुड़ी यह कहानी कितनी पुरानी है, मगर फिर भी गाँव का कोई भी पंचायत का फैसला इसी पेड़ के नीचे होता है।

इस तरह करुगय्या गाँव सर्दी का मौसम पार कर गरमी में पाँव रखने को था। ठेके पर जमीन लेकर खेती-बाड़ी करनेवाले लोगों के खेतों पर रागी, जवार, बाजरा आदि उगे हुए थे। गुड़ बनाने के लिए मकान तान दिया था। वहाँ से मीठी-मीठी गंध गाँव में फैलने लगी थी। गरमी शुरू होने को थी, इससे कारम्मा नदी का पानी करीब-करीब सूख गया था। अग्रहार के निवासी लोगों द्वारा इस्तेमाल होने के बाद वोक्कलिग लोगों को पानी मिलना मुश्किल हो गया। इस बीच गाँव के गौड़ा और उनकी जाति के लोगों ने साँचे से गुड़ निकालकर उसका पिंडी-कट्टा बनाने के लिए ताड़ के ढेरों पत्ते जंगल से काटे, उससे सन निकालने के लिए नदी के पानी में डाल दिए। दो-तीन दिन के भीतर ही ऐसा हुआ कि आगे की तरफ बहती नदी का पानी सड़ गया और दुर्गंध फैल गई। अब तक गाँव के अंचल में रहनेवाले लोगों के घरों से लड़कियाँ आकर अपने घड़े में पानी भरती थीं, अब पानी मिलना तो दूर, वहाँ तक जाने से पहले ही दुर्गंध फैलने से उधर मुड़ना भी मुश्किल हो गया।

गाँव के मैदान में पड़े-पड़े अँगड़ाई लेते इन पाँच जवान लड़कों को पीने को पानी नहीं मिला, गला सूखने लगा तो तड़प गए। उनकी बस्ती में कोई कुआँ भी

नहीं था। अब इस नदी के पानी का सहारा रह गया था, यह बहता पानी अब संड़ाँध से भरा था। इस हालत से परेशान होकर बस्ती के लोगों ने सुबह-सुबह मजदूरी के लिए जाना बंद कर दिया। यहाँ इकट्ठा हो गए। सिद्दय्या, रुद्रण्णा, सिवमल्लु आगे खड़े हुए। सुबह सूरज उगने को था, चारों तरफ लालिमा फैलने को थी, अभी अँधेरा बना हुआ था। अलस्सुबह बस्ती के लोग निकल पड़े थे।

इधर गाँव के आगे मंदिरों में सन से बनी पूजा की लाल धोती पहन निर्मल होकर पुजारी नदी से पानी भरकर ले आए और भगवान की मूर्तियों पर अभिषेक कर उन्हें फूलों से सजा रहे थे। इन पुजारी लोगों के बच्चे भी इसी तरह का काम करने में लगे थे। अपने हिसाब से वे लोग चमकता चाँदी का घड़ा हाथ में लिये नदी का पानी लाकर मंदिर के प्रांगण में प्रोक्षण कर साफ करने में लगे थे। गाँव से नारियल, श्रीफल, कपूर, फल आदि भरी थाली लिये महिलाएँ आ रही थीं, गौड़ा और उनकी जाति के दूसरे लोग भी मंदिर पधार गए। पूजा हुई, मीठा नैवेद्य बँटा फिर सब निकल पड़े। तभी गरुड स्तंभ के आगे 10-12 गज दूर गाँव के बाहरी अंचल से आए लोग जमा हो गए। जगह-जगह थोड़ी दूर पर खाली घड़ा लिये महिलाएँ-जवान लड़कियाँ बैठी थीं और सटकर बैठे बच्चे रो रहे थे।

सूरनाय्का गाँव के बड़े-बूढ़े थे। उन्होंने ही बात शुरू की, ''बोलो क्या बात है? बाग-बगीचे में जाकर मजदूरी करना छोड़ दिया, सुबह-सुबह औरतों को, जवान लड़कियों को लेकर उनके हाथ में घड़ा-बरतन उठवाकर मंदिर के आगे इकट्ठे हो गए? भगवान का नाम लेकर हम मंदिर से बाहर निकल ही रहे हैं कि तुम लोग अपना यह चेहरा लेकर पहुँच गए? अब सोचो, हमारा सारा दिन का काम बरबाद हो गया। बताओ, तुम लोग इनसान हो या भूत···।'' एक जवान लड़के की बगल में खड़ा था कल्लज्जा। उसने कहा, ''गौड़ाजी, आपको हमें एक मुसीबत से उबारना होगा।'' नायक ने लाठी टेकते आगे बढ़ते हुए कहा। ''मंदिर के आगे खड़े होकर तुम लोग कौन सी पंचायत करना चाहते हो रे? मुसीबत की जो भी बात है, पेड़ के नीचे चलकर फैसला कर लेंगे, चलो।''

पेड़ के नीचे पंचायत के असफल हो जाने पर बस्ती के लोग अपने-अपने घर की तरफ लौटे। उस दिन सुबह बस्ती में किसी के घर चूल्हा नहीं जला, मुद्दे का 'एसरु' (दाल) नहीं पका। बूढ़े और लड़कियों के सिर चक्कर आने लगा था, लड़के-बच्चों की आँखें गड्ढे में धँसी हुई थीं। वे आसमान की तरफ ताकने लगे थे और इधर बस्ती के बीच पंचायत करने बैठे चारों जवान लड़कों के पेट में मुद्दे का एसरु पक रहा था (गुस्से से कुढ़ रहे थे)। चर्चा लंबी चली और राहत

की बातें करने में ही शाम हो गई, सूरज डूब गया। तब जाकर उनके एक सुझाव पर सर्वानुमति मिली।

हमउम्र वाले दस-बीस लड़के इकट्ठे हुए। रस्सी और दो-चार घड़े हाथ में लेकर गाँव के बीच चले आए। सड़क पर सभी मकान बंद ही थे। घने अँधेरे के बीच रह-रहकर कुत्ते का भौंकना सुनाई देता था। एक जवान लड़के ने सूरा नाय्का के मकान के आगे जो कुआँ था, उसमें अपनी रस्सी सरकाई। वहीं खड़े सिद्दय्या, रुद्रण्णा और सिवमल्लु के हाथों से घड़े चुपचाप पानी भरकर बाहर आने लगे। दसवाँ या ग्यारहवाँ घड़ा बाहर आने में ही था कि रस्सी ढीली होकर घड़ा धड़ाम से कुएँ में गिर गया। आँगन के पलंग पर सूरा नाय्का लेटे थे, आवाज होते ही, ''यह क्या बात है ? कुएँ के पास से कैसी आवाज आ रही है ?'' कहते हुए उठकर बैठ गए। आँखें मलकर देखा तो कतार में खड़े ये सारे जवान लड़के दिख गए। ''हरामजादे, अंत में तुम लोग यहाँ तक पहुँच गए···।'' नाय्का के मुँह से निकली बात अभी पूरी नहीं होने पाई थी कि गली के चबूतरे पर लेटे गौड़ा गोंचकारों के जवान लड़कों ने एक साथ कुएँ के पास खड़े लोगों पर आक्रमण कर दिया। 'धड़ाम्-धड़ाम्' की आवाज, 'धुप'। चीख-चिल्लाहट, मार-पीट से धूल उड़ रही थी। पहले राउंड में ही ये लड़के कराहते हुए जमीन पर गिरे। सिद्दय्या, सिवमल्लु आदि चार-छह बड़े-बूढ़ों को कुएँ से लगे लांद्रा खंभे पर बाँध दिया गया। हठात् से निकले गाँव के इस हल्ले से रात को झुरमुट में से झींगुरों ने भी अपना झेंकार बंद कर दिया।

''तेरी इतनी हिम्मत कि गाँव के कुएँ का पानी छू दिया ?'' सुबह होने दे भैंसा छोड़ेंगे, तेरी मरीमाता का त्योहार करवाएँगे।'' कहते हुए दाँत किटकिटाकर बूढ़े गोंचकार के बच्चों को वीर नाय्का ने आदेश जारी किया। ''भैया, चमारों के इन लड़कों ने कुएँ का पानी मैला कर दिया है। सुबह उठते ही सारा पानी खींचकर खाली कर दो। फिर पानी भरेगा, उसके बाद सुहागिन महिलाओं के हाथ गंगा माई की पूजा करवाकर, नमस्कार करके दक्षिणा चढ़ाओ।'' आदेश देकर पलंग पर लेटकर घटना की याद करते रहे; खंभे से बँधे लोगों को गाली देते-देते फिर सो गए।

रात होने के काफी देर बाद पिटकर सड़क पर पड़े जवान लड़के किसी तरह चेत गए और बँधेहुओं को मुक्त किया। रुद्रण्णा की आँखों से चिंगारी फूट रही थी, ''सुनोगे तुम लोग मेरी बात ? हम तीन पग आगे रख चुके हैं। हमारी बस्ती से तुम पाँच-छह लोग मेरे पीछे चल पड़ो, उतना हमारे लिए काफी होगा।'' उसने कहा। फिर नदी किनारे तेजी से चलते उन युवाओं के हाथ में जलती मशालें चमकने लगीं।

अमावस्या की उस अँधेरी रात में अँधेरे को भेदकर नदी का किनारा पार कर

गाँव के बड़े-बड़ों के बाग-बगीचे की तरफ घुसे जवान ने सूरा नाय्का से शुरू कर सभी रईसजादों के घास की ढेरी में आग लगा दी। घास से लगी आग राक्षसाकार में बढ़ी, अपनी जीभ फैलाकर खूब फैल गई, लपटें उठीं।

गाँव के बाहर से उठती आग की लपटों की तेजी ने अभी-अभी कुएँ का झगड़ा निपटाकर सोने गए लोगों को प्रचोदित कर जगाया। उन्हें लांद्रा खंभे से बँधे बड़े-बूढ़े या मार खाकर जमीन पर पड़े जवान लड़कों में से कोई भी दिखाई न दिया। उनकी जगह खेतों से उठ रही आग का ताप हर गली को छू रहा था। अभी तक घर के किसी कोने में बेकार पड़ी कुल्हाड़ी, कुदाल, हँसिया, चापा, कटार आदि सब उठाकर वे लोग चल पड़े थे।

उधर अंचल की बस्ती के बड़े-बूढ़े और महिलाओं ने जैसे ही अपने धनी-मालिकों के खेत-खलिहान से आग की लपटें निकलते देखीं तो दहाड़कर रोने-चिल्लाने लगे, महिलाएँ हाय-हाय कर रोने लगीं। घड़ा-बरतन आदि जो भी हाथ लगा, उसे लेकर आग बुझाने दौड़ पड़े। तब तक आग लगाकर वे जवान लड़के गाँव की दूसरी सरहद से लौटकर पंचायत भवन के आगे जलती मशालें रख वहीं चेहरा फुलाकर बैठ गए। मंदिर के आगे मशालों में से आग धीमी होने लगी थी, मगर तब भी उसमें आग की तेजी बनी हुई थी।

सुबह होने को थी। मुर्गा-मुर्गी बाँग देने को तैयार खड़े हुए। लाल चेहरा लिए सूर्य भी पूर्व दिशा में सँवरकर उगने की कोशिश कर रहा था। गाँव में अभी तक किसी घर में दरवाजा भी नहीं खुल पाया था, मगर तभी हर घर में खिड़की, छत आदि को हिलाते हुए भयंकर खबर घुस आई थी कि नदी के उस पार की बस्ती से घड़े-बरतन लिए खड़े बूढ़े और जवान लड़कियों को काट-काटकर फेंक दिया गया। बारह से भी ज्यादा लाशें पड़ी थीं, गाँव के मुखिया लोगों के बेटों के भी एक-दो सिर फूटे थे। हवा में भी इस खबर की फुसफुसाहट सुनाई देने लगी थी।

सुबह हो चुकी थी, मगर मुर्गी ने बाँग नहीं दी। कुत्ते भौंकना, धूप सेंकना भी छोड़ घात लगाकर बैठे थे। अग्रहार से कोई भी बाहर नहीं निकला, सूनापन फैला था। गाँव में दुकानदारों ने दुकान नहीं खोली, अंदर ही सिकुड़कर बैठे हुए थे। पूरा गाँव मानो काँप रहा था। चारों तरफ खबर फैलते ही करुगय्या जंगल की तरफ तीन नीले रंग की वैन तेजी से धूल उड़ाती हुए घुस आईं, खाकी पोशाक पहने पुलिस वाले भी तेजी से वैन से उतर आए और चारों तरफ पहरा देते हाथ में पिस्तौल से तैनात होकर खड़े हो गए।

खबर चारों तरफ फैली, "करुगय्या जंगल गाँव की नदी में गाँव के गौड़ा

और उनके अनुयायियों ने ताड़-पत्ती को सड़ने डाला था। इससे गाँव के बाहर की बस्ती में रहनेवाले लोगों को पानी की दिक्कत हुई, दोनों के बीच दुश्मनी फैली, उससे बेकाबू होकर वे लड़ पड़े। दस-बारह लोगों की मौत हुई। अचानक घटी इस घटना को लेकर बड़े अफसरों के बीच लंबी बातचीत-चर्चा चली। गाँव के दोनों जाति समूह के लोग काफी बड़ी संख्या में थे। इस कारण किसी का भी पक्ष लेकर बोलना या किसी को दोषी ठहराना संभव नहीं था।

इस वजह से तात्कालिक रूप से इस प्रकार के फैसले निकाले गए। मृतक के परिवारवालों को राशि देने का आश्वासन दिया गया है। परिस्थिति का सूक्ष्म रूप से परीक्षण कर कारवाई की जाएगी। घटना की न्यायिक जाँच करवाने के बारे में सोचा जा रहा है और इस तरह के दुष्कृत्यों में लगे किसी इनसान के पाए जाने पर तुरंत उसपर गोली चलाने का आदेश जारी किया गया है।

हनूर कर्नाटक के कोल्लेगाल जिले का एक गाँव है, जहाँ की पैदाइश थे कृष्णमूर्तिजी।

कन्नड़ के नामी कथाकार, लोक साहित्य के विशेषज्ञ कृष्णमूर्तिजी बहुत बड़े साहित्य-साधक हैं।

हनूर या कहें जिला कोल्लेगाल कर्नाटक का एक तरह से पिछड़ा इलाका है। घने जंगल से आवृत इस प्रदेश में जंगल के निवासी जन-जातियों के दुःख-कष्ट को कोई नहीं जानता, कोई पूछता तक नहीं। चोरी-डकैती-हत्या इन सबका नागर समाज का कोई परिचय नहीं है।

कृष्णमूर्ति की लेखनी की यही विशेषता है कि उनके जीवन के सही दर्शन उनकी भाषा द्वारा होती है।

'म्यास बेड़ा' वहाँ के भीलों की एक जनजाति है जिसका नागर समाज को जानने का कभी अवसर ही नहीं मिला। कृष्णमूर्तिजी ने उनपर प्रामाणिक शोध कर ग्रंथ रचना की।

1912 में रचित उनका 'अज्ञात नोब्बन आत्मकथे' (एक अज्ञात व्यक्ति की आत्मकथा) उस वर्ष का सर्वश्रेष्ठ उपन्यास घोषित हुआ था।

यहाँ की कहानी भी उक्त प्रदेश से ही संबंधित है।

□

रुद्रप्पा का खंग

—कुं. वीरभद्रप्पा

बाल-बच्चों वाले रुद्रप्पा की दैनंदिन चर्या परसों-नरसों जैसी थी, वैसी कल नहीं रही। पेट भर खाकर, अच्छे से कपड़े पहनकर वह आँगन के चबूतरे पर बैठ जाता है, फिर गली के किनारे तक आँखें फैलाकर बिल्ली की तरह ताक में बैठा रहता है। उसकी नजर से कोई चराचर नहीं छूट पाता। कोई मिल गया कि बस, चुंबक से चिपके लोहे के टुकड़े की तरह उस आगत को वह बुला लेता है। उस इनसान की योग्यता देखकर उस हिसाब से उसे सही जगह बिठाता है, फिर उन्हें बीड़ी सुलगाने के लिए दियासलाई की डिबिया देता है। फुस-फुस निकलते धुएँ के बीच उसके गोल चेहरे की लंबी नाक सफेद तारे-सी चमकने लगती है। गहरी घनी भौंहों के नीचे अनहोनी चमक से भरी आँखें दमकने लगती हैं। विशिष्ट हँसी की ध्वनि रूपाकार न पाकर होंठों के बीच नंदी कोलम रचना शुरू कर देती है। वह अपनी उभरी छाती को श्रोताओं को दिखा सके, इसलिए मानो कमरे की झाड़ी की तरफ से धीमी हवा बहती है।

उसकी स्वर ध्वनि के लालित्य को ही मांस का टुकड़ा समझकर भ्रमित हुआ तगड़ा कुत्ता उसके आगे बैठकर अपनी पूँछ हिलाना शुरू कर देता है। यह कैसी पारस्परिक बंधुता! जैसे ही रुद्रप्पा अपने दादा के समय की बात कहना शुरू करता है, उधर गोशाला में बैलों के पाँव तले गोबर उठाने में लगी वह बुढ़िया यानी, जिसने उसे अपनी बेटी दी है, वह निंगज्जी (अज्जी-आजी माने बुढ़िया) बड़बड़ाना शुरू कर देती है, "अरे रे शूर पराक्रमी, तूने शुरू कर दी अपनी पुराण कथा, खेत में जाकर तुम्हें कितने दिन हुए बता, कितने दिन हुए तुमने बैलों को पानी नहीं पिलाया?" तभी उसके साथ अंतरराग जोड़ने के लिए, रसोईघर से गौरव्वा यानी रुद्रप्पा की

घरवाली बरतन-भाँड़े जोर-जोर से पटककर ताल देना शुरू कर देती है। फटे झूले के अंदर से जरूरत के हिसाब से तेल-मक्खन के अभाव का वह नन्हा जोर से चीखकर रोना शुरू कर देता है। दस वर्ग फुटवाले उस मकान को अपना साम्राज्य मानती वह बिल्ली दिन भर दो-तीन चूहे गटकती लकड़ीवाली छत के किनारे से छलाँग लगाती है। पानी के ऊपर तिरते घी की तरह तब भी रुद्रप्पा अपने दादा के पराक्रमों की कहानी से शुरू कर अपने बाप के पराक्रम के वर्णन तक पहुँच जाता है। ऐसा लगता है, जैसे किसी दूसरे का ऐसा बाप ही न था! और किसी की उसके जैसी घनी मूँछें न थीं। इस तरह बातों में··· गुडेदुर्ग के राजा से बढ़कर उसकी वह चाल-ढाल थी, इस तरह की बातों में वह ईंट पर ईंट जोड़ते हुए श्रोताओं के लिए सजीव समाधि तैयार कर देता है, कहता है, पूछता है, ''मेरे बाप ने मुक्कुंदी राजा रेड्डी को डरा-धमकाकर भगाया था। तुम वह खंग देखना पसंद करोगे न?'' तब श्रोता हाँ के अंदाज में सिर हिलाता है। फिर कहीं वह छूटकर न चला जाए, रुद्रप्पा उसकी गलपट्टी पकड़कर आँगन में ले जाता है। तब श्रोता वहाँ जमी धूल की भी परवाह न कर अपने आँख-कान दोनों को एकाग्र कर देता है। तब रुद्रप्पा लकड़ी की धरन के छेद से जंग लगे, काई जमे खंग को उठाकर ह··· ह··· ह कह जोर से हँसता है। फिर अगले मिनट उस खंग की दु:स्थिति देखकर नाक-भौं सिकोड़ता है और 'अरी!' कह अपनी बीवी को आवाज देता है। बीवी के आने पर उसके बाल पकड़कर खींचता है और झल्लाकर, ''मैंने तुझे इसे रगड़कर साफ करने को कहा था, क्यों नहीं किया?'' कहता है। गौरव्वा, 'हाय, हाय,' कह चीखना शुरू कर देती है, तभी निंगज्जी गौओं के कोठे से बाहर आकर, 'तुम्हारे हाथ सड़ जाएँ' कहना शुरू करती है। तभी श्रोता हालत से रूबरू होकर भाग जाता है।

''क्यों रे रँडुआ, तुझे अपना जमाई नहीं, बेटा मानकर मैंने पाला। अब इसके बदन पर हाथ चलाने लगा? यह फूटा खंग छोड़ दो तो तेरे पास और कौन सी जमा पूँजी है? जायदाद नहीं कमाई, तुमने मेहनत नहीं की। आने-जानेवाले लोगों के आगे अपने खंग का बखान करते बैठा रहता है। तू भी कोई मरद है?'' कह उसने डाँटना शुरू कर दिया। तभी अपने मरद की मजबूत पकड़ से बाल छुड़ाकर गौरव्वा, ''मेरे मरद को अंट-संट बकोगी तो ठीक न होगा देख'' कह सामने आ खड़ी हो गई। उन दोनों को आपस में लड़ने देकर रुद्रप्पा ने खंग को उसके मूल स्थान पर रखा और दूसरे श्रोता की तलाश में निकल पड़ा।

माँ-बेटी दोनों भी यह बात मानती हैं कि रुद्रप्पा पहले इस तरह का नहीं था। अभी पिछले दो महीनों में वह बदल गया है। पैतृक संपदा से अपना दाय माँगने

वह कुरकोड़ गया था। वहाँ जाकर भाई राचप्पा के सामने उसने यह बात कही थी कि मैं भी अपने बाप का बेटा हूँ। उस पर राचप्पा ने उससे कहा कि आखिर यहाँ जायदाद है ही क्या? भिखमंगों की एक कटोरी। इतना कहकर उसने बीड़ी सुलगा दी थी। गाँव का मुखिया गौड़ा रुद्रप्पा को अपने घर ले गया और करेले की पट्टी, सफेद जवार की रोटी खिलाई और कहा, ''देख रे, तेरा बाप और मैं, दोनों एक ही गंगाळ (काँसे की थाली) में खाना खाते थे।'' इतना कह सारी जायदाद किस तरह वेश्याओं, वकीलों में पूरी-की-पूरी बँट गई, आदि बातें विस्तार से समझा दी थीं। इससे रुद्रप्पा को अपने बाप पर गर्व सा हुआ। तब उसने उनके पीछे पड़कर बाप-दादों की यादगार के रूप में कोई चीज दिलाने की माँग की थी। गौड़ा ने राचप्पा को समझाकर उसे यह खंग दिला दिया था।

वह खंग लाने के बाद से रुद्रप्पा पूरी तरह बदल गया था। खंग के बारे में किसी से उसका वर्णन नहीं करता तो वह खाना भी नहीं खाता था। इसके साथ ही वह गाँव के कुछ गणमान्य लोगों को बुला लाता था, रोज ही उन लोगों के लिए उपमा आदि बनाकर खिलाने, चाय देने के लिए बीवी को आदेश देता था और खिलाने-पिलाने में माँ-बेटी दोनों मर्दों की तरह मेहनत करतीं।

माँ-बेटी दोनों रात भर बैठकर पान-सुपारी चबाते-चबाते खंग गायब कर रुद्रप्पा को पहले जैसा बनाने के निर्णय पर पहुँचीं। अपने उस निर्णय को तड़के ही लागू कर दिया। दरवाजे के पीछे जमीन खोदकर खंग को उसमें छिपा दिया, उस पर जवार के पुआल को फैला दिया। रुद्रप्पा उडिपि होटल में दोसा बनानेवाले महाराज को घर ले आया। फिर घरवाली के बाल खींचकर खंग का पता लगाने की कोशिश की। अपनी बात पर वह अड़ी रही। अपने मर्द की किसी भी हिंसा का उसने जवाब नहीं दिया। फिर अंत में रुद्रप्पा ने किसी तरह पता लगा लिया, खंग को बाहर निकाला। बीवी और सास दोनों को खबरदार कहकर धमकाया। तब उन दोनों ने 'हे शिव!' कह उद्‌गार निकाला।

'ताली' (ताली = एक दक्षिण भारतीय शब्द है, विवाह में पति मंगलसूत्र के साथ सोने का एक बिल्ला बाँधते हैं, जिसे ताली कहते हैं।) ''अरी बुढ़िया, सुन खंग ने रुद्र को नहीं भरमाया है।···तुझे···आठ दिन होने दे, देखती रह, तेरा खाना नहीं पचेगा।'' कहते हुए अमटी ने कालज्ञानी की तरह उसका मजाक उड़ाया। यह बात निंगज्जी को गहराई से चुभ गई और वह अपने समूह से छूटे बछड़े की तरह तड़प उठी। कहा, ''गौरी, जब तक यह खंग मैं खत्म न करूँ, मुझे चैन नहीं।'' उस माँ की आँखों में आँसू भरे देख, उसके गले लगकर गौरी ने, ''अम्मा, मैं अपनी कथा

क्या कहूँ···इनको मुझसे बढ़कर खंग से प्रेम हो गया है।'' कहते हुए हठात् रो पड़ी।

दोनों ने दिन-रात सोचा, फिर एक निर्णय पर पहुँचीं। वह यह कि चाहे तो रुद्रप्पा गला दबोचकर इन दोनों को खत्म कर दे, मगर खंग को वे उठा ले जाएँगी और कन्नीरव्वा के कुएँ में डुबोकर आएँगी। भूत-प्रेत, काले साँपों के लिए प्रसिद्ध उस कुएँ की गहराई का भी अंदाज किसी को न था। उस पुराने, कनीरव्वा के कुएँ पर वे रातोरात पहुँचीं और उसमें वह खंग फेंका। कुएँ ने गुळुं आवाज कर उसे निगल लिया।

अगले दिन सुबह खंग नहीं दिखा तो रुद्रप्पा ने तीखे स्वर में, ''री, क्या किया···तुम्हारी अन्मन्···'' कहा तो गली की गली ने हो-ह्हो किया। ''हमारा णिराण जाएँ, मगर हम नहीं कहते'' माँ-बेटी दोनों ने 'खोल, खोल' कह अपनी चोली का बटन खोला और उसके आगे आकर सो गईं, मरने डटी उनके चेहरे पर उसने 'थत् तुम्हारे मुँह में···' कह थूका। अतल-वितल-पाताल में कहीं भी तुमने खंग छिपाया हो, उसका मैं पता लगाकर रहूँगा' कहते हुए रुद्रप्पा ने प्रतिज्ञा कर ली।

श्वासोच्छ्वास को भी भूलकर खंग को ढूँढ़ने में लगे रुद्रप्पा से ग्राम देवी के मंदिर के पास कोट्रा नामक एक चुगलखोर ने कहा, ''तुम मुझे एक सिगरेट दिलाओ तो एक बात बताऊँ।'' यह सुन रुद्रप्पा को गुप्तधन प्राप्त करने का आनंद मिला। उसने कहा, ''अरे रे! एक ही क्यों, मैं तुझे एक पैकट ही दिला दूँगा।'' कहने के साथ ही उसे एक पैकट उसने दिला भी दिया। पूरी एक सिगरेट खींचकर फिर उसने कहा, ''परसों, रात को बुढ़िया को गौरम्मा के साथ कन्नीरव्वा के कुएँ की तरफ जाते हुए मैंने···'' कहकर खट्-खट् छलाँग लगाते वह भाग कर चला गया।

हें···हं हं, तुम लोगों ने कन्नीरव्वा के कुएँ में खंग फेंका है न, कह आँगन में अपना पाँव जोर से पटककर उसने आवाज दी। तब गौरव्वा अपनी माँ को जोर से पकड़कर खड़ी हो गई। तभी निंगज्जी ने उसे अपने बदन से अलग किया और आँगन में तेजी से आकर, ''हाँ रे, हमने डाला है, क्या फाड़ लोगे? फाड़ लो न,'' कहते हुए जलसे के पहलवान की तरह खड़ी हो गई।

तब रुद्रप्पा ने कहा, ''ठीक है, मैं भी यह पता लगाकर ही छोड़ूँगा कि यह कन्नीरव्वा का कुआँ कितना गहरा है'' और उसने कमीज खोलकर रखी तथा कुएँ की तरफ अपने पाँव बढ़ाने लगा। तब पूरी की पूरी गली, ''मत जा, मत जा'' कहते हुए उसके पीछे जाने लगी। ''गौरव्वा, हाय, मेरा घरवाला कन्नीरव्वा के कुएँ के लिए निकल पड़ा है, कोई तो मेरा सुहाग बचाओ,'' कहती हुई और निंगज्जी, 'हाय, हाय, मेरी बेटी का सुहाग' कहते आगे बढ़ीं।

''मत जा रे, मत जा, मेरे सौ साल की उम्र में आज दिन तक किसी इनसान को उसमें तैरने जाकर जिंदा लौटते मैंने नहीं देखा।'' कहते शतायुषी ने, वह एक समय में निंगज्जी का भी गुप्त प्रेमी था—वह काळज्जा, उसके सौ दृष्टांत देकर उसने रोकना चाहा, मगर रुद्रप्पा ने सिंह मूर्ति के सिर पर पाँव रखा, उस हरे रंग के पानी में धड़ाम से कूद पड़ा और लोगों ने हाय-हाय कहा।

''हाय-हाय! मेरी बेटी का मांगल्य ऋण खत्म हुआ, अब कौन इनसान मेरी बेटी का होगा,'' कहते अपनी छाती और जमीन एक साथ पीट-पीटकर निंगज्जी रोने लगी। ''उसको लेकर क्यों रोती है री, मैं भी जवान उम्र में बेवा बनी थी। अब तक जिंदा हूँ न,'' कहते हुए निंगज्जी ने अपनी बेटी को छाती से जोर से चिपका लिया। लोग चकोर पक्षी की तरह रुद्रप्पा की लाश के ऊपर तिर आने की कल्पना कर प्रतीक्षा करने लगे और तभी असीम साहसी रुद्रप्पा तैरते हुए एक मात्र पैतृक संपदा उस खंग को लेकर किनारे पर पहुँच गया। ''ओह, मेरी किस्मत, आप लौट आए, भगवान बड़ा कृपालु है,'' कहती हुई गौरव्वा दौड़ आई और पति से जोर से चिपक गई। अब लोग उससे, 'कन्नीरव्वा के कुएँ में तुमको सोने से भरा घड़ा तो नहीं दिखा?' आदि कई प्रश्न करने लगे। उन वरुणों से अपने को छुड़ाकर घर लौटने तक रुद्रप्पा को काफी मुश्किल हो गई।

''मैं यह घर छोड़कर चला जाऊँगा'' कहता रुद्रप्पा, और ''मैं भी देख लूँगी, तू छोड़कर कैसे चला जाएगा,'' कहती निंगज्जी ने दो दिन तक लगातार पंचायत की। 'पैतृक जायदाद गई' कहने के लिए कोई एक खेत का टुकड़ा भी तो हो, एक छाया हो' फिर अंत में गली के बुजुर्गों की बात मानकर वह सास की छाया में शरणागत हुआ।

अपने पूर्वजों के पराक्रम पर कलश चढ़ाने के लिए ही मानो वह कन्नीरव्वा के कुएँ में घुसकर खंग लेकर लौटा था। वह इस बात से अपने आपसे मोहित हो गया। रुद्रप्पा आँगन में चुपचाप दुबककर ज्यादा दिन बैठ भी न सकता था। टहलने जाकर रोज पाँच-छह लोगों को बुला लाता और ऊँची आवाज में घरवाली को आदेश जारी करना शुरू कर दिया। उन दोनों ने उधर अतिथियों के जाते ही 'हो, हो' कह हुकारना शुरू किया।

निंगज्जी कुछ गाँववालों के आगे 'इस खंग का अब क्या करें' कह अपना रोना रोती रही। तब सुननेवाले लोगों ने उससे कहा, ''तुम तो कन्नीरव्वा के कुएँ में खंग फेंक आई थीं, तुम्हारे जमाई ने तब भी नहीं छोड़ा।''

अगले दिन तड़के कोट्टूर के मक्खन बसवराज समूह के लोगों के ढोल की

आवाज सुनाई दी तो उसने जाकर देखा कि गूगल की लाल जीभ बाहर निकली थी, काशी का बामन पुजारी अपनी जीभ पर चमकता धागा पिरोकर वीरावेश से नाच रहा था। सूत्र के आगे दूल्हा थर-थर काँप रहा था। साथ ही 'ह-ह्वीर, हमारे कटिवीरभद्र दैव खंग लिये दक्षवध करने इस प्रकार आ रहे हैं' कि¨ऽऽ विरुद वचन कहते हुए भी सुनाई दिए। उस क्षण निंगज्जी को क्या कुछ सूझा कि वह तेजी से चली आई और खंग को साड़ी में छिपा लिया, तेज-तेज चलकर दुर्ग के वीरभद्र मंदिर गई और भगवान के आगे प्रणाम कर, ''हे भगवान, यह खंग अपने पास रखो,'' कहकर लौटी।

खंग नहीं दिखा तो पहले की तरह इस बार भी रुद्रप्पा गुस्से में भर आया, 'क्या री' कह गर्जन किया। निंगज्जी ने कहा, उसको ले जाकर वीरभद्र भगवान के मंदिर में दे आई हूँ। तुम मर्द हो तो ले आओ, जाओ' हं-हं-हं की आवाज लेकर हँस पड़ी।

अतुल पराक्रम से गया रुद्रप्पा मंदिर से खंग ला न पाया। पित्रार्जित पराक्रम मानो उसने खो दिया, अब घर के चबूतरे पर बैठा रहता है।

कन्नड़ भाषा के आंदोलनपरक साहित्य में 'बण्डाय' (विद्रोह) का अपना विशिष्ट महत्त्व है। कन्नड़ भाषा में विशेष रूप से बीसवीं सदी के सत्तर का दशक इस दृष्टि से विशेष उल्लेखनीय रहा है। यह आंदोलन समाज से उपेक्षित दलित समुदाय की प्रतिभा का आंदोलन था। समाज-सांस्कृतिक आंदोलन की ध्वनि अब्राह्मण समुदाय से प्रस्फुटित हुई तो समाज के हर कुचले वर्ग की प्रतिभा को विकास का अवसर मिल सका, उसकी निरंतरता आज तक चली आ रही है।

कर्नाटक के बल्लारी जिले के कोट्टूर ग्राम में निवास कर रहे कुं. वी. कन्नड़ के तेलुगु भाषा की प्रतिभा हैं।

मूल रूप से कथाकार कुं. वी. के नाम से प्रसिद्ध वीरभद्रप्पा की कई कहानियाँ फिल्मीकृत हुई हैं।

□

पूर्वी अंचल में हत्या आदि

—देवनूर महादेव

: 1 :

यह बात प्रचलित है कि पूर्वी सीमा हत्या-लूट के लिए जानी जाती है। किसी से भी पूछकर देखिए, वे वहाँ के लोगों को बहुत उद्दंड कहते हैं। उस दिशा के अंचल से लगा हुआ एक गाँव है। वहाँ रंगप्पा नामक एक इनसान है। गाँव में रंगा, रंकप्पा, रंगस्वामी आदि अलग-अलग तरीके से लोग उसको पुकारते हैं। पता नहीं, उसके माँ-बाप कहाँ के होंगे, मगर वह इनसान तो दोनों फसल, उस अंचल की मिट्टी को अपने साथ चिपकाते पला है। बाप-दादों के जमाने से भी उसकी अपनी जायदाद थी नहीं। एक झोंपड़ी, एक बीवी, एक छह-सात साल का बेटा है, यही उसकी जायदाद जैसा है। रोज खाया तो खाया, नहीं तो नहीं। जन्म से लेकर आज तक वह गौड़ा-ग्राम मुखिया के खेत में अपनी सुबह देखता आया है। गाँववाले कहते हैं, उसने अपने हाथों खेत जोता, उसी से गौड़ा के घर के खंभे टिके हैं। इस तरह उसकी झोंपड़ी, उसकी बीवी और बेटा उसी के कंधों पर आश्रित हैं, मगर उसको ऐसा नहीं लगता। वह सोचता है कि गौड़ा आँख खोलेंगे तो उसके पेट में जीव संचार होता है।

उस रंगप्पा की झोंपड़ी गाँव से जरा हटी हुई सी है। वहाँ पर पता नहीं क्यों हाथ जोर से जमा कर वह बैठ गया था। उसके सामने, उसकी बीवी, बेटे की फटी चड्डी सुई-धागे से बैठी सिल रही थी। वहीं पर अपनी माँ के साथ सात साल का लड़का अप्पी छोटे बच्चे की तरह चिपककर बैठा था। वह ऊँघ रहा था। शाम होने में अभी काफी वक्त था, मगर वह झोंपड़ी एक तंबू जैसी लगती थी। वहाँ अँधेरे में अंदर आनेवाले इनसान को इन तीनों में से कोई भी नहीं

दिखाई देता था। उस धुँधली रोशनी में आँख टिकाकर देखने पर धीरे से उसकी बीवी और बेटा दिख पाते। वहाँ झोंपड़ी पर ढका पुआल इधर-उधर हिल गया था, उससे छत चारों तरफ खुल गया था, आसमान दिख रहा था। उस तरफ से अंदर घुसती रोशनी यहाँ-वहाँ बीच में गिरती चलती रहती। उसकी बीवी उससे 'अभी बारिश का मौसम आने को है। सोने को थोड़ी सी जगह रहे, पुआल लाकर छत पर फैलाओ' कहती, रंगप्पा की 'हाँ-हाँ' सुन-सुन वह भी थक गई थी, अब चुप रहने लगी थी।

रंगप्पा अपनी जेब में से कुछ तलाशने लगा, जिससे एक तरह की चलनशीलता शुरू हुई। अपने मर्द की कातरता को समझकर उसकी बीवी ने अपने बदन से सटे बेटे को धीरे से जमीन पर लिटाया और उसकी बीड़ी के लिए आग लाने उठी। बेटे का गला आगे-पीछे हिलने लगा, उसने उसे ऊपर उठाया फिर धड़ाम से नीचे गिर पड़ा। रंगप्पा ने बेटे पर नजर टिकाकर कहा, "अरी, यह क्या? अभी शाम को ही तुम्हारे बेटे को नींद आने लगी है।" तब जवाब में उसकी बीवी ने कहा, "बच्चा चड्डी के लिए जिद कर रहा था, रो-रोकर सो गया।" इतना कहकर वह जरा रुकी, फिर जाकर उसने आग ला उसकी तरफ बढ़ाकर कहा, "अगले हफ्ते हाट जाओगे तो एक ले आना।" जवाब में उसने हाँ ऊँ भी नहीं कहा। जब खूब तलाशने के बावजूद बीड़ी नहीं मिली तो धत् तेरी कहने का उसे मन हुआ। फिर उसने कहा, नहीं है, आग वापस रख दो। उसकी बीवी धीमे से कुछ बड़बड़ाकर आग वापस रख आई और पहले जैसे बैठ गई। बेटे की तरफ देखते-देखते उसने पूछा, "बच्चे ने कुछ खाया होगा?" "दोपहर का बासी खाया था।" उसने जवाब दिया। और क्या किया जा सकता था। यह बात उसे चिढ़कर कहने की जरूरत नहीं थी। वह दरवाजे की तरफ स्थिर दृष्टि से देखने लगा। फिर इधर मुड़कर उसने देखा तो उसकी तरफ देख रही उसकी बीवी ने उधर से अपना चेहरा हटा लिया। उसने भी 'मैं जरा गौड़ाजी से मिल आता हूँ,' कहा और उठ गया।

: 2 :

गौड़ाजी नंजनगूड़ की तरफ गए थे। रंगप्पा को शक था कि वे अब तक लौटे भी होंगे या नहीं। पिछले सप्ताह गाँव भर में बात फैली थी कि नर्सम्मा का तबादला हुआ है। यह बात भी सुना दी थी कि अब गौड़ा यहाँ लौटे होते तो उनका तबादला भी रुकवा दिया गया होता। एक साल पहले गाँव के लिए एक नर्स की जरूरत महसूस कर, ऊपर वालों से लड़कर वह नर्स को बुलवा लाए

थे। कोई कहता कि गाँव बिल्कुल अविकसित है, वे और उन जैसे लोग सह नहीं पाते। फिर जब नर्स आ गई, वह ईसाई थी, इस वजह कोई भी उसे मकान देने को तैयार नहीं था। अंत में गौड़ा ने अपना ही चबूतरेवाला मकान उसे दे दिया और उससे किराया लेने से भी मना कर दिया। वह भी आते ही गाँववालों से हिल-मिल गई। उसके बाद से जाति-पाँति की परवाह न करनेवाली जवान उम्र की लड़कियाँ उस जैसी बनने को तरसने लगी थीं। वह तो ठीक, आज पूरे गाँव में बिजली शुरू होने के संभ्रम में गाँव वाले घमंड में डूबे हैं। उसके कारण पुरुष गौड़ा हैं। वे सप्ताह में एक दिन भी गाँव में रह गए तो समझो बड़ी बात हुई। वह जहाँ भी जाते हैं, उस दिशा में काम अपने आप जन्म ले लेते हैं। इस हालत में पता नहीं, गौड़ा लौटे भी होंगे कि नहीं।

गौड़ा अपने बड़े मकान के चबूतरे पर अपनी ही अदा में बैठे रहते हैं, तब देखनेवालों की आँखों में उनकी मूर्ति जम जाती है। पिछले सप्ताह जब यह उनसे मिलने गया था तो वह उस तरह बैठे थे। रंगप्पा उनके आगे पीठ झुकाकर खड़ा था। चार सेर जवार लाकर उसके आगे रखने के बाद गौड़ा चेहरा मोड़कर चले गए थे। उसके बाद तो रंगप्पा की हिम्मत न रही। गौड़ा ने अब 'दोबारा फसल आने तक मत माँगने' का बंधन लगा दिया था और तेजी से चले गए थे। गौड़ा की बात और गौरव्वा के व्यवहार से उसे बहुत बोझिलपन लग रहा था।

पाँव आगे बढ़ाते समय उसे बार-बार लग रहा था कि अब कौन सा मुँह लेकर उनके आगे जाएँ। बेटा भूखा सोया था, रक्तहीन चेहरा लेकर बैठकर चुप्पी साध आँ-ऊँ कहती घरवाली, ये दोनों उसके सिर के अंदर बैठकर सता रहे थे। जन्म से लेकर आज तक खूब मेहनत कर लगातार काम करने के बावजूद भरपेट कभी नहीं मिल सका। उधर मजदूरी करो, इधर दो। जितना वह देंगे, उतना उठा लाना होगा और पेट भरना होगा। उसके बाद आँख-मुँह-हाथ बस, यही उसके अलावा उसकी जिंदगी में और क्या कुछ हुआ भी है? कहा जा सकता है कि ऐसा कुछ हुआ भी नहीं। एक बात उसने कई बार सोची भी कि यह भूमाता फटकर एक बारगी सबको निगल लेगी तो कितना आराम मिलेगा, हम जानते हैं कि ऐसा कुछ भी नहीं हुआ।

: 3 :

घर का मर्द चला गया तो फिर पारोती की समझ में न आया कि क्या किया जाए! वह थककर बैठ गई। तब चारों तरफ अँधेरा फैल रहा था। वहीं

पर सो रहा बेटा भी घबराकर उठा, टटोलते हुए आँख मूँदकर बैठ गया। पारोती ने उसका सिर सहलाकर पूछा, "क्या हुआ राजा बेटा! सपना देखा था?" तब बच्चा अरजा ने आँखों से मुसकरा दिया। देखा, उसकी आँखों के आगे माँ बैठी थी, राजा ने 'हूँ' कहकर सिर हिलाया। कैसा सपना देखा बेटा, कहकर उसने पूछा तो राजा ने अपना चेहरा घुमाकर कहा, "देखो अव्वा, अव्वा पटेलजी का शंभप्पा है न, वह कहता है कि मुझे अरजा नहीं कहेगा।" पारोती ने 'वह क्यों', कहकर पूछा। तब राजा ने, शंभप्पा ने, स्कूल छूटते ही कहा, तुम लोग अछूत हो। इसलिए तुम्हें राजा कहकर नहीं पुकार सकते। गीजा कहूँगा।" यह कहकर उसने अपनी माँ की तरफ देखा। वह शायद यह देखने कि माँ क्या कहेगी, वह अपनी आँखें फैलाकर अपनी अम्मा को देख रहा था। पारोती ने उसकी ठुड्डी दबाकर कहा तुझे अक्ल है तो उन लोगों के पास मत जाना। आगे क्या बोलना है, यह भी उसकी समझ में न आया तो उसकी पीठ सहलाती बैठ गई।

राजा तब अपनी माँ से और भी सटकर बैठ गया और उसके कानों के पास अपना मुँह लाकर कहा, आ न, मैं तुम्हें एक बात कहूँगा। उसकी यह रीति देखकर पार्वती को हँसी आई। 'बोल, क्या कहना चाहते है', कहा तो उसने, "वही हमारे नए मास्टर को देखा है न?" हाँ, वह, वह शायद हमारी जाति के हैं, वह मैं जानती हूँ उसने कहा। "तुमको भी मालूम है क्या?" कहकर चकित हुआ बच्चा। अब क्या कहना है, यह न सूझा तो 'फिर, फिर' कहना शुरू किया उसने। उसने पूछा "फिर क्या?" बच्चे ने 'वह', 'हाँ', 'बड़े मास्टर के घर', 'हाँ' उनके गिलास में ही कहकर उसने आवाज खींची। तब उसने 'हाँ' कहकर जवाब नहीं दिया। और वह क्या है, जल्दी कह कहने पर उसने फटाफट,वे उनके गिलास में ही पानी पीते हैं और और उनके चबूतरे पर भी जाते हैं। कहकर माँ के चेहरे की प्रतिक्रिया को देखने लगा। तब तक उसने अपने होंठ खोले और 'वह भी मैं जानती हूँ' कहा तो राजा की आँखों से गंगा बहने को थी और वह, 'जाओ, तुम्हें सबकुछ मालूम है।' कहते हुए उसको आगे-पीछे खींचने लगा। परोती को अब चिंता होने लगी कि कहीं यह बच्चा खाना न माँग बैठे, तो हे शिव! क्या करें। इसलिए पारोती ने उसे दुलारते हुए कहा, "नहीं, नहीं, राजा, तुमने बताया न, इसी से मुझे मालूम पड़ा, तू बड़ी अक्लवाला है, मेरा मुन्ना।"

: 4 :

अभी मुड़ते ही मास्टर का घर मिलने को था कि तब तक 'ऐसा-ऐसा' की आवाज रंगप्पा को सुनाई पड़ी। कौतूहल जगा तो दस गज आगे बढ़कर देखता क्या है, आठ-दस मजदूर मास्टर के घर के आगे एक गड्ढे में बिजली का खंभा खींच रहे थे। उनमें से एक मजदूर ने वहीं से हाथ से इशारा कर 'आ जा रंगू' कहकर बुलाया। उसने सोचा, मेरे ही गाँव का तो काम है, और उन लोगों के पास आया। उन लोगों में से एक ने कहा, ''जरा अपनी पीठ का सहारा दे दे।'' रंगप्पा अपनी पीठ का सहारा देकर खड़ा हो गया। हर एक ने एक-एक पग आगे रखते खंभे को गड्ढे तक खींचते गड्ढे में पहुँचाया। तब सभी के बदन से पसीना बह रहा था। सभी अपने हाथ सीधे कर जोर से उसाँस लेते खड़े हो गए।

सामने शास्त्री मास्टर का घर था। परसों से पेट करीब-करीब खाली था, इस वजह से उसकी दृष्टि मंद पड़ गई और हाथ-पाँव लड़खड़ाने लगे। प्यास के कारण पानी पीने की इच्छा से उधर मुड़ा तो देखा, मास्टर बैठे थे। उनकी तरफ अपना चेहरा किए नए मास्टर भी बैठे थे। उनके हाथ में जलती सिगरेट थी। उसका धुआँ बिखर रहा था। उन्होंने कंघी कर बाल बाँधे नहीं थे। ऊपर-नीचे सफेद पोशाक ही पहने था, इससे व्ह एक तरह से चमक रहे थे। उम्र का क्या, शायद शादी नहीं हुई थी। उनको देखते-देखते उनके पास आ गया।

'रंगप्पा कैसे हो?' शास्त्री मास्टर ने पूछा। जवाब में उसने कहा, 'देखिए साहब, ठीक हूँ। पीने को पानी चाहिए।' उन्होंने ऊँची आवाज में 'शारदू पानी माँग रहा है, रंगा पीना चाहता है,' कहते हुए एक-एक कर कहा। उसी मिनट मास्टर की तरफ मुड़कर उनको देखते हुए, ''देखिए, हमारा रंगप्पा खेती-बाड़ी में बहुत जानकार है।'' कहकर रंगप्पा की ओर मुड़े और पूछा, ''क्या बात है रंगप्पा, इस बार बारिश और फसल का क्या हाल है?'' उसने जवाब में कहा, ''कैसे कहूँ साहब, सब उसकी इच्छा है।'' फिर रुककर ''पिछली बार तो आधा भी हाथ नहीं लग सका साहब। उस हालत में दूसरों के खेत के आसरे जीनेवाले हम लोग कहाँ जाएँ साहब।'' कहने के बाद उसे लगा कि मैंने क्योंकर यह सब कहा।

कुछ भी बोले बिना सब चुप थे। शास्त्री मास्टर ने थूक निगलकर सीधे ''तुम ठीक कहते हो, सही बात है।'' कहते हुए रंगप्पा की उक्ति के साथ अपनी बात जोड़ दी। तब तक लोटा भर पानी लेकर शारदा आई। वह जैसे बहुत लंबी हो, मटकती सी खड़ी थी। उसके नख से लेकर सिर तक पूरा बदन सभी औरत बन रहा था। रंगप्पा ने थोड़ी दूर जाकर अपनी अंजुली मुँह से लगाई और शारदा उसमें

पानी डालती गई। उसने पूरा पी लेने के बाद सिर हिलाया, फिर पानी पिलाना बंद कर अपना सिर झुकाकर इधर-उधर देखे बिना वह तेजी से अंदर चली गई। पानी पीने के बाद रंगप्पा को काफी आराम सा लगा। तब पास आकर, 'साख्वा की शादी कब है स्वामी!' पूछा। शास्त्री मास्टर ने 'ग्रह-गति मिलने पर होगा' कहा। और 'हाँ' कहते हुए नए मास्टर से बातचीत शुरू की। वह तबादले के बाद इस गाँव में कैसे आए, इसकी बात की। गाँव के तीज-त्योहार, शादी-ब्याह से लेकर यंत्र-मंत्र आदि सबमें हित रक्षा करने की बात आई। थोड़ी सी खेत की जमीन खरीदी थी, वह बात कही। इधर-उधर की बात चलते कुआँ खुदवाने की बात भी कही। रंगप्पा को अब लगा कि बहुत देर हो गई, उसने कहा ''साब, अब मैं चलूँ, जरा गौड़ा साब के घर तक हो आऊँ।'' फिर उन्होंने भी ''अच्छी बात है।'' कहा।

: 5 :

हँ-हँ-हँ···कह हँसता शिवरामु गाँव के तालाब की सीढ़ियों पर बैठकर शाम का समय बिता रहा था। उसने हँसना भी बंद न किया, बाएँ-दाएँ हाथ भी हिलाता ही रहा। शिवरामु टकटकी बाँधे देख ही रहा था। एक लड़का तो पेट पर हाथ रखकर जोर-जोर से हँस रहा था। कल शाम के वक्त शायद शिवरामु कुएँ के चबूतरे पर बैठकर अकेले ही बीड़ी पी रहा था। पानी लेने नर्स और उसके साथ एक जवान लड़की भी आई होगी। घड़े से रस्सा बाँधकर कुएँ में डालने पर शिवरामु ने उसी लड़की को देखा होगा। वह अंदर जाते, ऊपर आते घड़े को ही देख रही होगी और यह शांत नहीं रहा, उधर मुड़कर 'आ-आ-सुंदरी' कह गाना शुरू कर दिया। नर्सम्मा को बहुत हँसी आई। शायद वह भी हँस-हँसकर फिर पेट भर हँसकर पानी लिये बगैर चली गई। उसके बाद तो···।

अपनी कहानी के लिए अपने मित्र इस तरह हँसते रहे, यह शिवरामु को अच्छा नहीं लगा। उसने चिढ़कर कहा, ''हँसने के लिए तुमने क्या देखा बता?'' तो फिर यह बात सुनकर उनकी हँसी और बढ़ गई। मगर उनको लगा कि अब हँसना ठीक नहीं होगा। तब वे लोग अपनी हँसी दबाकर दूसरी तरफ अपना मुँह मोड़कर देखने लगे। इस तरह सब लोग थोड़ी देर शांत रहे। फिर रामण्ण ने कहा, ''वही हर सप्ताह कोई उसके पास आता है न, वह कहते हैं। उसका बड़ा भाई नहीं, वह उस इनसान की रखैल है'', कहते हुए हलकी बात को उसने सीरियस बना दिया। उस पर शिवरामु ने कहा, ''छोड़ो, मैं यह बात बहुत पहले

से जानता हूँ।'' उसकी बातों से ऐसा लग रहा था, मानो इस संसार की कोई भी जानकारी उससे अछूती नहीं रह सकती। एक दूसरे लड़के ने उसके जवाब में कहा, ''अरे, इतना ही नहीं, गौड़ा साब के मकान में ही तो वह रहती है। हमारे घर के मजदूर ने कहा कि गौड़ा और उसकी क्रीड़ा को उसने देखा है।'' उसने उसके साथ अपनी बात जोड़ी, फिर हम लोग इतना सारा पढ़े-लिखे हैं, मगर हमें क्यों, अंग्रेजी ही नहीं आती। उसको देखो, किस तरह हमको पागल बनाने जैसी अंग्रेजी बोली! अब इस तरह का टॉपिक आ गया। वह ठीक, महीनों तक तीन पैसे का काम भी नहीं, फिर भी वह हर महीने दो-तीन सौ रुपए उठा ले जाती है, यह बात भी हुई, फिर एक ने ''कुछ भी होने दें। अँधेरा होने से पहले उसका चेहरा देखकर रात को शांति से सोना चाहिए।'' कहा। सभी को यह बात ठीक लगी और सभी वहाँ से उठ पड़े। 'उठ पड़े' शब्द के आगे प्रश्नार्थक चिह्न लगाना चाहिए।

: 6 :

रंगप्पा की आँखों के आगे खड़ा गौड़ाजी का बड़ा मकान चमक रहा था। पता नहीं, वह किस जमाने का बना था, आधे गाँव में फैला हुआ है। वह इस तरह टिका है, मानो बिजली भी उसके आगे काँपने लग जाएगी। तब से लेकर आज तक पूरे गाँव को अपने में फँसा रखा है या कहो, गाँव ने ही इस घर को फँसा लिया है। उस मकान के हिसाब से वहाँ लोग पैदा होते हैं, रहते हैं, चलते हैं और मरते भी हैं। गाँव के किसी भी मकान का दरवाजा खोलो तो गौड़ा के बाप-दादों की कहानियाँ झुंड बाँधकर निकल जाती हैं। लोग कहते हैं कि गौड़ाजी सड़क पर चलते हैं तो सड़क ही भर आती है। भेड़ को छिपाकर गौड़ा को दिखा सकते हैं। उनके चेहरे भर बड़ी माता के दाग-धब्बे भरे पड़े हैं। उन्हें छिपाने के लिए चेहरे के दोनों तरफ झाड़ी सी लगती घनी मूँछें फैली हैं। वे हँसते भी हैं तो दाग नहीं दिखते। रहने भी दें।

तब शाम की रोशनी जमीन पर फैली हुई थी। चबूतरे के मकान में रहनेवाली नर्सम्मा अपने मकान की देहरी के पास बैठकर कोई किताब पढ़ रही थी। तभी मोटे से गिलास का दीया जलाया था। दीये की रोशनी उसके चेहरे पर पड़ रही थी। उस रोशनी से वह एक तरफ चंद्रमा की तरह चमक रही थी। वह कभी-कभार ही रंगीन कपड़े पहना करती। आज भी वह रंगीन साड़ी उसके बदन से चिपकी हुई थी। उसने जब अपना सिर ऊपर उठाया तो सामने रंगप्पा दिख गया।

उसने तब पूछा, "क्या बात है रंगप्पा, बहुत दिन बाद दिखे?" रंगप्पा जवाब में खिसियाकर हँसा। बाहर की आवाज सुनकर या पता नहीं वैसे ही शायद गौरव्वा आई। उन्होंने नई ताजी-ताजी हरे रंग की साड़ी पहन रखी थी। वह उठते-बैठते सर-सर की आवाज करती थी। कोहनी तक पहनी चूड़ियों से हाथ हिलाकर उन्होंने कहा, "वे अभी नहीं हैं न रंगा, अभी नहीं आए। पता नहीं कब तक आएँगे।" "कैसे आए, बता?" घर में खाने को कुछ भी न था। इसलिए कुछ जवार कहते उसकी बात पूरी होने को थी कि उससे पहले गौरव्वा ने यह तो रहता ही है। हम कहाँ से लाएँ? हमें इज्जत के साथ जीना भी मुश्किल हो गया है।" कहकर लंबी उसाँस लेकर चुप हुई। तब रंगप्पा को और कुछ बोलने की हिम्मत न पड़ी।

वह चुप रहा। काफी देर तक चुप्पी बनी रही, तब गौरव्वा को हठात् कुछ याद आया कहा, "देख, वहाँ पर लकड़ी का कुंदा पड़ा है। घर में लकड़ी ही नहीं है। उसे जरा तोड़ देना," नौकर ने वह कुंदा लाकर उसके आगे रखा और अंदर गया। रंगप्पा ने कुंदे को काटने योग्य नीचे आड़ा गिराने की खूब कोशिश की। उसे हिलाते-हिलाते ले गया। वह कुंदा गाँठों से भरा पड़ा था। गौरव्वा-नर्सम्मा बातचीत में मगन थे। वे कुछ कहतीं, ये कुछ बोलतीं, इस तरह बातचीत आगे बढ़ रही थी। गौरव्वा हाथ ऊपर करती, नीचे करती तो उसके साथ चूड़ियाँ खन-खन आवाज करतीं। नर्सम्मा कहती, "गाँव ही एक तरह से ठीक होता है। जिस तरफ भी देखो, हरियाली ही हरियाली। अनाज खरीदने की जरूरत भी नहीं। सिटी में होता तो…।" गौरव्वा ने अपना हाथ हिलाकर कुछ कहा और उनकी बात चूड़ियों की आवाज में दब गई। इधर रंगप्पा आँगन में अपनी सारी ताकत लगाकर वह कुंदा तोड़ने में लगा हुआ था। पता नहीं क्यों, उसकी आँखें धुँधली पड़ रही थीं। आँखें धुँधलाने के साथ ही बीच-बीच में रंगप्पा को सर्कस में गौरव्वा और गौड़ा, नर्सम्मा, शास्त्रीजी, नए मास्टर सब अपने आगे आते नजर आ रहे थे। उससे उसके बदन में भारी थकान हुई और वह बीच-बीच में हाथ से जमीन का आसरा लेकर धीरे से बैठ गया। आसमान से धारदार उछलता अँधेरा भूमि पर पहुँच रहा था।

तब तक शिवरामु और उसके दोस्त सीटी देकर निकल गए। बातचीत में धुली इज्जत गौरव्वा और नर्सम्मा के लिए बात ही सर्वस्व बनी थी। एक साथ पीछे मुड़कर देखा तो रंगप्पा पहले की तरह जमीन पर हाथ रखे बैठा था। उसे देख गौरव्वा ने वहीं से पूछा, "क्यों, क्या हुआ रे?" रंगप्पा ने धीमी आवाज

से कहा, ''पता नहीं क्यों, मुझसे नहीं हो रहा है, माँजी।'' उतना बोलने में उसे माँ के गर्भ से दुबारा जन्म लेने का सा अनुभव हुआ। गौरव्वा उठकर ''हाय, शिव-शिव, आज घर में लकड़ी ही नहीं है, क्या करें? तब गाय का ग्रास जवार के पुआल से ही काम चलाना पड़ेगा।'' कहती हुई अंदर गई। अंदर बहुत दूर जाने तक उसकी साड़ी की आवाज सुनाई दे रही थी। उसके बाद सारा आँगन खाली-खाली लग रहा था। रंगप्पा जमीन पर टिके अपने हाथ के बल ही उठ खड़ा हुआ। पाँव उठा-उठाकर रखते-रखते उसका बेटा, उसकी घरवाली और उसकी झोंपड़ी, ये सब उसके पास-पास होने लगे।

केंद्र साहित्य अकादेमी से पुरस्कृत कन्नड़ के वरिष्ठ, श्रेष्ठ दलित साहित्यकार देवनूरु महादेव एक निष्ठावान्, निष्ठुरवादी लेखक हैं। सत्तर के दशक में कर्नाटक में दलित आंदोलन की शुरुआत हुई थी, जिसके बाद निरंतर आज तक यह लेखन चलता रहा है। देवनूरु महादेव सत्तर के दशक से पूर्व भी एक स्पष्टवादी लेखक रहे हैं। उन्हें किसी पुरस्कार, सम्मान आदि का मोह नहीं है। पहले से वे पुरस्कारों को इनकारते आ रहे हैं। उनके आरंभ काल की दीर्घकथा 'ओडलाष्ठा' कन्नड़ साहित्य में एक मील का पत्थर मानी गई थी। 'कुसुमबाले' उनके द्वारा रचित नाटक है ऐसा, जिसकी भाषा दलितों की व्यावहारिक भाषा रही है। इसका आज करीब चार दशक बाद भी भारतीय साहित्य में एक विशेष स्थान है। उनकी भाषा में विचारों की अभिव्यक्ति में सहजता है, कोई दिखावा नहीं। इस कथा संकलन में उनकी रचित एक कहानी 'मूडल सीमेलि कोभे-गिले इन्या दी' शामिल है।

□

अंक

—बोळुवार महमद कुञि

दिल हिलाती फिर विकसित होती, फिर नाटकीय तरीके से खत्म होनेवाली कहानियाँ मुझे बहुत अच्छी लगती हैं। मैं जिस मुत्तुप्पाडी से बहुत प्रेम करता, वहाँ के लोगों का आजकल का यह व्यवहार इतना साधारण सा लगने लगा हूँ कि उनके बारे में मैं जब भी बताना चाहता हूँ, वे न ही कुछ आकर्षक लगते हैं और न ही आँखों से दो बूँद आँसू टपकाती भावुकता से भरे होते हैं, मैं उस तरह से कुछ उनका वर्णन कर ही नहीं पाता। यह क्यों, वह इसलिए कि इधर पिछले कुछ वर्षों से इन लोगों ने प्रेम–स्नेह अथवा वासना को लेकर सोचना ही बंद कर दिया है। मसलन, उम्माई या बड़े अस्पताल में दाखिल उसके दूसरे बेटे के बारे में यथावत् यानी जैसे का तैसा बताने जाऊँ तो वह इतनी सादी–सी रपट हो जाती है कि ये सभी लोग एक अच्छी सी कहानी के पात्र बनने के लिए नालायक ठहरते हैं।

आपको इस बात पर विश्वास नहीं होता हो तो मात्र तीन सौ बेड वाले सरकारी अस्पताल में उम्माई को अपने बेटे को तलाशने में इतनी मुश्किल क्यों हुई थी? पिछली रात उम्माई को अपने बेटे की याद भी न हुई थी। सुबह वह दूधवाली औरत ने यदि रोज की तरह यह पूछा न होता कि सुना है, आपके छोटे बेटे को शायद मंगलुर के बड़े अस्पताल में दाखिल कराया गया है, कल मैं कुछ खाने की चीजें लाने दुकान गई थी, तब किसी ने मुझे बताया, आपको मालूम है क्या? तो शायद वह अधेड़ उम्र की उम्माई हठात् लाल बस पर चढ़कर साठ मील दूर भागती न थी।

एक ही शांति वाली खबर यानी यह कि मंगलुर में बस स्टैंड में उतरने पर उम्माई को हर किसी ने अस्पताल का रास्ता बताने में रूचि दिखाई थी।

उम्माई ने सबसे पहले यह किया कि अस्पताल में बाहरी रोगी वाली लाइन में खड़े लोगों में से अपने सरीखे गंदी साड़ी पहने अपनी हम उम्र एक बुढ़िया के पास जाकर अपने बेटे के बारे में पूछा। उस बुढ़िया के दो पग आगे एक दुबला सा जवान लड़का खड़ा था, उसने अपनी दाईं तरफ हल्दी रंगवाले इमारत की तरफ हाथ कर कहा कि वहाँ जाकर पूछोगी तो कोई भी बता देगा।'

उम्माई दो पग पीछे हटी और जैसे कुछ मन बनाकर दोनों तरफ देखकर, कुछ मन बनाकर दोनों तरफ देखते हुए दीवार के एक किनारे सरकी, अपना बुर्खा उतार कर अपने झोले में डाला और बड़े भवन की दिशा में आगे बढ़ी। प्रमुख द्वार पर एक तगड़ा अधेड़ उम्र का आदमी आकाश की दिशा में देखता खड़ा था। उसने इस तरह जैसे बुढ़िया का प्रश्न सुनना ही नहीं चाहता, एक किनारे सरककर उसे अंदर जाने का इशारा किया।

हरे सीमेंट वाली पगडंडी पर बहुत ज्यादा लोग चल-फिर रहे थे। वहाँ पर तेजी से चलती एक लाल चेहरेवाली सफेद कपड़े पहनी महिला को रोककर उम्माई ने 'मेरा बेटा''कहा, किंतु उतने में ही उस औरत ने तेजी से यह कहते हुए कि तुम इसी दिशा में आगे बढ़ो तो वहाँ स्टाफ कमरा मिलेगा, वहाँ पर पूछ लेना, वह मानो जान छुड़ाकर भाग गई।

असमंजस में फँसी उम्माई आधा मिनट वैसे ही खड़ी रही, फिर धीरे से दोनों तरफ देखती आगे बढ़ी।

दाईं तरफवाले कमरे में दो लोग थे, एक पुरुष था, जिसने उस पर सबसे पहले चिल्लाया। उसने अपनी भौंहें तानी और उसकी तरफ इस तरह घूर कर देखा जैसे पूछ रहा हो कि इसका यहाँ क्या काम? उम्माई ने धीरे से जैसे ही 'मेरे बेटे को यहाँ''कहा, वहीं बगल में ही खड़ी सुंदर औरत ने खिसियाहट भरी हँसी हँसकर पूछा कि तुम्हारा बेटा डॉक्टर है क्या? और यह कहकर हँसते हुए उसने प्रेम से पुरुष की तरफ देखा। पुरुष को शायद कुछ बेचैनी हुई होगी, वह दरवाजे के पास आया और उससे उसने यह पूछा कि तुम्हारे बेटे को क्या हुआ है? उसको कब एडमिट किया गया है? उम्माई ने कहा कि नहीं जानती। उस औरत ने चिल्लाकर पूछा, "इसका क्या मतलब? उसकी बीमारी क्या है? कब एडमिट किया है? किसने किया? यह भी नहीं जानती तो तू कैसी माँ है? कोई बात नहीं, यह तो बता कि उस महान् आदमी का क्या नाम है? यह तो याद होगा?" उम्माई को लगा कि उसके पेट में कुछ कसमसाहट हो रही है। उसकी आँखें गीली हुईं। बिलखते हुए उसने 'रेहमान' कहा। बुढ़िया को वहाँ से हटाना

चाहकर उस पुरुष ने उससे कहा, ''तुम आगे बढ़ जाओ तो जनरल वार्ड मिलेगा, वहाँ जाकर देख।'' उम्माई निकल पड़ी।

सफेद कपड़े वाली औरत दिखी तो उम्माई ने यह सोचकर कि इससे पूछने का कोई फायदा नहीं, एक तरफ सरककर खड़ी हो गई। मगर उसी ने पास आकर पूछा तो उम्माई को आश्चर्य हुआ। अपने बेटे के नाम के सिवा पूछे गए हर प्रश्न का 'मुझे मालूम नहीं' का जवाब देती बुढ़िया के लिए कौतूहल सा हुआ तो उस औरत ने उससे कहा, ''मेरे साथ चल ऑफिस में पूछते हैं।''

उम्माई के साथ दो-चार बार इधर-उधर चलकर फिर एक बड़े से कमरे में वह औरत घुसी और दीवार से लगे मेज पर रखी एक पुस्तक के पन्ने पलटने लगी। उसने करीब एक महीने पहले तक वाले पन्ने पलटे, मगर उम्माई के बेटे रहमान का नाम नहीं दिखा तो बेचैन सी होकर उसने घुड़ककर पूछा कि तुमसे किसने कहा कि वह यहाँ भरती हुआ है? उम्माई को डर लगने लगा। उसने पूछा, ''तब मेरा बेटा कहाँ है? उस दूधवाली ने कहीं झूठ तो नहीं कहा होगा?' ''या···या···या अल्लाह···कहकर आँचल से मुँह ढककर।

पीछे की खिड़की के पास बैठकर टंकण करते एक जवान लड़के ने 'सिस्टर जरा यहाँ आइए' कहा। लाल चेहरेवाली युवती और लाल हुई और यह कहते हुए कि 'गणेश तुम जानते हो क्या' उसकी तरफ मटकती आगे बढ़ी। बुढ़िया की तरफ इशारा कर उस जवान इनसान ने उस औरत के कानों में कुछ फुसफुसाया। दिग्भ्रमित सी होकर वह औरत उम्माई के पास तेजी से आई और ''आओ माँ, आपका बेटा शायद स्पेशल वार्ड में है। नाम लिखते वक्त यहाँ ठीक से नहीं लिखा है।'' यह कहते हुए वह उम्माई का हाथ पकड़कर ले गई।

सुंदर से सफेद कमरे के हल्दी रंग का दरवाजा जरा सा सरकाकर देखने के बाद उस औरत ने, ''वे अंदर हैं, जाओ'' कहा।

उम्माई के अंदर जाने के बाद उस महिला ने दरवाजा सटाकर एक लंबी साँस छोड़ी।

□

मैंने जैसा पहले ही कह दिया था न कि अब तक दी गई रपट में किसी तरह का आकर्षण नहीं रहेगा। इसी घटना को कहानी के रूप में कहने पर।

वह पुरुष और महिला जिस कमरे में थे, उम्माई जब वहाँ गई, तब उस कमरे का दरवाजा बंद रहा होगा, मगर अंदर से कुंडा लगाना कोई भूल गया होगा, उम्माई अनपढ़ महिला थी, यह सभ्य परंपरा आदि वह नहीं जानती थी,

इसलिए दरवाजा न खटकाकर वह धकेलती है। तभी अंदर टेबल पर सीधे पड़ी औरत हड़बड़ाकर उठ खड़ी होती है, आँचल ठीक करती है। लहँगा सरकाते हुए उसे उम्माई देखती है। उस औरत की आँखों से झरता गुस्सा, बेचैनी, अतृप्त भावना देख उम्माई को शर्म से सिर झुकाना पड़ जाता है और मेज की बगल में रहा वह इनसान दिग्भ्रमित हो अपनी आँखों से देखता रह जाता है।

इस तरह की किसी भी आकर्षक घटना के बिना यथार्थ रूप में जैसे का तैसा बताने पर वह एक सूखा-सूखा रपट होकर रह जाता है। अथवा साठ किलोमीटर दूर रहनेवाले और अपने ही व्यवहारों में डूबे कृष्ण सरलाय की प्रतिक्रिया के स्वरूप को कहानी बनाकर बताना चाहूँ तो, कृष्ण सरलाय कभी भी मुत्तुप्पाडी से बाहर की घटनाओं को लेकर चिंता करनेवाले इनसान नहीं। सरलाय वैसे भी एक धार्मिक इनसान हैं, जरूरत पड़ने पर भगवान के लिए अपना सिर भी चढ़ाने से पीछे नहीं हटते।

इस तरह के धर्मपरायण इनसान जब शाम के समय यानी दीया जलाने के वक्त यह कहते हुए कि "कहानी कैलास बनी (कहानी बहुत बढ़ गई) शेट्टीजी···" कहते हुए दुकान के अंदर घुस आए तो सौ प्रतिशत व्यापारी गुण्डण्णा शेट्टी को बिल्कुल अच्छा नहीं लगा। मगर वे यह मुँह खोलकर कह भी न पाते थे, उलझन में फँसे उन्होंने मुँह खोलकर हँसते हुए पूछा, "क्या सरलायजी, कैसी तबीयत है?" गल्ले की बगल में रखी लकड़ी की कुरसी पर आराम से बैठकर सरलायजी ने गंभीर हो कहा, "कैसे कहूँ सेठीजी, इसे हमारा महालिंगेश्वर भी सीधे नहीं बता पाएगा। इतना सच है कि हम लोग अभी दो हफ्ते तक आराम से नहीं सो पाएँगे।" शेट्टीजी हर शब्द को नाप-तोलकर बोलनेवाले इनसान थे सरलाय से बोलना यानी उन्हें सिरदर्द बुलानेवाला काम था। श्रोता के कुतूहल को देखकर सरलाय भी घुमा-फिराकर बात करने लग जाते हैं, शेट्टीजी इस बात से परिचित थे तो उन्होंने बही में टोटलिंग (जमा) का काम शुरू कर दिया था। शेट्टीजी को यह पक्का पता चल गया था कि सरलाय किसी गंभीर विषय की पीठिका बना रहे हैं। इस कारण हिसाब जमा करते समय उनका आठ जमा आठ सोलह की संख्या के अठारह हो जाता था। मंगलूर से शेणैजी ने किसी काम से फोन किया था तब अंत में उन्होंने फोन रखने से पहले उस लड़के की माँ के अस्पताल आकर वहाँ बैठे रहने की बात बताई, यह बात मालूम हुई तो सरलाय स्वाभाविक रूप से खूब बेचैन हो गए। अभी कुछ दिन पहले की बात है कि 'हम सब एक हैं' शीर्षक पुस्तक को सरलायजी ने बहुत ही सुंदर रूप

से मुफ्त में छपवाकर दिया था, उस पर उन्हें पिछली बार वाले समाजोत्सव के अवसर पर आम जनता के सामने सम्मानित भी किया गया था। उसके बाद से उनके जय हिंद प्रेस का खूब डिमांड बढ़ गया। जिले में कुछ भी जैसे एकता सप्ताह, सामुदायिक भोजन, अनाथाश्रम का वार्षिकोत्सव आदि हर कार्य उनके प्रेस में ही छपते थे।

अभी परसों-नरसों की बात है, उन्होंने ऐडलबर्ग से यंत्र मँगाया था, स्वामीजी ने स्वयं आकर उद्घाटन किया था, उसकी तसवीर भी अखबार में छपी थी।

शेट्टीजी की मेज पर बीड़ी का एक कट्टा रखा था, सरलाय ने उस कट्टे में से एक बीड़ी चुनकर निकाला, जलाया और फिर पूछा, "वही—वह हमारी सोसाइटी का लड़का···आपके चावल की चक्की में चार महीने जो था, वह आपको मालूम होगा कि अभी मंगलूर के अस्पताल में दाखिल हुआ है।" शेट्टीजी ने तुरंह ही पुस्तक बंद कर दी, सिर ऊपर किया, सरलाय की तरफ आश्चर्य से देखा और जोर से पूछा कि यह कब की बात है? अपने रमेश को क्या हो गया? चार पाँच सालों से शेट्टीजी ने उस लड़के को अपनी आँखों के आगे ही चलते-फिरते देखा था, कुछ समय तक अपने चालक की फैक्टरी में नौकरी के लिए भी रखा था, इससे उन्हें उस पर दया हो आई।

उसने शायद ऐसा सोचकर कि यह फ्लू का बुखार होगा, चार दिन की छुट्टी रखी थी, फिर हममें से ही किसी ने उसे शायद एडमिट करवाया। मंगलुर से शणाय ने मुझे फोन पर कहा कि उसे न्यूमोनिया हुआ है और केस जरा सा संदेहात्मक ही है। मुझे अब चिंता लगी है। यह कह सरलाय ने अपनी बुझी बीड़ी फिर से सुलगाई। गुण्डणा शेट्टी ने यह कहा, "बिलकुल सही जी, किसी को भी चिंता होती है···" अपनी सहानुभूति जताई। लंबा कश लेकर सरलाय ने नाक से धुआँ निकालते हुए कहा, "जानते हो, मेरा सिर गरम क्यों हुआ? उस लड़के की एक बूढ़ी माँ है तो? सुनते हैं, वह अस्पताल आकर बैठ गई है। शेट्टीजी, उस लड़के का कुछ हो जाए तो? हमारे वकील केशव भट्ट से भी कनसल्ट कर लिया। मगर कुछ भी हो प्रॉब्लम प्रॉब्लम ही है···"

गण्डणा शेट्टी को बात कुछ भी समझ में न आई। रमेश की माँ के अस्पताल आने पर सरलाय को वकील के पास जाने की जरूरत क्यों पड़ी? साल भर पहले जब सरलाय ने कामत के घर एक बैठक बुलाई थी, तब भी शेट्टीजी को यही समस्या हुई थी। स्वयं स्वामीजी रमेश को अपने धर्म में शामिल कर रहे हैं, ऐसी हालत अपने अकेले के विरोध का कोई मोल नहीं रहता, ऐसी हालत

में भी उन्होनें यह पूछा था, "कामत जी, यह नहीं कि मैं इसका विरोध कर रहा हूँ, अपना चंदा मैं अभी देने को तैयार हूँ, मगर हम लोगों से इस तरह करने से कल को कुछ हंगामा हुआ तो फिर उससे हमारे बिजनेस का नुकसान ही तो होता है। जब यह पता चल जाए कि मैं इस झमेले से जुड़ा हूँ तो फिर कल को मुझे पावर चिट लेना पड़ जाएगा। मेरे ज्यादातर गिराक वे लोग ही तो हैं?" मगर शेट्टी की बातों का सभी ने खंडन कर दिया था। सरलाय ने इस प्रकार कहा था, "यह कैसी बात शेट्टीजी, आप भी छोटे लोगों जैसी बात करते हैं, आप पेपर तो पढ़ते ही होंगे। मद्रास में ये अछत उनके धर्म में शामिल होने के लिए कतार में खड़े हैं। आप कहिए कि हम यहाँ सिर तानकर चले कि नहीं? किसी तरह हमें एक लड़का सस्ते में मिला है। उसका बड़ा भाई इसमें जरा-सा भी नाक नहीं घुसेड़ता···" वह नारायण मास्टर जो दरवाजे के पास सीढ़ियों की तरफ देखते इस ताक में खड़े थे कि कहीं कोई आ न जाए, उन्होंने बीच में ही कहा, "शेट्टीजी, उसका बड़ा भाई गाँव-गाँव घूमकर यह कहते फिर रहा है कि हरिजनों को हमारे धर्म में शामिल होने से रोकने का किसी स्वामी को कोई हक नहीं। प्रजासत्ता में कोई भी किसी धर्म को अपना सकता है। झूठमूठ कुछ-कुछ भाषण दे रहा है। पिछले महीने इस शहर में भी एक सभा जमाकर बक कर गया था··· ? अब देखते हैं, उसका एक ब्रदर ही कनवर्ट हो जाएगा, तब अपनी जीभ से कैसे अफसोस करेगा?"

शेट्टीजी बेबस थे। आज भी वही हालत थी।

सामने बैठे धुआँ फूँकते सरलाय एक उलझन के गड्ढे से दिखे। गुण्डण्ण शेट्टी को बेचैन होते देख सरलाय ने तुरंत कुछ याद कर जोर की हँसी हँसकर कहा, "इस ब्लड रिलेशन की ही समस्या होती है शेट्टीजी···यह ब्लड अंगारों जैसा होता है लाल रंग का भी होता है, पानी जैसे ठंडगी भी पहुँचाता है। शेट्टीजी इससे और घबरा गए थे। शेट्टीजी सरलाय की इस उलझन के राज को समझने की अभी कोशिश कर ही रहे थे कि आज की ही सुबह सरलाय जो कामतजी के साथ वकील के ऑफिस गए हुए थे, उसकी याद कर जोर से हँस पड़े।

वकील केशवभट् सरलाय से भी कुछ ज्यादा ही बातूनी इनसान थे। वे अपनी हर बात पर किसी निर्णीत केस का उदाहरण देकर ही तृप्त होते। वे हिंदू सेक्सशन ऐक्ट, मुसलिम पर्सनल लॉ आदि कामत और सरलाय की समझ से परे विषय बार-बार समझाते हुए समस्या को और उलझाते रहते थे। सरलाय खुद बड़े बातूनी इनसान थे, वे स्वयं केशवभट्ट के विवरणों से ऊब गए थे। इस कारण

उन्होंने गुस्से भरी आवाज से ही पूछा था कि भट्जी, अपनी सारी रामायण को किताबों में ही रहने दीजिए। एक शब्द में कह दीजिए तो काफी होगा कि उस लड़के की लाश के ऊपर हमारा लीगल क्लेम रहेगा कि नहीं? केशवभट् ने भी उतनी ही खड़क आवाज में जवाब देते हुए कहा, "…सरलायजी, मैंने शुरू में ही आपसे कहा था कि प्रोड्यूस करनेवाले एविडेंस पर केस का निर्णय होता है। उस लड़के के कन्वर्शन का एविडेंस देना पड़ता है। पैसे का वारिण कौन होगा, यह भी प्रूव करना पड़ता है।" इस पर सरलाय चिढ़ गए। उन्होंने सवाल किया कि प्रूव क्यों नहीं कर सकते? हमारे स्वामीजी ने ही तो किया था। अब पूछने पर मना क्यों करेंगे? एक मिनट अनुकंपा से भरी आँखों से इन दोनों को देखकर केशवभट्ट ने गंभीर होकर कहा, "इसमें कोई शक नहीं कि स्वामीजी को खटखटे पर चढ़ाया तो फिर आपकी ही लाश पड़ती है सरलायजी। मगर इस तरह के दावों में बहुत आगे नहीं जा सकते। उस लड़के की माँ जब अपने लड़के की लाश माँगती है, तब हम लोग कानून का उदाहरण देते जाएँगे तो हमें तब पब्लिक सिंपेथी तक नहीं मिल पाएगी। भला इसी में है कि वह लड़का मरे नहीं। चंगा होते ही उसकी एक शादी रचा दीजिए। उसके बाद ऐसा कुछ होने पर उसकी पत्नी से आराम से क्लेम करवा सकते हैं।"

उसके तुरंत बाद कामत के पेट से निकली हँसी से वकील की ऑफिस में हिचकोले निकले थे। खूब पेट पकड़कर हँसने के बाद कामत ने यह कहते हुए, "वह हमें एक दूसरी उलझन में डालेगा वकीलजी…हमारे धर्म का सिस्टम इतना कॉम्पलिकेटेड है कि…इस लड़के के लिए किस जात की लड़की को लाएँगे?" ही…ही…कर हँस पड़े थे। सरलाय को भी हँसी आई थी। मगर उसके साथ उसे सुलझाने का रास्ता भी सूझा था, मगर वकील के सामने यह बात खुलकर नहीं कहा था। आजकल वैसे भी सामूहिक विवाह की परंपरा चल पड़ी है। जाति-गोत्रहीन लड़कियों की कमी नहीं। किसी को लाकर इस लड़के की शादी रचाकर चुप रहा जा सकता है। इस तरह यह सब सोचकर अपनी कुशल बुद्धि पर स्वयं मोहित होकर सरलाय खूब हँसे।

गुण्डण्ण शेट्टी ने बेचैन होकर पूछा कि यह भी क्या तमाशा है जी, आप स्वयं कहते हैं कि प्रॉब्लम है, फिर हँसते क्यों आप?अब और ठठाकर हँसने के बाद सरलाय ने आज की सुबह वकील के ऑफिस में चली बातचीत को आकर्षणपूर्ण तरीके से बताया। शेट्टीजी को हँसी न आई, मगर डर लगा। उन्होंने पूछा, "ये सब बाद की बातें होंगी, जी यह बताइए कि हम उसे देखने क्या

जाएँगे?'' सरलाय ने निरुत्साह की ध्वनि से कहा, ''मुझे तो एक मिनट की भी फुरसत नहीं मिलती शेट्टीजी‥यही नहीं, समझ नहीं पा रही हूँ कि अस्पताल जाकर उस बुढ़िया के आगे कैसे खड़े होंगे? इतना सही कि हमारे देश का कानून ही ऐसा है कि एक तरह से उपनिषद् सा लगता है। लगता है समझ में आ गया है, मगर क्या यही समझ में नहीं आता हँ‥हँ…''

सरलाय की यह उलझन गुण्डण्ण शेट्टी की समझ में न आई

□

मैं जिन घटनाओं का वर्णन कर रहा हूँ। उन्हें देखकर लगता है कि वे कहानी का आकार ग्रहण करने जा रही हैं। यह शायद इसलिए कि गुण्डण्ण शेट्टी या वकील केशवभट्ट जैसे लोग मुत्तुप्पाडी के सामान्य जीवन के बीच कुछ ही क्षण क्यों न हो, असहज रूप से व्यवहार कर देते हैं। मैं जब और लोगों के बारे में बता रहा हूँ तब ये लोग भी बीच-बीच में घुसकर सामान्य घटनाओं को भी कहानी का रूप देने लगे हैं। तब लगता है कि मैं इसे कहानी बनाकर आगे बढ़ा पाऊँगा।

मगर जब मैं यह कहूँगा कि उम्र्मा के एक ही कमरेवाली झोंपड़ी के दरवाजे पर पिछले दो दिनों से एक पीतल का ताला लटका हुआ है। वह पड़ोसियों को पता ही न चला था तो आप विश्वास भी नहीं करेंगे। उसके लिए नीचे के घर रहती रूखिया बी यह कहकर कारण देती है कि उस बात में फर्क ही नहीं पड़ता कि वह उम्मम्मा घर में रहती है या नहीं, चौबीस घंटे उसके मकान का दरवाजा लटका ही रहता है। छोटे बेटे के इस तरह कर देने के बाद वह सड़क पर बहुत कम दिखती है। पता ही नहीं चलता कि वह दुकान से सामान कब लाती है, कब खाना पकाती है। मगर छत वाले मकान की मरियम्मा को तो मालूम रहना चाहिए। मरियम्मा उम्माई से भी दस साल बड़ी हैं, वे उम्माई से बहुत प्रेम करती हैं। अपने मर्द के गुजरते ही उम्माई अधमरी सी हो गई थी, अब दूसरे बेटे के जात छोड़ने पर उसने जिंदगी की ख्वाहिश ही खो दी थी। अड़ोस-पड़ोस के साथ बातचीत ही बंद कर दी थी। एक मरियम्मा ही ऐसी थी कि जब भी उन्हें फुरसत मिलती, वे अम्माबी के पास बैठती, उसके साथ इधर-उधर की बात कर उसे कुछ जिंदादिल रखने की कोशिश करती रहती।

अखबार में रहमान के जात छोड़ने की खबर छपी थी, उसके अगले दिन वह जाति भ्रष्ट लड़का उम्माबी के घर आँधी की तरह घुस आया था, उस समय मरियम्मा भी वहीं थीं। नए कपड़े पहनकर वह लड़का पहले से ज्यादा अच्छा लग रहा था, मगर उसकी आँखें आग की तरह लाल गड्ढा बनी थीं, मरियम्मा

इसे देख बैठे-बैठे जड़वत् बन गई थीं। लड़के ने नहीं सोचा था कि उस समय मरियम्मा उनके घर रहेंगी, तो एक क्षण वह जरा सा चंचल पड़ गया था, उसने जरा सा इधर-उधर मुड़कर देखा, फिर दरवाजे के पास रखे स्टूल पर पत्थर की तरह बैठ गया था। और दीवार से सटकर बैठी उम्माबी ने मानो कुछ भी हुआ न था, अपने बगल में रखे प्लास्टिक डिब्बे से पान का एक पत्ता चुनकर निकाला, उस पर तरीके से चूना पोतना शुरू कर दिया था। करीब दस मिनट तक कमरे के अंदर तीन जोड़ी साँसें ही आवाज कर रही थीं। कभी उम्माबी की तरफ एक बार तो, उसके बेटे की तरफ एक बार और देखते हुए मरियम्मा दिशाहीन-सी होकर बैठ गई थीं।

हठात् उठकर खड़े होकर उस लड़के ने अपने पैंट की जेब से हाथ डालकर कुछ निकाला, उसे जमीन पर रखकर उसने कहा, ''यह भैया की हाथघड़ी है। उसी को भेज दीजिए और उससे कह दीजिए कि उसके ऋण का अन्न अब बस हो गया...मुझे भी इस दुनिया में नौकरी दिलानेवाले लोग हैं, ठीक है'' कहते हुए जोर से रो दिया। जैसे अपनी आँख, कान और मन आदि सब कुछ उसने खो दिया हो, वह पान के पत्ते पर चूना पोतती रही।

आँखें पोंछकर उस लड़के ने प्रेम से 'उम्मा' कह पुकारा। उम्माबी ने सिर ऊपर नहीं उठाया तो गुस्से से 'उम्मा' कह चिल्लाकर अपने दोनों हाथों से दीवार पर मारा, पास ही काँच के फ्रेम के अंदर दोनों भाइयो की मुसकराती तसवीर एक कील के सहारे लटकी हुई थी। उसने उसे एक मिनट तक घूरकर देखा फिर आवेश भरे अंदाज से अपने दाएँ हाथ से उस काँच पर घूसा मारा। खनखनाती आवाज के साथ काँच के टुकड़े जमीन पर फैल गए थे।

उसके अंदर अपनी उँगली डालकर उस लड़के ने तसवीर बाहर निकाली, फिर सावधानी से उसे फाड़कर दो टुकड़े किए, अपनी तसवीर जमीन पर डालकर बचा आधा भाग उसने सावधानी से अपनी जेब में रख लिया।

एक पग आगे रखकर वह लड़का फिर से पीछे मुड़ा, उकड़ूँ बैठा और जमीन पर पड़े काँच के टुकड़ों को एक-एक कर चुना, उसे अपनी हथेली पर भरकर बिजली की तरह बाहर उछला। मरियम्मा ने अब तक जबर्दस्ती अपने आँसुओको दबाकर रखा था, मगर अब वे फूट पड़ीं। उम्मा बी जो अब तक चल रहे इस नाटक से असम्पृक्त सी बैठकर पान के पत्तों पर चूना पोतती बैठी थी, अब धीरे से आगे की तरफ सरकी जमीन पर टक-टक करती बड़े बेटे की घड़ी को एक तरफ सरकाया, उसके बीच पड़े सौ रुपयों के दो नोट तेजी से उठाकर

उसे अपनी छाती से लगाकर फूट-फूटकर रोई। जमीन पर जातिभ्रष्ट बेटे की शांत तसवीर मुसकरा रही थी।

उसके बाद से उस लड़के को उम्मा बी के घर की तरफ कभी आते हुए मरियम्मा ने नहीं देखा। ऐसा होता था कि रोज एक बार तो उम्मा बी को देखकर उससे बात किए बगैर मरियम्मा कभी सोती नहीं थीं, मगर पिछले एक सप्ताह से कमर दर्द से वे अपनी जगह पड़ी रहीं। इस तरह उम्मा बी का आँखों से ओझल होने की बात किसी को पता न चली।

उम्मा बी के घर से बाहर होने की बात सबसे पहले डाकिया रामण्णा ने खबर की। मामूली तौर पर वह इस बार भी मनीऑर्डर ले आया था, दरवाजे पर लटकता ताला देखा, सड़क के दूसरी तरफवाले साइकिल की दुकान में उसने पूछताछ की। इस वजह दोपहर से भी पहले उम्मा बी को लेकर मुत्तुपाण्डी के गोली खेलते बच्चों को भी खबर लग गई कि वह कहाँ और क्यों गई है।

मरियम्मा का भतीजा आदं ठेकेदार थे, वे अपना एक पुराना बिल पास कराने बेंगलूर गए थे, उनके लौटने तक शाम हो चुकी थी। गुण्डण्ण शेट्टी के चावल की फैक्टरी (मिल) में उन्हें कुछ काम था, उन सेठजी ने यह सोचकर कि उसे भी चुकाकर ही लौटते हैं, वे मिल से लौट रहे थे तो उनका खून खौलने लगा था। गुण्डण्णा शेट्टी के पार्टनर आदं साहूकार थे, उनसे उन्होंने यह कहते हुए कि वह किसी को न बताएँ, गुप्त रूप से उन्होंने खबर पहुँचाई थी। उन्होंने आतंक जताया था कि किसी भी तरह उस लड़के को मरने से बचाना चाहिए धनीजी। अब हमारे लिए सीजन (मौसम) है। अब कुछ हल्ला मचा तो हमारे व्यापार का नुकसान होता है। साहूकार ने घर लौटते फोन किया, और उसी रात अपने घर की छत पर जमात कमेटी की एक विशेष बैठक बुला दी थी।

खबर सुनकर प्रेसिडेंट को उम्मा बी के इस व्यवहार से जुगुप्सा बनी थी। उन्होंने चिल्लाकर कहा था कि उस जातिभ्रष्ट (नमक हराम) काफर के पास किसने इसे जाने दिया? हम सब यहाँ रोएँ घिसते बैठे हैं क्या?

आदं साहूकार ने बड़े उत्साह के साथ कहा, ''उस औरत की खबर एक तरफ रहने दें प्रेसिडेंट वह औरत गई, यह हमारे लिए ठीक ही रहा। उस दिन उस लड़के के बड़े भाई की वजह से हम सब दुम दबाकर बैठे हैं, अब हम भी देखते हैं कि उस लड़के की लाश ये लोग कैसे छूते है।''

आधे मिनट तक सभी की तरफ उपेक्षा की नजर से देखा, फिर साहूकार ने गुण्डण्ण शेट्टी से मिली सारी बातें रंगीन तरीके से बताई, उम्माई द्वारा लाश

पाने के तरीके पर जोर देकर कहा, फिर यह कहते हुए कि हम उसी दिन प्रोटेस्ट कर सकते थे, मगर उस बेवारिस उसके बड़े भाई की वजह से हमारे सारे प्लान फीके पड़ गए। वह हमारा कहना मानकर एक स्टेटमेंट दे देता तो कहानी दूसरी हो जाती। मैंने उस हरामी के साथ अपने खादर को दो बार भेजा था``। उसने दीवार के पास खड़े अंजुमान फुटबॉल टीम के कैप्टन खादर की तरफ देखा।

कैप्टन खादर ने अपने दूतत्व की याद की और कहा, ''यही बस बाकी था कि मैं उसके चरण नहीं छुए, बाकी सब कुछ किया। वह एक ही बात पर अड़ा हुआ था कि वह इसमें दखल नहीं देगा। वह कहता रहा कि मेरा भाई अठारह साल का हो चुका है। उसको अगर ऐसा लगता है कि इससे ज्यादा वहीं ठीक है तो मैं क्यों रोकूँ? मुझे भाषण देकर कहा कि 'भला यही कि ऐसी बातों में दूसरे लोग दखल नहीं दें।' वह मेरे सामने इस शहर में आकर कह देता ता मैं उसके दाँत तोड़कर हाथ में दे देता।'' और आदं साहूकार की तरफ देखा।

सुपारी बेचनेवाले सुलेमान हाजी ने बेचैन होकर पूछा, ''उस सूअर की बात कैसे रहने भी दें, मगर उस बुढ़िया ने भी हमारी बातों को एक पैसे का मोल भी नहीं दिया।'' हाजी उम्मा बी से दो बार मिलने गए थे, बात करना चाहा था। पहली बार जब गए थे, तब उम्मा बी ने दरवाजा ही न खोला और कड़ककर जवाब दिया था। उसने पूछा था, 'मेरा बेटा मर गया, उसकी याद दिलाकर मुझे मत मारिए।'

हाजी ने दूसरी बार उम्मा बी को फुसलाना चाहा था, मगर उसकी वजह दूसरी थी। गाँवों से सुपारी जमाकर इसकी दुकान लाकर बेचता इब्राहिम एक महीना पहले तीन सौ रुपये अग्रिम के रूप में ले गया था, उसके बाद इधर मुड़कर देखा भी नहीं था। उसको ढूँढ़ते निकले हाजी को उम्मा बी के पिछवाड़े चिल्लाहट सुनाई दी तो कुतूहल से भरे चार-पाँच लोग आड़ में खड़े होकर आँख खोलकर देखते दिखे, तब उनके साथ वह भी शामिल हो गया था।

पिछवाड़े के दरवाजे से सटकर उम्मा बी का बड़ा बेटा उकड़ू बैठा था। उम्मा बी पागल इनसान की तरह उसके बाल खींचती नीचे बार-बार गिरती उलटती छाती पीटकर चिल्ला रही थी।

तुम अब खुश हो गए न? तुम शहर के बाहर रहते हो। इस वजह से तुम्हें अल्लाह वगैरह किसी बात से कोई मतलब नहीं। मगर मुझे? मैं कल को मार जाऊँ तो दो फुट गड्डा तो चाहिए?

पत्थर की मूर्ति बन बैठे उस लड़के ने कुछ जवाब नहीं दिया। उसके आगे

घुटने टेककर बैठी उम्मा बी उसके दोनों कंधे पकड़कर हिलती-फफकती कह रही थी, "क्या कभी तुमने उसे अपना छोटा भाई मानकर प्रेम से बात भी की थी? हर बात पर उसको नीचा दिखाकर मारा। इस वजह से स्कूल नहीं गया, उसका गाली-गली पीछा कर मारा। वह छोटा बच्चा तो नहीं। उसने तुम्हारी लूंगी पहनी तो गलती हो गई। तुम्हारा शर्ट माँगा तो गलती हो गई। पाँवों में दर्द है, उसकी गोली खाने को तुमसे एक रुपया माँगा तो गलत हुआ। उसे एक चड्डी सिलकर दे दी तो छह महीनों तक वही बात कह-कहकर उसे छेड़ते रहे। अब कहो न, ये सब करने का कौन उसका जिम्मेदार है? उसके दोस्तों को दोष क्यों दें? तुम ठीक रहते तो उन्हें इतनी हिम्मत कहाँ आती? उसे यह कहकर बुलाया कि आ जा, हमें तुम्हें नौकरी देते हैं, और यह गया। गलती किसकी है?"

बड़े बेटे ने अपना सिर उठाकर माँ की तरफ देखा, उसे तब शायद दूर खड़े हो देख रहे लोग दिखे होंगे। वह झटके के साथ उठा, चार-पग आगे बढ़ा और मानो अनुकंपा से उन लोगों को देखता खड़ा रहा। भीड़ अब सिर झुकाकर धीरे से चली गई। हाजी अपने मन में यही हिसाब लगाते हुए कि उम्मा बी बदल गई है, इब्राहिम के घर की तरफ निकले थे।

उसी दिन शाम को उम्मा बी के बड़े बेटे को बस चढ़ते हुए, जानकार हाजी दुबारा उसके घर के आगे हाजिर हुए थे। हाजी की ऊँची आवाज पड़ोसियों को भी सुनाई दी थी। धड़ाम से उम्मा बी दरवाजा खोलकर बाहर आई थी, पूरे मुत्तुप्पाडी को सुनातीं हुई उसने चिल्लाया था, "मेरे दो पाव चावल के लिये पैसे भेजते बड़े बेटे की बात सुनूँ या आपकी बात मानकर छोटे को दुबारा यहाँ लाकर फावन कर मरूँ? उस दिन आपकी बड़ी दुकान में आकर नौकरी के लिए कितनी गिड़गिड़ाया था, आपने मनाकर दिया। अब जब सब कुछ खत्म हो गया है तब यह कहते हैं कि हम ऐसा करेंगे, वैसा करेंगे। अब मैं क्या करूँ? आप चाहो तो बुला लाकर पालो, मुझमें इतनी ताकत नहीं है।"

सुलेमान हाजी का मुँह बंद था। सेल्स टैक्सवालों को तृप्त करनेवाले हाजी यह मानकर कि अपनी जात के लड़के बही लिख ही नहीं सकते, उन्होंने अपनी दुकान में कुलीगिरी के लिए ही अपनी जात के लड़कों को रखते थे। उम्मा बी ने जब इस बात की याद दिलाई तो चिढ़ गए। गुस्से से चिल्लाकर उन्होंने कहा, "तब देखते हैं, तुम्हारी यह घमंड कब तक चलेगी?" वे इतना कह लौट गए थे। उसे जामत से निकाल बाहर करना उनके लिए कुछ मुश्किल नहीं था। मगर प्रेसिडेंट सत्तार साहब ने यह कहकर कि एक गया इस गुस्से में हम दो को खो

देंगे, उनको शांति किया था। हाजी का गुस्सा एक साल पहले का था, मगर अब तक वे शांत नहीं हुए थे।

''इस बार वह जरूर मान जाएगी हाजी साहब'' साहूकार ने बड़े विश्वास के साथ कहा, ''उस बूढ़ी का अँगूठा छाप लगवाकर एक अर्जी लिख देंगे तो बस, उसने धर्म बदला है, यह बात कोर्ट में कहाँ दर्ज हुआ है? वह खेल थोड़े ही है।''

''पेपर में सब छप गया था न साहूकार? क्या उतना काफी नहीं होगा?'' सत्तार साहब ने अपना शक प्रकट किया।

''ऐसा कैसे होगा?'' केप्टन खादर ने बीच में ही अपनी बात रखी, ''इस वजह से कि उनके धर्म में यह लड़का शामिल हुआ है, यह फैसला कर दें कि उसकी लाश उनको ही मिलनी चाहिए, वो अब हम भी यह बात कह देंगे बस।''

''खादर, आप भी कैसी बात करते हैं? हम कैसे क्या कहेंगे?''

आदं साहूकारों ने कुतूहल से जरा चिढ़कर पूछा था।

खादर ने उत्साह के साथ बताया, ''इस बात पर कि यह लड़का उनके धर्म में शामिल हुआ था, उनके पास सौ सबूत भी हों, मगर हम यह कहेंगे, उस लड़के ने मरने से एक दिन पहले मौलवी साहब को अस्पताल बुलवाकर हमारे धर्म में लौटा है। जरूरत पड़ी तो मसजिद के रजिस्टर में उस तरह लिखा देंगे तो काफी होगा। किसकी हिम्मत कि इसको झुठलाए?''

साहूकार ने हँसते हुए कहा, ''शहबाश खादर, इसे कहते हैं दिमाग'' उसका अभिनंदन किया और इसको मना करने अल्लाह को ही आना पड़ेगा। मौलवीजी, कहिए आप क्या कहते हैं? एक किनारे पड़ी आरामकुरसी पर आँखें बंद किए बैठे साहब हालत से सरक रहे थे, उनसे पूछा, मानो नींद से जगे हों, उस बूढ़े मौलवी ने अपनी आँखों से देखकर पूछा, ''उस लड़के को कैसी बीमारी है?'' सत्तार साहब ने साहूकार की तरफ देखा। साहूकार ने निरासक्त आवाज से कहा, ''कोई बीमारी। यह पक्का है कि लड़का उस तरफ है, इस तरफ नहीं। मगर इस वजह से हम लोग अभी अस्पताल पहुँचेंगे तो समझो, सब कुछ खत्म ही हो गया। लंदन से डॉक्टर को बुलवाकर किसी तरह उसको बचाकर हमें उस लड़के की लाश मिलने से वंचित कर देंगे।''

होंठों के किनारे पतली मुसकराहट लाकर मौलवी साहब ने गंभीर हो प्रश्न किया कि हम लोग अल्लाह से उसे और उम्र देने की विनती क्यों नहीं करें? अपनी जयमाला चलाते फिर आँखें बंद कीं।

□

मुझे अब फिर से माफी माँगनी है। ऐसा नहीं लग रहा है कि ये सब घटनाएँ कहानी का रूप पा सकेंगी। कहानी कहने पर उसका कोई अंत जरूरी हो जाता है।

अथवा इन सब घटनाओं के बारे में बताए बिना बड़े अस्पताल के स्पेशल कमरे में माँ और बेटे के बीच चली घटनाओं को शब्दों का रूप यदि दिया जा सकता, तो तीव्र भावुकता के आँसुओंवाली एक कहानी तो कही जा सकती थी।

अब यही मात्र कहा जा सकता है—उम्मा बी के अस्पताल पहुँचने के अगले दिन ही लड़के का बुखार छूट गया था। छठे दिन, यानी उस दिन डिस्चार्ज किया गया था, वह बुढ़िया किसी को बिन बताए अपनी झोली उठाकर चली गई थी।

क्षमा करें।

बोळुवार कर्नाटक के दक्षिण कन्नड़ जिले की उपज हैं, जिन्होंने अपनी सकारात्मक सोच द्वारा सामाजिक समरसता को स्थापित करने की कोशिश की है। वे ऐसे कथाकार और उपन्यासकार हैं, जिन्होंने अपनी कहानियों और उपन्यासों के द्वारा भारतीय जीवन में प्रभूत भावात्मक एकता को उजागर करने की हमेशा कोशिश की। उनकी कहानियाँ सकारात्मक दिशा को उगाजर करती हैं। कहीं भी नकारात्मक सोच के लिए गुंजाइश नहीं रह जाती। इस कथा संकलन में उनकी कहानी 'अंक' शामिल है, जिसमें मानवीय भावनाओं को महत्त्व दिया गया है। मनुष्य के साथ जाति-धर्म नहीं, मानवता मनुष्य मात्र को जोड़ती है। इस अंश को न हिंदू, न मुसलमान धरातल पर रखकर उन्होंने चिंतन को सामग्री दी है। एक बालक, जिसे उसकी विवशता की परिस्थिति में मुसलमान बना दिया जाता है, उसके बाद उसकी मौत की राह देखते-देखते मनुष्य के अमानवीय विचारों का यहाँ खुलासा किया गया है।

अकाल

–बरगुरु रामचंद्रप्पा

राम का दमा बंद न हुआ। और दिनों से ज्यादा भयंकर होकर वह आ रहा था। बगल में रखी कटोरी में थूका। खाँसते-उगलते कटोरी भरने को हुई तो उसी को देखकर जुगुप्सा सी जगी, उसने यह सोचकर कि यह दरिद्र प्रारब्ध कर्म है, मर जाऊँ तो ठीक रहेगा, चेन्नी की तरफ देखा। गीली लकड़ी के टुकड़े, जो जलते नहीं थे, उन्हें वह लगातार फूँक रही थी। आग जलती नहीं थी, धुआँ फैल रहा था, आँखों से पानी निकल रहा था। फटे आँचल से ही उसे पोंछते हुए वह फूँक रही थी, मन में अपने इस जीवन को दोष देती, विवशता महसूस करती फूँकमार रही थी। किसी तरह उसे खाने की तैयारी करनी थी। नहीं तो कोई रास्ता नहीं था, कंबल पर बैठे राम की तरफ देखा। नहीं लगा कि खाँसी बंद होनेवाली है। लकड़ी के सुलगने की भी कोई सूचना नहीं थी। राम ने एक बार अपने शरीर की तरफ देखा। लगा शरीर में हड्डियाँ-ही-हड्डियाँ हैं। शादी को तीन साल हुए। एक साल पहले यह खाँसी शुरू हुई, फिर अस्थमा कहकर तय होने के कुछ दिन बाद ऐरे-गैरों की जबान के आगे चेन्नी को तड़पाकर गला दिया था। उस पर यह कहते लांछन लगाया था कि इसके पाँवों के शुभ लच्छन नहीं, इसी वजह से उसको दमा चढ़ा है और बच्चा भी नहीं जना। उन दिनों चेन्नी का गठा बदन था, उस पर उनका लोभ बना था। वह उन्हें नहीं मिली तो, 'छोड़ो रे, वह तो बाँझ है।' शब्द उछाल दिए थे। चेन्नी अपने आद्य कर्तव्य की तरह फूँकती जा रही थी। राम खाँसता रहा। उसने चेन्नी की तरफ देखा, लगा कि कितना सूख गई है। पूरे शहर में अति सुंदर चेन्नी भी एरंडी की काडी सी बन गई है। इस साल अकाल पड़ा, उसने पूरे गाँव को हिला दिया। सुख के सिर पर सब्बल से मारा था, पशु मरे। खेत सूखकर अपनी व्यथा लिख रहे थे।

मजदूरी का काम भी नहीं मिल रहा था, इसलिए कइयों ने गाँव छोड़ दिया। चेन्नी खूब हिम्मत कर, फाका कर दिन बिता रही थी। दो दिन पहले तेज बारिश तो हुई, जिससे धान के खेतवालों को सुविधा हुई थी। उस गाँव में कुल पाँच-छह लोगों को ही तालाब के पीछेवाली जमीन मिली थी। इससे खुश्की पर अवलंबित लोगों को ज्यादा फायदा न हुआ।

सारी फसल सूख गई, किसी भी कोशिश से कुछ ज्यादा होनेवाला नहीं था, तब जोर की बारिश हुई थी। अकाल के कामों के लिए सरकार ने पैसे मंजूर किए थे, अब खूब बारिश के बरसने का कारण बताकर कई काम रोक दिए। चेन्नी जैसे लोगों के लिए अब असमय बरसी बारिश को दोष देने के सिवाय और कोई राह न बची थी। चेन्नी के वश में कोई दूसरा खेत भी नहीं था। उसका पति वह एक ही। उस खेत को जोतने के लिए उसे दिन-रात मेहनत कर दो जून का खाना जुटाना था। अब उसने गाली दी, बेटा तो पैदा नहीं हुआ। इनके लिए खाना जुटाना ही मेरी जिंदगी बन गया। उसने कई बार इस तरह सुना दिया था। राम चुपचाप बोल भी नहीं पाता था। अपनी रोज की बेबस हालत में उधर ही देख रहा था। वह तड़प रहा था। उस पर अकाल भी, उसको लगा इसकी (अपनी बीवी) ऐसी हालत न होनी थी। देखते हुए उसने 'चेन्नी' कहा। थके-सूखे चेहरे पर पानी बह रहा था, बाल बिखरे थे। उन बालों पर बीच-बीच में चमकती राख। 'कटोरी भर गई है,' उसने कहा। वह उठकर आई। कटोरी बाहर ले आई, एक कोने पर गड्ढा बनाया था, उसमें उसे डाला, धोया, फिर लाकर रखा। चूल्हा फूँकने लगी, थक गई, वह जलता, थोड़ी देर बाद बुझ जाता, धुआँ भर जाता। इस तरह आँख मिचौली चल रही थी, आँख खोलना ही मुश्किल हो गया। सोचा, सामने के घर की मल्ली से फूँकनी माँगकर लाएगी, वह निकलकर बाहर आई। तभी मल्ली के ओसारे से, "कल खेत में उगे बेकार पौधों को उखाड़ना है, आ जाना।" मल्लिका की आवाज सुनाई दी। "लफंगा रंगप्पा घर आ चुका है।" कहकर एक क्षण वहीं रुक गई।

अंदर से घर की तरफ आई मल्ली उसके (रंगप्पा) खूब करीब खड़ी हुई तो उसने मृदुता से उसके पेट पर मारा और दोनों तरफ इस उद्देश्य से देखा कि किसी ने देखा तो नहीं। चेन्नी को यह अदर्शनीय लगा, वह अंदर आकर चूल्हे के आगे बैठ गई और ज्यादा तेजी से फूँका, "हाय, कहीं भी जाओ, कहीं भी आओ, यह सैया आकर पाँवों के बीच से सरक जाता है। इसे गाँव की सारी खूबसूरत औरतें चाहिए।" कहकर अंदर ही चिढ़कर फूँकनी लाने के लिए भी आड़े आए इस बेवारिस को शाप देकर, लकड़ी को और दोष देकर उसको दोष देकर।' अपनी बीवी

के साथ इसे जीना चाहिए। उसे छोड़कर इधर-उधर घूमकर सुखी रहना चाहता है, यह एक-दूसरों का सैया है, कहते उसको अंदर-ही-अंदर थूकने का मन हुआ। विवशता थी, वह चूल्हे को फूँक रही थी। एक बार फूँकती, फिर खाँसते पति की तरफ देखती, इस तरह चल रहा था। और दिनों की तुलना में आज धुआँ कुछ ज्यादा ही था, फिर भी चुपचाप ठंडी हवा में बाहर उठकर आ भी नहीं सकती थी। उसका दमा बढ़ता जा रहा था, जिससे वह बैठ भी न पाता था, उसकी कष्टमय स्थिति को देखकर सहानुभूति से उठी। हिलता मिट्टी का दीया देखकर कहा, घासलेटवाली ढिबरी होती तो ठीक था, वह भी खराब हो गई, कहकर आतंकित होकर उस खराब हुई ढिबरी को ही ढूँढ़ निकाला। उसके निचले भाग से एक गुदड़ी का टुकड़ा लेकर उसे तुअर की सलाई के साथ पिरोकर ढिबरी के तल भाग में डुबोया, तब मिट्टी के तेल को उसने सोख लिया।

सलाई को लाकर लकड़ी के नीचे रखकर फूँका तो धड़ाक् से वह जला। राम घबरा गया, उसने पूछा, ''क्या है री वह ?''

उसने कहा, ''मैं बथुआ पका रही हूँ।'' और शांति से चूल्हे की तरफ देखने लगी। पास ही खेत के कचरे पौधे निकलनेवाले हैं। तुम दोनों आ जाओ की आवाज सुनाई दी। वह जान-बूझकर इसे सुनाने के लिए हर बार ऊँची आवाज में अड़ोस-पड़ोस के लोगों को कहकर जाता था, चेन्नी यह जानती थी। उसने 'बदमाश' कहकर हाथ से पटाखे फोड़े, फिर गाँव में साँड़ की तरह व्यवहार करता है, कहकर गाली दी। उसे लगा कि उसकी याद से ही पेट में मरोड़ आ जाती है। वह जलते चूल्हे को देखती बैठ गई।

यह सोचकर कि अकाल की वजह से सारा गाँव सूख गया, दुःख की जमीन में बीज फैला रहे थे तो एकदम से उसे किसी के हँसने की आवाज सी सुनाई दी। उसने मन में सोचा और किसका, यह उसी रंगप्पा की हँसी है। उस मल्ली के लिए भी पति जमा-खर्च में नहीं, बेचारी शीत-जीव है, किसी दूसरे गाँव गया है। अब यही महाराजा बना है। फिर 'पता नहीं किस जन्म का पाप होगा,' कहते वह अपने को ही दोष देने लगी। तभी रंगप्पा ने जोर से हँसकर कहा, ''टाइम से आ जाओ तुम लोग, अकाल में ऐसा नहीं होना चाहिए कि तुम लोग मुँह में मिट्टी डाल लो। फिर कहीं ऐसी प्रतिज्ञा भी न कर डालो कि तुम लोग मेरे खेत आओगी नहीं।'' उसको किसी से इस तरह की बातें करते सुनकर समझ में आया कि ये बातें अकाल में मुँह मिट्टी, प्रतिज्ञा आदि इसी को सुनाने के लिए कही जा रही हैं। अपनी बैठी जगह गुस्से से मुँह से पिटपिट कर धुआँ उगला। जलता हुआ चूल्हा देखकर एक

तरह की बेबसी से उसाँस लेकर उसने मिट्टी के घड़े का ढक्कन खोलकर देखा। उसने यह पक्का कर लिया कि पानी अभी-अभी गरम हो रहा है, बथुआ अभी नहीं पका, तभी उसे रंगप्पा की बातें फिर से याद आईं, उसे लगा कि उसे ठंड लग रही है, फिर धड़बड़ करते वह पुराने दरवाजों को बंद करने आई। अकाल के ताप में जीना ही दुस्तर सा हो गया था। एक जून का खाना जुटाना भी मुश्किल था, दरवाजे में छेद पड़ गया था, अंदर की छिटकनी का हॉल ऐसा ढीला था कि एक बार झाड़ने से भी वह उखड़ जाता। इन ढीली पत्तलों के बीच उसे अकेले ही मेहनत-मजूरी कर पति को पालना था। यह कठोर हालत उसके अंदर तक पीड़ित कर गले से धकेलकर आनेवाले दुःख के साथ लड़ते समय रंगप्पा किसी के साथ हँसता जाता दिखा, चेन्नी को यह अस्पष्ट रूप से दिखाई दिया। उसने सोचा कि अगर मैंने उसके खेत जाने से मना नहीं किया होता तो शायद कुछ पैसे मिल जाते।

तभी अपने आप पर जोर देकर 'छिह! उस कुत्ते के खेत में नहीं जाना चाहिए,' सोचकर और दरवाजे की चिटकनीवाली पट्टी की ढीली कीलों को एक पत्थर लेकर पीटा, पीटकर हाथ थके तो वह वैसे ही बैठ गई। फिर उठी, छिटकनी को देखा, कहा, "यह भी एक बुरी विपदा आई है।" यह कहते उसे गुस्सा, दुःख, असहायता या चिंता या उसी की समझ में न आता इन सबके मिले-जुले भाव से, मिटने दो, कहकर वापस आई, मगर फिर भी चुप नहीं रह सकी। वहाँ की कीलें पत्थर की मार के लिए वह अनुकूल नहीं लग रही थी। तब भी मारकर उसे टिकाने की कोशिश करने से ही उसे चैन सा आया, फिर लगा, चूल्हे पर उफान आ रहा है। वह तेजी से उठकर आई, टूटी बड़ी चम्मच के कोने से बथुआ हाथ में लेकर मसलकर देखा। परखा कि ठीक से पका है कि नहीं, यह सोचकर बैठी कि अभी पक जाएगा। तभी दरवाजा जोर-जोर से फड़फड़ाने लगा। उसने यह सोचकर कि इसे किसी तरह ठीक किया जा सकता है क्या, इसे क्या हो गया? दरवाजा कहीं गिरकर खुला रह गया तो फिर। यह सोचकर अपनी बैठी जगह ही वह काँप गई, फिर उसे लगा कि यह जमीन मेरी है या नहीं, मैं जमीन पर हूँ या नहीं, छूकर देख लूँ, मगर पता नहीं, उसे डर सा लगा और अस्वस्थ हुआ, पति की खाँसी को बढ़ते देखकर उसे समझ न आया कि किस पर प्रतिक्रिया प्रकट की जाए। उसने अपने घुटनों बीच सिर रखा और चुप बैठ गई।

राम ने जब यह कहा, "इतनी ठंड क्यों, समझ में नहीं आता। लगता है, हवा तेज है, दरवाजा? मजबूत नहीं, पता नहीं क्या होगा? क्या होने को है?" तब चेन्नी को लगा कि कुछ जल गया। चौंककर निस्तेज भाव से उसने चुपचाप पति

का चेहरा देख, कुछ कह भी न पाई तो अपना सिर पीट लिया। फिर यह कहकर कि "सब ठीक हो जाएगा, छोड़ो, नाहक चिंता क्यों करते हो?" एक क्षण पति की तरफ देखा, विषाद से मुसकराकर फिर यह परीक्षण कर कि बथुआ पक गया कि नहीं, उसने ढक्कन उठाया। खोलते ही इस तरह मानो जिंदगी भर बंधन में रहना पड़ेगा, इस तरह तड़पती उसे हठात् मुक्त कर दिया हो, पानी की भाप तेजी से घुसी, उसके चेहरे को उसका ताप लगा, जैसे वह उसके मन की गहराई तक उतर गई, हाथ-पाँव बँध गए, वह कड़छुल हाथ में लेकर थोड़ी देर उसी तरह बैठ गई।

राम ने चेन्नी से पहले ही कहा था कि रंगप्पा किस तरह उसके खेत में मजदूरी करने आती महिलाओं के साथ हलकट बातचीत करते-करते खूब जाल फैलाता है। कहा था, "चेन्नी खूब सावधान रहना, उसका चरित्र ढीला है।" मज़दूरी किए बिना दूसरा कोई रास्ता न था, इस वजह से जाना पड़ा। एक बार रंगप्पा ने चेन्नी के पास आकर अपनी जीभ आगे बढ़ाकर हलकी चाल की तो चैन्नी ने यह कहते हुए कि तेरा घर जल जाए, तेरी जीभ पर कीड़े पड़ें, तुम्हारे खेत में पाँव नहीं रखूँगी, देखता रह। कहकर उसकी अवहेलना कर आई चेन्नी फिर उसके खेत में नहीं गई थी। रंगप्पा उसे फँसाने के उद्देश्य से छिछला व्यवहार करता ही रहा।

पड़ोसन कालम्मा ने घर आकर जब यह कहा कि शायद तालाब का किनारा फूट गया है चेन्नक्का, पानी खूब तेज बहता जा रहा है, अब कुछ न किया तो तालाब को ही खतरा है। मिट्टी वगैरह डालना है शायद, आओ न तुम भी कहा तब राम ने आश्चर्य से पूछा, "क्या बात है बाई।" कालम्मा ने जवाब दिया, "हाँ भैया, यह बात है।" उसने (राम ने) "हाय!" कहा। चेन्नी को भी जैसे उसी का कुछ आघात लगा है, चिंता के साथ बेचैनी हुई। बोली, "इस बारिश को देखकर मुझे लगा था कि इसी तरह होनेवाला है। यदि जल्दी घाट का पाट ठीक नहीं किया तो बारिश में वह उखड़ सकता है। हमारे गाँव के तालाब के साथ कभी इस तरह नहीं हुआ था।" कालम्मा कहते राम बेचैन हुआ। चेन्नी ने, "खाना खाकर आऊँगी बाई।" कह दिया।

बथुआ पक चुका था। रागी का आटा थोड़ा सा ही बचा था, उसी में से 'एसरु' (एक तरह का रसम) बनाकर रागी के दो पिष्ट गोल बनाकर राम को परोसे, खुद खाली पका बथुआ खाकर बैठ गई। इसे देखकर राम को बहुत पीड़ा हुई, अपनी विवश हालत पर वह अंदर-ही-अंदर तड़प गया। फिर कहा, "चेन्नी, इस तरह क्यों करती है? तुम भी थोड़ा सा पिष्ट ले लेती।" जवाब में उसने, "एक के लिए ही काफी नहीं पड़ता, फिर दो लोग कैसे खाते? बीमार इनसान खा लेगा तो काफी

होगा।'' कहा। वह चुप हो गया। छत के सरिए को देखता लेटा रहा। हवा चली, दरवाजे से किर्र की आवाज आई तो ''आज इसको कुछ हो गया है, रोज जैसा नहीं, इस हवा को देखो, कैसी आवाज कर रही है।'' कहकर दोहड़ को बदन भर ओढ़कर घुप्प बैठ गया।

चेन्नी बैठी थी। कुछ हठ साध लिया। बदन को आराम नहीं, मन को शांति नहीं, समझ में नहीं आ रहा है कि इससे बाहर कैसे निकला जाए। वह यह सोच ही रही थी कि तभी बिजली की कड़क हुई, उसे देखकर सोचा, बारिश हो सकती है, तालाब का क्या होगा, फूट ही जाएँ तो? यह सोचते ही उसे लगा कि अपनी जमीन ही काँप गई, हवा-धूल तेजी से पीछे-आगे गई, बारिश की गंध वहीं घुमड़ कर नाक में फँसी, तालाब आँखों के आगे आने को हुआ। लगा कि भविष्य भयंकर होगा, कोई बहुत समय से सुप्त ताकत सारे बदन को मरोड़कर निचोड़ रही है, मानो ताकत ही नहीं, वह धीरे से उठी, दरवाजा आगे की तरफ करने लगी तो पुरुष, महिलाओं को फावड़ा, सब्बल, ताट आदि लेकर जाते देखा। पटेल को अगुवा बनकर, यह कहते हुए कि ''बारिश होने को है, बिजली चमक रही है, जल्दी आ जाइए। आइए, आइए, जल्दी, फिर उल्ट-पलट जाएगा। सारा गाँव ही जुटा है तो छोटी बुद्धि नहीं दिखानी चाहिए। ए…कालम्मा, चेन्नक्का, मल्लक्का…आओ, आओ।'' कहकर पुकार रहा था। चेन्नी ने यह कहकर, ''आई भैया, अभी…'' खड़ी रह गई। वे लोग बढ़े, चेन्नी ने दरवाजे के अंदर छिटकनी लगाई। अंदर की छिटकनी मजबूत नहीं थी। दरवाजा फड़फड़ा रहा था। उसने सोचा, मल्ली तालाब का काम करने जाती भी होगी या नहीं। खूब मोटी होकर सुंदर है। बगीचे के पास रंगप्पा के कमरे में जाकर लेटेगी, वह छोड़कर मल्ली तालाब कहाँ जाएगी? देखें?। कह वह दरवाजा खोलकर बाहर आई। वहाँ ओसारे के कोने पर दुबकी बैठी मल्ली को देखकर, ''तालाब के पास नहीं जाओगी, मल्लक्का?'' उसने पूछा। मल्ली ने स्वयं यह कहकर, ''छोड़ो भी चन्नक्का, हमें क्या करना है, जिसको मन करे, जाए। तुम जाना चाहती हो तो आराम से जाओ।'' फिर एक मिनट रुकी और बोली, ''अभी थोड़ी देर पहले ही मेरी माहवारी शुरू हुई है ,चेन्नक्का।'' चेन्नी ने ऐसा कह आकाश की तरफ देखा। बारिश होने की सूचना है। एक या दो मिनट में रुक-रुककर बूँदें गिर रही हैं। तब भी क्यों, तालाब की दरार भरने जाने का मन न हुआ। अंदर आकर दरवाजा बंद करने जाकर, ''यह बेकार छिटकनी'' कहकर गाली दी। कहाँ जाएँ? तालाब का काम करने या…वैसे भी आज मल्ली रंगप्पा की बगल में नहीं सोएगी। व…हँ…।

कुछ गुस्सा सा चढ़ा। उसने वह गोल पत्थर उठाकर अंदर की छिटकनी की

कील जोर से कूटी। जोर कील को नहीं लगी, छिटकनी को लगी, वह और ढीली हो गई तो चेन्नी को बहुत निराशा हुई। हवा के साथ फड़फड़ाते, आवाज करते दरवाजे पर गुस्सा आया। किसी तरह उसे जोर से पकड़कर छिटकनी को ठीक करने की खूब कोशिश करती रही, तभी धीरे-धीरे बारिश होने लगी और उसके बढ़ने की सूचना मिली। इसकी कोशिश भी बढ़ गई, मगर विफल होने को हुआ, जिससे उसकी उद्विग्नता बदन भर फूटी, उसे असहनीय हुआ, अंदर की छिटकनी को निकालकर फेंका और दरवाजा तेजी से खुल गया, ठंडी हवा तेजी से घुसी, जिससे उसे थोड़ा आराम सा लगा। अपने चेहरे का पसीना पोंछने लगी। पीछे मुड़कर भी देखे बिना वह निकल पड़ी। ओसारे में बैठी मल्ली ने उससे कहा, ''चेन्नक्का, तालाब का काम करने निकली हो।'' मगर वह तेजी से इस तरह आगे बढ़ी, जैसे उसने सुना ही नहीं।

भूख लग रही थी। राम के बीमार पड़ने के बाद से ढंग से खाना नहीं मिलता था तो फाके करना विशेष बात नहीं रह गई थी। पिछले कुछ दिनों से तो भूख खाए जा रही थीं। शरीर की सारी नसें जैसे सख्त होकर उसे कहीं उठा ले जा रही थी। उसे कैसे दबाकर रखा जाता? आज सुबह खाली पेट पिष्ट का एक गोला खाया था। वह भी क्यों, नहीं जानती, अच्छा नहीं लग रहा था, जरा सा खाकर अब पेट में कुलबुलाहट हो रही थी। भूख बढ़ रही थी, मरोड़ थी, सारे बदन में वह फैल रहा था। बाँबी में धँसते जाने की तीव्रता बढ़कर मृत से शरीर में, कुछ दबकर उसे पूछताछ के लिए लेते रहने का अनुभव होकर चेन्नी की उद्विग्नता से बढ़कर तीव्रता से उसके पाँव आगे बढ़ गए।

तालाब का काम वहाँ चल रहा था। वहाँ उन लोगों की बातचीत हवा में तिर रही थी।

''जल्दी रेत का ढेर अंदर की तरफ डालो भाई। बाहर दरार दिखती है न। वहाँ मिट्टी आदि जल्दी-जल्दी डालो। अरे रे वहाँ देखो तो, वहाँ ऊपर की तरफ बारिश तेज हो रही है। उसी से कितने जोर का गड्ढा बन रहा है। अभी तालाब में कितना पानी आ गया। अपना धर्म जल्दी पूरा करो। उधर घाट के ऊपर दरार पड़ गई है, वह फूट गया तो फिर क्या हालत होगी? राम-राम! हाँ, जल्दी-जल्दी ले आओ, पटेल आतंकित होकर तेजी से सूचना देता जा रहा था।

चेन्नी जा रही थी। तालाब की मरम्मत की आवाज सुनाई पड़ रही थी। तब भी वह अपने आप जा रही थी। बारिश की बूँदें बढ़ती, भड़-भड़ की आवाज होने लगी। मरम्मत की तरफ से आती असमंजस वाली आवाज हर इनसान को तेजी से

कार्य करते रहने की सूचना दे रहे थे। कहीं दूर से सुनाई दे रहे अस्पष्ट जाल का वातावरण सा कुछ भी सोचने की सामर्थ्य से जैसे परे उसे सुनाई पड़ रहा था, चेन्नी का उस तरफ ध्यान ही न था, तेजी से चल रही थी, बारिश तेज होकर गिरने लगी, वह और तेजी से चलती सीधे रंगप्पा के बगीचे तक पहुँची तो धारदार बारिश के होने की सूचना को तेज बिजली से और जमीन पर जैसे कंबल का ढेर डाला हो, आकाश ने सूचना दी। गड्ढा भरकर बह ही रहा था, तभी यहाँ पर भी बारिश तेज हुई, तेज आवाज के साथ पटकने लगी। तालब की मरम्मत की जगह बहुत उद्वेग का वातावरण बना, कौन क्या कर रहा है, यही समझ में नहीं आ पा रहा था। उस तरह की हालत में सभी कुछ-न-कुछ बोल रहे थे। बारिश में भीगते ही चेन्नी रंगप्पा के बगीचेवाले कमरे के दरवाजे के पास आई। उसकी छाती धक्-धक् करने लगी। वह भय से था या आतंक से, किसी की समझ में नहीं आ रहा था। उसे ऐसा भान हुआ कि अपनी छाती उड़ रही है।

कमरे के अंदर रोशनी थी। दरवाजे के छेद से देखा, रंगप्पा अकेला लेटकर सिगरेट पीता बैठा था। 'अनुराग की अमरावती' नामक किसी गीत को गुनगुनाता बीच-बीच में, 'यह बेकार बारिश, यह मल्ली भी नहीं आई, धत्।' कह अकेला ही बोल रहा था। तब तालाब की तरफ से हठात् हाहाकार फैला, चारों तरफ का वर्तुल घबराने लगा था। "हाय, दरार, ऊपर की जमीन धँसती जा रही है। अरे, अभी पानी घुसा है, दैव मालिक है। आओ भाई, आओ!" की आवाज बदन पर रोंगटें खड़ा करती थी, हाहाकार फैल रहा था, रंगप्पा धड़ से उठा और चेन्नी उसी समय दरवाजा तेजी से धकेलकर आई, दोनों काम एक साथ घटित हुए। रंगप्पा चकित हो एकदम खड़ा हुआ। चेन्नी को समझ में नहीं आ रहा था कि क्या कहे, हाँफती चुपचाप उसने उसका चेहरा देखा। दो-तीन मिनट खाली बारिश की आवाज थी। आवाज के साथ बारिश की बूँदों को हिलाती क्रीड़ा करती हवा, इनके बीच रास्ता बनाकर आने की कोशिश में लगी, तालाब के ऊपर की जमीन की बेचैनी। फिर रंगप्पा ने ही पूछा, "क्यों आई?"

"मैं···मैं···मैंने उस दिन हठ किया था कि खेत में पाँव नहीं रखूँगी, माफ करो।" उसने कहा। रंगप्पा ने, 'ओह!' कह उद्‌गार चमकाया। "करियम्मा देवी की कसम से कहूँगी, आऊँगी, आऊँगी। उसी वजह मैं भागती-भागती तुम्हारे पास अभी आई हूँ। तुम्हारे खेत के सारे कचरे पौधे चाहो तो अकेली ही उखाड़ दूँगी और जब भी बुलाओगे, मैं आऊँगी।" उसने उद्वेग भरी आवाज में, बारिश के साथ जैसे स्पर्धात्मक तरीके से कहा तो रंगप्पा ने हँसते हुए एक तरफ शैली से कहा,

"शहबाश! ठीक है।"

चेन्नी में उत्साह उमड़ पड़ा। वह पास आई। धीमे से उसने उसका हाथ पकड़ा। काँपते हाथों से उसका बार-बार स्पर्श करते फलक की पल्लवी के लिए उसकी बगल में लेटी। तब उसने उसके दोनों बाजुओं को पकड़ा। उसी तरह घूरकर देखा। बारिश में भीगकर आए उसके शरीर को अपनी नजर से ही गुना। पकड़े बाजुओं से खाली हड्डियों का अनुभव किया। उसके बदन से लगे कपड़ों से भी कोई उतार-चढ़ाव न दिखा तो अपने चेहरे पर चिढ़ लाया। चेन्नी के हाथ काँप रहे थे। होंठ हिल रहे थे। आँखें बंद करती, बदन में रोमांचित होती वह उसके बदन पर हाथ फैला रही थी। रंगप्पा ने उसी की तरफ एकटक देखते, पुरानीवाली चेन्नी को चित्रितकर अबकी उसे गुनकर, ताकतहीन समझकर उसके हड्डियोंवाले बाजुओं को उसी तरह पकड़कर दरवाजे की तरफ आकर उसे धड़ाम से बाहर धकेलकर फट से थूका, दरवाजा बंद कर, "अब आई है, अब हड्डियों का चमड़ा पोतकर, नहीं सुन सकते इसका घमंड। अब बड़ी आई है" आदि कुछ-कुछ बोल रहा था। चेन्नी तभी धुत्त जमीन पर गिरी स्तंभित हुई, भयग्रस्त हुई, भयानक स्थान पर आँखों पर पट्टी बाँधकर छोड़ा हो, झरती बारिश आग की कील सी जमीन पर हाथों को तलाश रही थी।

कन्नड़ के नामी कथाकार, फिल्मकार, चिंतक बरगूरु रामचंद्रप्पा कर्नाटक के बंडाय आंदोलन के प्रणेता और मुखिया रहे हैं। मूलतः मार्क्सवादी विचारों से प्रभावित और समाज के बीच रहकर स्वानुभव और परानुभव से, अत्यंत कष्टदायी जीवन से उभरे प्रतिभाशाली चिंतक रामचंद्रप्पाजी ने समाज से अंध-श्रद्धाओं से दूर हटाने का प्रयत्न और मार्गदर्शन किया है।

बेंगलुरु विश्वविद्यालय के कन्नड़ अध्ययन केंद्र में आचार्य पद का निर्वाह कर सेवानिवृत्त डॉ. बरगूरु सद्य कर्नाटक सरकार में पाठ्यपुस्तक परिशोधन समिति के अध्यक्ष के रूप में सरकार का मार्गदर्शन कर रहे हैं।

कथाकार, चिंतक और फिल्मकार के रूप में वे हर कर्नाटकवासी के दिल में स्थान बना चुके हैं।

□

निर्णय

–सारा अबू बकर

ड्राइंग-रूम की घड़ी ने बारह की घंटी बजाई। सोते-ही-सोते हसीना ने करवट ली। कई बार तो करवट ले ली, मगर फिर भी उसे नींद नहीं आई। दोपहर छोटी माँ के यहाँ से खतीजाबी ने आकर खबर दी थी, तब से भी वह बेचैन होने लगी थी। खतीजाबी ने जो संदेश पहुँचाया, उसके अनुसार चलें या… छोटी माँ ने जाते समय कहा था, "बेटा, गलत निर्णय कभी नहीं लेते…" वह बात उसके कानों में अब तक गूँज रही थी।

यह सही कि मेरे इस निर्णय पर पूरा भविष्य निर्भर होगा। उसने फिर करवट ली। उम्मा गुजर गई, उसके बाद ये छह-सात साल गुजर गए, इस बीच कितनी सारी बातें घट गईं।

उम्मा के गुजर जाते मैं दस साल की हो गई थी। बड़ा दादा वाजिद तब पच्चीस साल का हो गया था। दूसरा भैया मुनीर तब अठारह साल का था। मैं सबसे छोटी थी, इन तीन बड़े लोगों को मुझे खाना बनाकर खिलाना पड़ता था, बहुत मुश्किल होती थी। इसी वजह से अब्बा ने दूसरी शादी की थी। मुझे पता नहीं, यह क्यों हुआ कि बड़ा दादा कुछ दिन घर आया ही नहीं, दादा मुझे बहुत दुलार देता था। अम्मी को दफनाकर लौटने के बाद भी मुझे गले से लगाकर खूब रोया था। रोते ही मुझे सांत्वना देने लगा था। कह रहा था, "ऐ अच्ची, उम्मा को तुम्हारी शादी रचाने की कितनी ख्वाहिश थी? उम्मा की वह ख्वाहिश पूरी न हुई।"

मगर वही दादा छोटी माँ के आते ही घर से निकल गया था। छोटे भैया के साथ ऐसी बात थी कि वह जितनी देर घर रहता, मुँह फुलाकर बैठा रहता। अब्बा खुश थे। उस दिन उन्होंने मुझे बुलाकर कहा था, "मुन्नी देख, आगे से इसको

अपनी अम्मी समझना। अब से घर के सारे काम ये ही करेंगी। तुम पहले की तरह खेलो-कूदो।'' उसके स्मृति-पटल पर पिछले पाँच सालों की तसवीरें उतरने लगीं।

छोटी माँ अपना दायाँ पाँव आगे कर घर के अंदर आई थी। हसीना ने अंदर के दरवाजे के पीछे खड़े होकर यह देखा था। बाई पातुम्मा ने उसके कानों में फुसफुसाकर कहा था, ''गाय के साथ एक बछड़ा भी आया है, देख।''

''बछड़ा कहाँ है ?'' हसीना ने अबोध होकर प्रश्न किया था।

पातुम्मा ने धीमे से हँसकर कहा था, ''वह, वहाँ बैठक में खड़ा है।'' तब हसीना ने धीमे से दरवाजे के पास खड़े होकर बैठक की तरफ झाँककर देखा। करीब पंद्रह साल की उम्र का एक लड़का लल्लू की तरह दरवाजे के पास खड़े होकर चारों तरफ ताक रहा था।

''अंदर आ जा बेटे। वहाँ क्यों खड़ा है ? इसे अपना ही घर समझ।'' इस तरह कहते हुए अब्दुल्ला हाजी ने लड़के को बुलाया।

''मुनीर, यह देख, कहाँ हो ? यह देख, तुम्हारे लिए एक साथी आया है। उसे अंदर बुला ले।'' यह सुनकर मुनीर कमरे के दरवाजे तक आया, मगर कुछ भी जवाब दिए बगैर वापिस चला गया।

''हसीना, छोटी माँ को अंदर बुला ले जाओ।''

अपने पिता के आदेश का हसीना ने अनुपालन किया। 'आइए' कहते हुए भीगी बिल्ली की तरह खड़ी खोई-खोई सी अनुभव कर रही उस औरत को अंदर ले जाकर झूले पर बिठाया। उसने भी लड़की का हाथ पकड़कर अपने पास बिठाया और पूछा, ''मोना, तुम्हारा नाम क्या है ?''

हसीना की आँखें भर आईं। ''अरे रोती हो ? बड़ी लड़कियों को इस तरह रोना नहीं चाहिए।'' कहते हुए उसने हसीना की आँखें पोंछीं। हसीना ने भी तब अपनी छोटी माँ का चेहरा देखा। देखते ही उसके मन में बैठी शंका, डर सब एक साथ दूर हो गए। झूले से कूदी और 'पातुम्मा' कहकर पुकारते हुए रसोई की तरफ भाग गई।

अगले दिन, जब तक वह बिस्तर से उठी, तब तक छोटी माँ ने इसके लिए चाय-नाश्ता सब बनाकर टेबल पर तैयार करके रख दिया था। उसके अब्बा ने, ''हसीना...कहाँ हो ? मुनीर आओ, वह लड़का हामिद है न, उसको भी साथ लेते आओ।'' कहते हुए खुद भी मेज के सामने बैठ गए। मुनीर तब अकेले ही आकर मुँह फुलाकर बैठ गया। हसीना भी बैठ गई, मगर नाश्ता उसके गले से नीचे नहीं उतर पाया था। रात को यतीम की तरह दरवाजे से सटकर खड़े उस लड़के की

तसवीर उसकी आँखों में बसी थी। पातुम्मा की फुसफुसाहट याद आई, 'गाय के साथ बछड़ा भी आया है।'

हसीना कुरसी से उठकर खड़ी हो गई, बैठक में आई, देखा तो हामिद खिड़की से बाहर देखता खड़ा था। उसने हामिद के पास जाकर कहा, "अंदर चल, अब्बा बुला रहे हैं।" लड़का फिर उसके पीछे-पीछे अंदर चला आया।

"चलो, अब से यह भी तुम्हारा घर है। बुलाने की राह नहीं देख, तुमको कुछ भी जरूरत हो, अपनी उम्मा से माँगकर ले लो।" इतना कहकर फिर अपने बेटे से, "यह शायद इस बार दसवीं में है। तुम दोनों साथ-साथ जाओ। उसका स्कूल तुम्हारे कॉलेज के पास ही पड़ता है।" इस पर भैया ने चेहरा फुलाया और जरा तेज आवाज में कहा, "क्यों, उसे रास्ता मालूम नहीं है क्या?" और फिर अपनी जगह से उठकर चला गया। हामिद तब भी सिर नीचा किए नाश्ता कर रहा था, अब की बार उसने अपना सिर ऊपर कर हाजी साहब की तरफ देखा। उनका चेहरा स्याह पड़ गया था। उनको लगा कि नाश्ता गले में अटका हुआ है। हसीना तब वहाँ बैठ न पाई, उठकर अंदर चली गई।

ये दोनों भैया इस तरह क्यों बरताव करते हैं, समझ में नहीं आता। खेलने को घर के अंदर ही एक साथी मिल गया है तो अच्छी बात है। बड़े दादा ताई के घर गए, अब तक नहीं लौटे और इस लड़के का हमारे घर आना शायद छोटे भैया को पसंद नहीं आया।

"हसीना, छोटी माँ को बुलाना।" उसके अब्बा ने आवाज दी।

"छोटी माँ…।" हसीना ने पहली बार पुकारा। छोटी माँ मुसकराते हुए रसोई से बाहर आई और खाने की टेबल के पास आकर खड़ी हुई। "देखो, तुम्हारा बेटा जो भी चीज माँगे, दे दो। उसे स्कूल भेजो। मेरे बेटों के बरताव की फिक्र मत करना। मेरी बेटी की देखभाल करो।" उसने हसीना की तरफ देखा और मुसकरा दिया।

जमीला इस घर में एक साल पहले आई थी। मगर अब्दुल्ला हाजी का बड़ा बेटा वाजिद यहाँ इस बीच बहुत कम आया था, बाप की अनुपस्थिति में, अपनी छोटी बहन से मिलने के लिए ही आया था। "भैया, तुम यहीं रहो न।" छोटी बहन उससे अनुनय करती, मगर वह इस तरह कड़ककर जवाब देता, "अब अब्बा को हम लोगों की जरूरत नहीं है। उनका एक दूसरा बेटा है, उसी की देखभाल करते रहें।" और एक बार आकर अपने बाप के साथ लड़ाई-झगड़ा करके कपड़ा-लत्ता उठाकर ले गया था। हसीना रोते हुए अंदर आई तो छोटी माँ को बिस्तर पर पड़े रोते देखा था। हसीना के अंदर जाने पर अपने गले से लगाकर रोते हुए कहा, "बेटा,

आपकी जायदाद में से मेरे बेटे को कुछ भी नहीं चाहिए। उसके बाप की जायदाद उसे मिली है। इसके अलावा वह अपनी जिंदगी खुद भी बना लेगा।'' यह कहते-कहते वह फूट-फूटकर रोई थी।

इसके बाद हामिद में बहुत परिवर्तन आया। वह अपनी पढ़ाई में तल्लीन हुआ। हर सप्ताह वह अपनी दादी के यहाँ चला जाता। घर की औरतों के रहते वह बहुत कम आता। तब जमीला ही अपने बेटे के पास जाकर बात करती। हसीना से भी वह करीब-करीब बात ही नहीं करता। उसके लिए वह पराई ही तो थी।

जमीला को अब इस घर में आए भी पाँच-छह साल हो गए। उसका बेटा हामिद अब यूनिवर्सिटी से स्नातक हो चुका है, किसी दूर गाँव में व्यापारी हो गया है। अब्दुल्ला हाजी साहब ने उसका मार्गदर्शन किया और आर्थिक सहायता देकर व्यापार में लगवाया था। अब वह सप्ताह भर बाद घर आता था। आने पर पराए आदमी की तरह रह जाता था। हसीना कभी उसके करीब नहीं हो पाई थी।

एक बार की बात है। हामिद आकर लौट गया था। तब पातुम्मा ने आकर उसके कानों में फुसफुसाकर कहा कि शायद ये लोग हामिद से उसकी (हसीना की) शादी रचाना चाहते हैं।

''क्या''' !'' कहते हुए हसीना स्तब्ध हो गई थी।

''कल तुम नहा रही थी न, तब तुम्हारे अब्बा की छोटी माँ से बात हो रही थी।'' इतना कहकर पातुम्मा मुसकराकर अंदर निकल गई। हसीना क्षण भर स्तंभित ही रह गई थी।

यह नहीं था कि हसीना के मन में अब तक शादी का विचार ही नहीं आया हो। जवान उम्र में जिस तरह हर लड़की के मन में शादी को लेकर इच्छा पैदा होती है, वह हसीना के साथ भी हुआ था। उसके संगी-साथियों की शादी की खबर मिलने के साथ ही उसके मन में भी उस बारे में एक सुंदर सी तसवीर जन्म लेती थी। दुलहन बनकर अपने बालों में मोगरे का गजरा सजाकर मेहँदी रँगी हथेली और खूब गहने पहनकर, रेशमी बूटेवाली जरी की सिल्क साड़ी पहनने की कल्पना आती थी, मगर हाँ, दूल्हे की तसवीर साफ नजर नहीं आती थी। छोटी-छोटी मूँछों के बीच मुसकराता चेहरा लिये एक सुंदर से जवान लड़के की तसवीर उभर आती थी।

अब वह जवान लड़का हामिद के रूप में मिला था। अब तक उसने अपने मन में हामिद के बारे में ऐसा सोचा नहीं था। यतीम लड़के के बारे में भैया लोग भारी उपेक्षा दिखाते, इस कारण भी उस लड़के के प्रति उसकी कोई विशेष ममता की भावना नहीं थी, सहानुभूति जरूर थी।

अब पातुम्मा के मुँह से यह खबर सुनने के बाद उसे कैसा लगा होगा, खुशी हुई होगी या कुछ और भावना आई होगी, इस बारे में वह खुद कुछ भी नहीं समझ पा रही थी। उस यतीम लड़के की तरह उन दिनों दरवाजे पर आकर, चारों तरफ आँख घुमाते खड़े रहनेवाले उस छोटे लड़के की तसवीर यादों के परदे पर फिर से उभरकर आई। 'माँ के साथ उससे लगा हुआ बछड़ा।' अब घर का जमाई होने वाला है। 'मेरे बारे में क्या सोचता होगा? मुझे लेकर उसने कभी सोचा भी होगा?'

वह हमेशा अपनी सीमाओं को जानता था और उस जानकारी के साथ ही वह घर के अंदर पाँव रखता था। उसकी माँ घर की मुखिया थी, मगर तब भी इस घर के बारे में परायापन उसके मन से कभी निकल नहीं सका था। वह कभी अपनी माँ से भी किसी चीज के लिए हठ नहीं करता था। किसी बात को लेकर झगड़ा नहीं करता था। हजारा ने कई बार उसको दिखाकर अपने बेटे से कहा भी था, "उस लड़के को देखकर सीखो, कितना सीधा है, कितना नमता है, तुम लोग कैसे हो, मेरा सिरदर्द बनते हो।"

इस पर मुनीर उन पर गुस्सा हो जाता, कहता, "मैं भी जानता हूँ; अब आपको हम लोग फूटी आँख भी नहीं भाते, उसे अपने सिर पर बिठा लो।"

"ठीक है, वही करता हूँ।" हजारा भी चिल्लाकर कहते।

घर के लड़कों में एक तो पहले ही घर से निकल गया था। दूसरावाला लड़का घर में रहकर भी अपने अब्बा से दूर हट गया था। वह तो इन सबके लिए हामिद को दोषी ठहराता था। उससे इस वजह से दुश्मनी साधता था।

मगर हसीना के साथ यह बात नहीं थी। वह हामिद को दुश्मन नहीं मान सकती थी, उसकी बेचारगी समझ पाती थी।

उसको अब पता चला है कि वह उसका जीवनसंगी बननेवाला है। ऐसी बात सुनकर वह खुद समझ नहीं पा रही थी कि इससे उसे खुशी मिली है या खराब लगा है, वह इस हालत में बेचैन हो गई। अपने अब्बा की बात वह टाल भी नहीं सकती थी। छोटी माँ से मिलते प्यार के आगे वह उनके बेटे के साथ शादी का यह प्रस्ताव टाल नहीं सकती थी। दादा लोगों को शायद यह शादी मंजूर नहीं, मगर उनकी बात कौन सुनता?

उस लड़के से अपनी छोटी बहन की शादी के प्रस्ताव से मुनीर बहुत गुस्से में आया। उसने साफ कह दिया कि उसको यह शादी पसंद नहीं है और कठोर शब्दों में यह भी कह दिया कि वह हसीना के लिए दूसरा योग्य वर ढूँढ़ लाएगा। यह यतीम लड़का उसकी बहन के लिए बिल्कुल नहीं चलेगा।

"मैं इस लड़के को इतने सालों से देख रहा हूँ। तुम दोनों हरामखोर भाइयों से यह लड़का हजार गुना अच्छा है। लड़का क्या है, सोना है। हसीना उसके साथ बहुत अच्छे से रहेगी।" हजारा ने भी बहुत उग्र होकर यह बात कही। वह यह दुनिया छोड़ने से पहले अपनी बेटी को राह पर पहुँचा देना चाहते थे। बहुत बढ़िया घर-परिवार, चाहो तो तुम्हें सोना-जायदाद आदि सब देना पड़ता है। यह सब देने के बाद भी इस बात की कोई गारंटी भी नहीं कि लड़का अच्छी नीयत का ही निकलेगा। इस पर यह बात भी कि घर में मक्खन रखकर कौन घी ढूँढ़ता फिरेगा? बेटी को भी पराए घर में जाने की जरूरत नहीं पड़ेगी। घर में ही रह जाएगी। यह सब इन लड़कों की समझ में नहीं आता। इस तरह उन्होंने मन में बात ठान ली। गौना दो-एक साल तक टाल देंगे, निकाह तो अभी कर देना चाहिए। यह उनकी मंशा थी। लड़का सोना है, लड़कियों के माँ-बाप की आँखों से ज्यादा दिन बचकर नहीं रह पाएगा। लड़का अपने हाथों से न खिसक जाए, वे इतना सब सोचकर निकाह की तैयारी में लग गए।

निकाह से ठीक चार दिन पहले मुंबई से वाजिद का खत आया, उसने लिखा था, "किसी भी हालत में हसीना को उस यतीम लड़के को नहीं सौंपें। मुनीर और मैं मिलकर हसीना के लिए एक अच्छा सा दूल्हा ढूँढ़कर लाएँगे। जल्दबाजी में हसीना को ऐरे-गैरे के सिर मढ़ देने का कोई तुक नहीं है।"

उसका खत पढ़कर हजारा भी गुस्सा हो गए। "इसको घर से निकले सात साल हो गए। आज तक एक बार भी खैर-खबर पूछकर एक खत भी नहीं लिखा। अब अपनी छोटी बहन की शादी करने आएगा। मेरी बेटी की शादी अपनी पसंद के लड़के के साथ करूँगा। पूछनेवाले ये कौन होते हैं?"

जमीला ने भी कहा कि आपके बेटे नहीं चाहते तो यह रिश्ता छोड़ दो।

उन्होंने अपनी औरत पर भी गुस्सा होकर कहा, "अब तुम भी मुझे समझाने लगी। मैं वही करूँगा, जो मुझे ठीक लगेगा। तुम चुप रहो।" कुछ दिन बाद ही उन्होंने हामिद के साथ अपनी बेटी का निकाह करवा दिया। गौने की रस्म को एक साल के लिए आगे टाल दिया। हामिद हजारा की कोई बात नहीं टालता था।

निकाह के बाद से हसीना हामिद की नजरों से अपने को बचाने लगी। उसके आते ही वह कमरे में घुस जाती। कभी-कभार उम्मा कहकर पुकारते हुए वह रसोई घर में आ भी जाता तो तुरंत चेहरे पर बुरका खींचकर वहाँ से भाग जाती। वह पहले की तरह फिर से निर्लिप्त हो गया।

आजकल वह पहले जैसे निर्लिप्त नहीं रह पाती थी। मन का कोई कोना

जरा-जरा सा कोमल होने लगा था। जिस दिन उसका आना होता, उस दिन घर के दरवाजे तक वह बार-बार आकर लौट जाती थी। कभी-कभी अपने अब्बा से कहकर मुरगी मँगा लेती। अब्बा पूछते कि आज ऐसी क्या बात है ? तो वह कहती, "तुमको रोटी पसंद है न ? मुरगी की दाल और रोटी बनाने के लिए।" किंतु हामिद के आते ही वह अंदर कहीं गायब हो जाती।

उस दिन वह घर आया, आते ही उसने मोगरे का गजरा अपनी माँ के हाथ देकर कहा, "तुम्हें मोगरा बहुत पसंद है न ? मेरे उस गाँव में मोगरा खूब सस्ता मिलता है, इसीलिए खरीद लाया।" दरवाजे के पीछे खड़ी होकर हसीना ने यह बात सुन ली।

"हसीना, मोगरा बहुत सुंदर है। आ जा, बालों में लगा देते हैं।" जमीला ने बुलाया।

"नहीं छोटी माँ, आप लगा लेना।" उसने जवाब दिया।

ये फूल मेरे लिए नहीं लाया। मेरे बारे में उसके मन में कोई भावना नहीं। अब्बा की बात वह टाल नहीं सकता था, इसलिए निकाह कर लिया होगा।

हजारा बेटी की शादी की तैयारी करने लगे। आजकल वह पहले जैसे ज्यादा चल-फिर नहीं सकते थे। जल्दी ही थक जाते। उनको डर था कि अंदर कोई बड़ी बीमारी लगी है, इसी वजह से वह जल्दी शादी कर देना चाहते थे।

उनकी ख्वाहिश पूरी न हो पाई। एक रात सोने के बाद फिर आँखें नहीं खोलीं। शादी से दो महीने पहले ही उनका इंतकाल हो गया था।

अपने अब्बा के इंतकाल की बात सुनकर वाजिद मुंबई से तुरंत लौट आया। अब्बा की शादी का ही बहाना बनाकर वह गाँव छोड़ गया था। अब सात साल बाद लौटकर अपने अब्बा की जायदाद के हिसाब-किताब में डूब गया। मुनीर भी अपने भैया से मिल गया। छोटी माँ की जिद खत्म होने तक चुप था। फिर अगले रोज हामिद को बुलाकर कहा, "तुम अपनी उम्मा को लेके निकल जाओ। अब्बा ने तुम्हारे लिए सब कुछ तो बनाकर दिया ही है, अब आगे तुम लोग इस मकान में नहीं रहोगे।"

जमीला ने तो इस बेटे को आज तक देखा भी न था। वह बेचारी क्या कहती भला ? छोटी माँ मुनीर को भी कभी फूटी आँख नहीं भाई थी। हामिद हर किसी की आँख का शूल बना हुआ था। इस तरह जमीला मौन रहकर अपने मायके लौटने की तैयारी करने लगी। अब रह गई हसीना। वह क्या कहती ? शादी की रस्म पूरी हुई होती तो शायद वह भी उन लोगों के साथ चल देती। उसका निकाह ही हुआ

था। मियाँ-बीबी की जिंदगी जीना शुरू नहीं किया था। ऐसी हालत में वह यह भी तो नहीं कह सकती थी, "मैं भी जा रही हूँ।" हामिद ने भी तो अभी तक उस तरह का स्नेह नहीं दिखाया था। उसको यदि इसकी जरूरत रहती तो एक बार तो भैया से कह देता, किसी ने कुछ भी नहीं कहा। अपने मियाँ के बेटों से और ज्यादा जलील होने से बचने के लिए जमीला अपने बेटे को लेकर चली गई थी। हसीना खिड़की से देख रही थी। माँ और बेटा दोनों बगीचे के बीच में से होते हुए नदी किनारे तक गए और नाव पर बैठ गए। मल्लाह ने पाल चलाया। हामिद ने एक बार भी पीछे मुड़कर नहीं देखा। हसीना के आँसू खिड़की के सलाखों को भिगो रहे थे। नाव धीरे-धीरे आगे बढ़कर पूरब की तरफ ओझल हो गई।

"अच्ची! अच्ची!! कहाँ हो?" वाजिद अपना वही पुराना स्नेह देते हुए अपनी छोटी बहन के बिस्तर के पास आ गया। आँखें पोंछकर वह उठ बैठी।

"अच्ची, अब्बा ने तुम्हें कुएँ में ढकेल दिया है। अब हमें किसी तरह इससे निपटना होगा।" हसीना उसको देखती रह गई।

"उस यतीम लड़के के साथ तुम्हारा निकाह करवा दिया है। हम सब साथ मिलकर एक अच्छे परिवार के साथ तुम्हारी शादी करवा सकते थे। अब्बा ने किसी की एक न सुनी, यह निकाह कर दिया।" यह कहकर उसने अपनी छोटी बहन की तरफ देखा। हसीना को भाई की कही कोई बात समझ में नहीं आ रही थी, वह सिर्फ सिर झुकाकर बैठी रही।

"अब तो जो हो गया।" उसने अपनी बात आगे बढ़ाते हुए कहा, "अब उस जाल से बाहर निकलने के बारे में सोचेंगे। मैं पता लगा रहा हूँ कि वह अपनी तरफ से तलाक देगा भी कि नहीं? वह अगर नहीं देगा तो कानून के हवाले जाकर तलाक ले लेंगे।"

हसीना ने अपना सिर उठाकर भैया की तरफ देखा। वह यही तय नहीं कर पा रही थी कि भैया की बात का क्या जवाब दिया जाए? रुक-रुककर बोलने की कोशिश की।

"तुम फिक्र मत करो। मैं सब देख लूँगा।" कहकर उसने अपनी छोटी बहन की पीठ सहलाई और वहाँ से निकल गया।

हसीना धीरे-धीरे चेतने लगी। 'भैया तलाक के बारे में बोल रहा था? क्या हामिद तलाक देकर मुझे अपने से अलग कर देगा? या···या··· यह छुटकारा मुझको चाहिए? छोटी माँ ने अपनी बेटी समझकर मुझे स्नेह दिया था। जाते समय रो रही थीं, मगर हामिद? मैं उसे समझ न सकी। उसने मेरे बारे में कुछ रुचि नहीं दिखाई।

कम-से-कम एक बार मुझसे यह तो पूछा होता कि क्या तुम भी चलोगी? नहीं, उसे मेरी जरूरत नहीं। मगर मुझे?'

उस दिन, जब उसे यह पता चला था कि हामिद के साथ उसका विवाह होनेवाला है, उसके मन में कोई हलचल नहीं मची थी। तन-मन में जरूर एक बीज रोपा गया था। फिर उसी में अंकुर फूटे, कोंपल निकली, पतली मूँछोंवाला यह सुंदर और जवान लड़का हामिद उसके हृदय-सिंहासन पर प्रतिष्ठापित हुआ, मगर उसको कभी बाह्य रूप से देखने का अवसर भी न मिला।

अपना यह प्रेम एकमुखी होकर रह गया। एकमुखी प्रवाह को रोकना आसान हो सकता है, भैया की मंशा ही चलने दें।

इस निर्णय के बाद भी बेचैनी कम न हुई। हामिद की गैरहाजिरी से खाली घर रेगिस्तान सा लगने लगा। मेरी छाती का कपाट खोलकर अनजाने वह अंदर घर करके बैठ गया है। यह कब हुआ? कैसे हुआ? सप्ताह में वह एक बार आता था, मगर किसी को पता भी नहीं था कि वह उसकी राह देखती रहती, सपनों में भी वही बैठा रहता है। उसने मुझे पसंद किया भी होगा या नहीं, मैं तो उसकी बीवी बन ही गई। चोरी-चोरी वह मन में घुसकर खूब मजबूत होकर बैठ गया था।

'अब भैया ने क्या कहा कि उससे तलाक ले लूँ? वह भैया के माँगने पर तलाक भेज देगा, भेज ही दिया तो···भेज दिया तो?'

यह सोचते वह काँप गई। 'नहीं···नहीं···मुझे तलाक नहीं चाहिए।' कहते हुए चिल्लाने का उसका मन हुआ। उसके गले से आवाज नहीं निकल रही थी। उसमें बड़े भैया के सामने बोलने की हिम्मत भी नहीं थी। भीतर वह तड़प रही थी। उसी तड़पन के बीच अनिश्चय में उसका पूरा दिन बीता।

कुछ दिन बीत गए। एक दिन वाजिद गुस्से में भरा अंदर आया। "हुँह,···उसने तलाक देने से मना कर दिया। वह शायह कह रहा है कि तुम उसे पसंद न होती तो वह निकाह ही नहीं करता। जरूर उस यतीम की नजर हमारी जायदाद पर लगी है। रहने दो, मैं भी देख लेता हूँ। अभी खाली निकाह ही हुआ है। हम यह कह देंगे कि तुम्हारी मंशा जाने बिना यह निकाह करवा दिया था। हम अब दावा करेंगे। खाली निकाह हुआ है, इससे छुटकारा पाने में ज्यादा दिक्कत नहीं होगी, कहो, कैसे करें?" उसने पूछा।

हसीना ने सिर ऊपर उठाकर भैया की तरफ देखा। उसकी आँखें चमक गईं। उसको लगा कि चेहरे पर जो बादल जम गए थे, वे छँट गए, वह जो सुनना चाहती थी, भैया के मुँह से वह अपने आप निकला था। अब मुझे कुछ कहने

की भी जरूरत नहीं। अब मैं चैन से रह सकती हूँ। उसके चेहरे पर मुसकराहट खिल गई।

''कहो, क्या कहोगी?'' भैया ने दूसरी बार पूछा।

''आपको जो उचित लगे।'' उसने सिर झुकाकर जवाब दिया। वाजिद ने कोई कागज लाकर उसे हस्ताक्षर करने को कहा।

हसीना ने कहा, ''भैया, आज मेरा सिर दु:ख रहा है, चार दिन रुक जाओ।'' वाजिद ने अजीब ढंग से उसकी तरफ देखा, फिर ''तो ठीक है, मगर याद रखो, वह यतीम लड़का तेरे लायक नहीं है।'' कहकर चला गया।

अगले दिन छोटी माँ के गाँव से खदीजा नामक एक महिला आई। उसको देखकर हसीना की आँखें भर आईं। ''इत्तात्ता कैसी है? क्या खबर है? छोटी माँ कैसी हैं?'' उसने पूछा।

''सब ठीक है।'' कहते-कहते वह चारों तरफ देखने लगी, फिर वह विश्वास हो जाने के बाद कि वहाँ कोई नहीं है, उसने हसीना के कानों में कुछ बात कही। हसीना सोचने लगी। उस दिन छोटी माँ ने एक बात कही थी, आज वह बात उसके कानों में गूँजने लगी। गलत निर्णय लेने से भविष्य खतरे में पड़ सकता है।

रात को सभी ने खाना खाया। वाजिद ने हसीना से कहा, ''मैं आज वकील के पास गया था। उन्होंने कहा, खाली निकाह हुआ है, इस वजह से तलाक जल्दी मिल सकता है।''

''दादा, तब ठीक है, बता दो मुझे, साइन कहाँ करना होगा? मैं अभी कर देती हूँ।'' उसने कहा।

''अब तो अल्लाह ने तुम्हें अक्ल दी। मैं तुम्हारी खूब अच्छी परवरिश करूँगा। तुम्हें पछताने का मौका नहीं दूँगा।'' इतना कहकर वह अपने कमरे से कागज लेकर आया। हसीना ने भी भैया के मार्गदर्शन पर साइन कर दिया। इतना कहकर उसने भैया के आगे सिर झुकाया और कहा, ''मुझे 'आशीर्वाद दो' (दुआ दो)। भैया को अपनी छोटी बहन का यह व्यवहार जरूर अजीब सा लगा, मगर फिर भी ''तुम्हें अच्छा सा पति मिले, आराम से रहो।'' कहते हुए उसके सिर पर हाथ फेरा। हसीना ने दूसरी बार करवट बदली।

अगले दिन सुबह पातुम्मा ने देखा कि घर का पीछेवाला दरवाजा खुला पड़ा है। उसने सोचा, यह कैसी बात है? कहीं चोर तो नहीं घुस गए? उसने ''मुनीरू''मुनीरू''कहकर पुकारा। इसके बाद वह हसीना के कमरे की तरफ भागी।

उसने वहाँ जाकर देखा तो हसीना का पलंग खाली पड़ा था। कल रात को

उसके कमरे में ही खतीजम्मा भी सोई हुई थी। अब वह भी वहाँ नहीं थी। हसीना के कपड़े, उसका सामान कुछ भी स्टैंड पर नहीं था।

"वाजिद्...वाजिद्..." पुकारते-पुकारते पातुम्मा बाहर की तरफ भागी। "क्या-क्या हुआ?" घबराया हुआ वाजिद अंदर घुसा।

"अच्ची घर में नहीं है।" पातुम्मा ने हाँफते हुए कहा।

"क्या..." धक्का खाए इनसान की तरह वाजिद हसीना के कमरे में घुसा। कमरे में छोटी टेबल पर एक सफेद कागज रखा हुआ था। वाजिद को वह दिख गया। उसने खत खोलकर पढ़ा। लिखा था—

"दादा, मुझे अब्बा एक इनसान के हाथ सौंपकर गए थे। मैं यह सोच-सोचकर बिकल हो रही थी कि उन्हें मेरी जरूरत होगी भी कि नहीं। अब मैं उस भावना से दूर होकर निश्चिंत हूँ। मुझे विश्वास है कि मैंने सही निर्णय लिया है, मुझे एक बार और आशीर्वाद दो।

तुम्हारी दुलारी बहन
अच्ची"

सद्य केरल राज्य के कासरगोड की निवासी साराजी ने अपनी रचनात्मक/चिंतन से परिपूर्ण कथाओं द्वारा अपने समुदाय की महिलाओं की समस्याओं का परदाफाश किया है।

चंद्रगिरय तीरदल्लि (चंद्रगिरि नदी के किनारे) उनका प्रसिद्ध उपन्यास है।

स्वभाव से सौम्य, किंतु विचारों से खुली, निर्भीक तथा सूक्ष्म चिंतन की माहिर साराजी को कई राज्य स्तर के तथा राष्ट्रीय पुरस्कारों से सम्मानित किया गया है।

वे कर्नाटक साहित्य अकादेमी की सदस्य भी रह चुकी हैं।

□

अंतरगंगी

–राघवेंद्र पाटील

अटारी पर मेरा कमरा है। एक पलंग, एक कुरसी, एक टेबल है। मैं सामान्य रूप से वहाँ पढ़ता-लिखता नहीं। वहीं पर नहीं, कहीं भी, टेबल की एक दराज, दराज में मेरे लिए आवश्यक वस्तुएँ। मैं अपना ज्यादातर वक्त इसी कमरे में बिताता हूँ। नीचे खाना खाता हूँ, चाय पीता हूँ, नाश्ता करता हूँ। ऊपर अपने कमरे के बगलवाले टॉयलेट में जाता हूँ, सिगरेट पीता हूँ और कुछ-कुछ···ये सब करने के लिए कोई समय-नियम आदि मेरे लिए कुछ नहीं···सब किसी काल-निर्देशन से बँधे नहीं। इसी तरह का एक दिन बीता, दस दिन, सौ दिन, फिर हारकर अनगिनत कई दिन बिताकर आज आया। आज मैं खाना खाकर पलंग पर पाँव फैलाए पड़ा हूँ।···सिगरेट पीकर मैं जो धुआँ छोड़ रहा था, उसमें कैंसर के वायरस नाच रहे थे। धुआँ सिर तक चढ़ा, खाँसी आई। छाती में गौर-गौर की आवाज के साथ जलन शुरू हुई। आजकल रुक-रुककर छाती में दर्द होता रहता है। मेरे मन में हठात् एक विचार चढ़ा। सोचा, क्यों न किसी मजदूर को बुलाकर छाती में गड्ढ़ा खुदवाकर पता लगाया जाए कि अंदर हुआ क्या है? बस, मैंने खिड़की के पास जाकर पिछेवाले मकान में रहते माली को बुलाया। उससे सब्बल और फावड़ा लाने को कहा, माली आया। मैंने कहा, "देख काड्डू, काडप्पा उसका नाम था। अभी उठा तो जलने लगा है। बहुत करके जल मूल सूख गया होगा। थोड़ा सा खोदकर देखना चाहिए।" आदेश किया। माली ने "जी" कहा। मैं पीठ के बल लेटा। काडप्पा ने खोदना शुरू किया। पहले फावड़े से खोदा, उसे एक टोकरी में भरकर मेरी बगल में फेंका। उसमें जरा सा भी शीतांश न था। काडप्पा खोदता ही गया। ढेर बढ़ता गया। मैंने पूछा, "काड्डू, जल मूल मिला?" गहराई से काडप्पा की

आवाज सुनाई दी, "नहीं", मैं अपनी ऊब हटाने के लिए सोचने लगा कि काडप्पा की आवाज कितनी गहराई से आई होगी ? काडप्पा की बीवी सिर पर पाथेय उठा लाई। थोड़ी देर खोदना बंद कर काडप्पा ने खाना खाया, पानी पिया। मैंने भी जरा सी चाय पी। काडप्पा ने फिर से खोदना शुरू किया। मैंने जोर से पूछा, "रे काडा, जल मूल मिला ?" काडा की आवाज बहुत धीमी सुनाई दी, "अभी नहीं।" मेरे अंदर खोदने की आवाज धड्-धड् सुनाई पड़ रही थी। ढेर पड़ता जा रहा था। काडप्पा का खाना-पानी, काडप्पा का आराम करना, फिर खुदाई, फिर-फिर ढेर बढ़ना...बीच-बीच में जल मूल मिला ? वाला मेरा प्रश्न काडप्पा का निषेधात्मक जवाब...इसी तरह चक्र चला था।

एक दिन, दो दिन, अनगिनत कई दिन बीतकर आज आया...काडप्पा खोदता ही रहा। ढेर मात्र सूखा। जल नहीं, जल मूल नहीं, गीला नहीं, शीतांश नहीं। काडप्पा दुबारा काडू बना। काडप्पा बना, काडप्पा बना, काडप्पा बना वह खोदता ही रहा। अंत में काडप्पा ने "हो" कह चिल्लाया। धम्-धम् कर ऊपर चढ़ने लगा। दिनभर रातोरात चढ़ता रहा, खाली कैसे होता...जन्म-जन्म की खुदाईवाला गड्ढा जो था। फिर किसी तरह ऊपर आकर मेरे आगे घुटने टेककर बैठा, "मिला बाबूजी!" कहा। मुझे खुशी मिली। "क्या-क्या है ? कितने जल मूल हैं। बता तो ?" मैंने कहा। उसने कहा कि "आप खुद उतरकर देख लीजिए।" मैंने कहा, "अपनी छाती के बराबर गड्ढे में मैं कैसे उतर सकता हूँ रे ?" उसने कहा, "क्यों नहीं बाबूजी, जैसे मैं उतरा था, मेरी बीवी उतरी थी, मेरे बाप, दादा, परदादा उतरे थे न, उस तरह आप भी उतरिए न। मैंने भी यह सोचकर कि "सच तो है।" उतरने लगा। काडू, काडप्पा, काडप्पा जिन सीढ़ियों से उतरा था, मैं भी उन्हीं सीढ़ियों से उतरने लगा। उतरकर जमीन के नीचे जाकर देखता हूँ कि तल भाग पर एक-दो-दस-सौ...थक गया अनगिनत चिंता! मैं डर गया। लगा, मैं यहाँ कहाँ आ गया ? यहाँ कोई तो मिल सकेगा, मैंने दोनों तरफ अपनी नजर दौड़ाई। वहाँ एक इनसान बैठा था। सोचा, डरते समय एक साथी मिल गया, मैं उसकी तरफ बढ़ा। वह चिता के एक अंगारे से अपनी चिलम भरकर गाँजे को गरम कर रहा था। मुझे देखकर वह इनसान भयंकर रूप से हँसा। उसके दाँतों के छेद से मक्खी उड़ आए। उससे गंध झर रही थी। उसका बदन दुर्गंध भरा, भयंकर हँसी, इनसे बेचैन होकर मैं समझ नहीं पाया कि उससे क्या बात करें, सिर्फ आँखों से देखता रहा। वह अब फिर से विकृत रूप से हँसा, परिचित इनसान की तरह यह पूछकर, "आराम से हो ?" मेरे पास आकर कंधों

पर अपना हाथ रखा। मुझे लगा, यह तो पूरा असभ्य है, मगर मैं उसके साथ झगड़ा नहीं कर सकता था, क्योंकि वह जानता ही होगा कि मेरा जलमूल कैसे सूख गया? मैंने बातें कीं, बताओ, यहाँ का जलमूल कैसे सूख गया? क्यों सूखा? कब सूखा? लगा, वह बिना हँसे बात कर ही नहीं सकता। गंदे तरीके से हँसा, "क्या बाउजी। उछलता रहा, यहाँ का सारा जल सुखाकर आपने ही तो इसे मरघट बनाया है। वह कैसे? वह कैसे? वह कैसे? यह मुझे कहना पड़ेगा?" मुझे लगा यह झगड़ा करने लगा है। मुझे छोड़कर झगड़ा करवाकर यह शायद मेरा गला दबाना चाहता है। मैं एकदम से धीमा पड़ा और कहा, "अरे भाई, तुम यह क्या कह रहे हो? मैंने उस जल भरी भूमि को श्मशान बनाया? जब वह आदमी नीचे धसक गया और जोर से रोना शुरू कर दिया। फफककर रोने लगा। मैं वास्तव में घबरा गया।

यह सोचकर मैं कैसे इनसान के साथ बात कर रहा हूँ, हिचक गया। हिम्मत अपनाकर डरते-डरते ही मैं उसको शांत करने की कोशिश करने लगा। उसका रोना नियंत्रित हुआ। लगा, यह अजीब इनसान है, पागल भी हो सकता है। उसने रोना बंद करते ही कहना शुरू किया। वाल्मीकि की कहानी, सोचा कि यह कहीं वाल्मीकि का भूत तो नहीं? घबरा गया। भगवान का स्मरण किया। ब्रह्म गाँठ को पकड़ा। डर के बीच भी उसकी कहानी से ऊब गया। ऐसा लगा कि असंबद्ध बोल रहा है। मैंने जम्हाई ली। उसने कहानी रोक दी, फिर से रोने लगा। आवाज न ऊँचा उठती, न उतरती, सावन की झरती बारिश जैसा रोना। गरमी की धूप जैसा रोना। अब से मुझे भी रोना आने लगा। शांति से ऊँची आवाज में पूछा, "अरे भाई! चुप हो जाओ।" मैंने यह पूछा कि "यहाँ का जलमूल कब और क्यों सूखा, उसके लिए रोते क्यों हो?" उस इनसान की आँखें चौड़ी हुईं। उसका सारा खून आँखों में ही था। वह गुस्से में आया था। क्रोध की गंध उसकी आवाज में हठात् फूटी। वह कहने लगा, "सुनना चाहते हो, सुनो। तुम्हारी छाती में गंगा निनाद कर रही थी। बहुत दिन पहले तुमने लकड़ी इस्तेमाल करते वक्त, पत्थर साफ करते तुमने कपड़ा नहीं देखा तब...वह ज्यादा दिन नहीं चला। तुमने एक दिन आदमी को नीचे भेजकर अपनी छाती को पानी में डुबोने को कहा।

सही, शुरू हो गया। दूसरा-तीसरा-चौथा...भेजते ही रहे, मैंने हम सबको तुम्हारी छाती के पानी में तुम्हारी अंतरगंगा में डुबोया। तुम्हारी गंगा मैली हो गई, सड़ गई। सड़कर दुर्गंधित हुई, मगर तुमने जिन लोगों को भेजा, उन्हें मैंने डुबोया ही। अपने जल की गंध तुम सह नहीं सके। नाक बंद की, दूर न हुई। अत्तर की

बोतल उँड़ेल ली, बंद न की। अंत में तुमने कह दिया—"आग लगा दो।" उस इनसान की बातें चलती रहीं, तभी उसके नाखून बढ़ गए। आँखें लाल हुईं। उसके बदन से धुआँ फूटा, फिर अंत में वह भी एक चिता बन गया। मैं इस डर से कि वह मुझको ही जला देगी, ऊपर की तरफ भागने लगा। उस चिता से बचकर ऊपर जाने के लिए काडप्पा ने जो खोदा था, उन सीढ़ियों को लाँघ-लाँघकर मैं चढ़ने लगा।

श्री राघवेंद्र पाटील कन्नड़ के नामी कथाकार हैं। उनकी ध्वनि और उनका संदेश ज्यादातर प्रतीकात्मक हुआ करते हैं। केंद्रीय साहित्य अकादेमी ने उनको उनकी कहानियों के लिए पुरस्कृत कर सम्मानित किया है। उन पुरस्कृत कहानियों में से यह अंतरगंगी भी जुड़ी है।

मूलतः प्राध्यापक पाटील की रचनाओं में सामाजिक चिंतन बहुत गहरा है।

उनकी कहानियों की प्रशंसा कर कन्नड़ के यशस्वी कवि एच.एस. वेंकटेश मूर्ति कहते हैं, "आसानी से मुँह खोलनेवालों में से नहीं। जड़ भरत की तरह ठंडा हो बैठे आपके अंदर कैसे-कैसे अनाहत की प्रथम वर्षा का गर्जन है, पन्ना खोलते ही थाप देते अरबी घोड़े का खरपुट निनाद है। तेजी से बहती हवा के आगे जड़ ही उखड़कर हिलनेवाला इंद्रधनुष है।"

कन्नड़ के स्थापित समीक्षक आमूर के शब्दों में, "पाटील जीवन की लय का अपना अन्वेषण आगे बढ़ाते हैं। पाटील अपने अनुभवों का वर्णन कर कहते हैं कि सच्चाई और उसकी प्रस्तुति का तर्क एवं वैचारिकता लेखक पर बहुत बोझ ढाती है।"

□

निर्गमन

—क.त. चिक्कणा

पगडंडी के किनारे लंबे आकार से खड़े बॉटल पेड़, बगीचे के एक तरफ आसमान छूते फैले नीलांबरी पेड़। अंदर गमले बनाकर लगाए गुलाब के पौधे। झुंडों में बसे कोक्सगुंट के ढेर। इन सबको बाँधकर रखा हो जैसे विषहारी की बाड़। उसे देखते खड़े होने पर ऐसा लगता है, मानो इस सौध में हरियाली की तसवीर लगी है।

मगर उन्हें इसे देखकर आनंदित होने की शांति नहीं। घुमावदार कुरसी पर बैठकर उन्होंने घंटी बजाई। ट्रिन-ट्रिन के सिवा कर्मचारी का कोई निशान नहीं। घंटी की आवाज अभी पूरी भी न हुई होती, तभी हमेशा अपने पूरे गठे बदन को कुब्ज बनाकर, वह झुकाकर दूर खड़ा हो जाता था, मगर आज कहाँ चला गया?

इस तरह का गैर-जिम्मेदाराना व्यवहार उनको कभी अच्छा नहीं लगता था। इंटरकाम बजाया, उधर से सुपरिंटेंडेंट की प्रतीक्षा की। उधर से भी कोई जवाब न आया। फिर उसे नीचे पटककर सामनेवाली दीवार पर जिंदा आवाज करती घूमती घड़ी को देखा। जी हाँ, अब दस बजकर सात मिनट बीत चुके हैं। मतलब यह कि कार्यालय खुलकर सात मिनट बीत चुके हैं, यानी अभी तक ऑफिस कोई नहीं आया?

गुस्सा नाक के कोर चढ़ा। धत्! सोचा सुबह-सुबह यह कैसी बात! फिर पाँव फैलाकर कुरसी से सटकर रूमाल से चेहरा पोंछा। मिनट भर आँखें बंद कीं।

न, हम जैसे लोगों को इस तरह के काम नहीं भाते। ऑफिस में आने के बाद ऑफिस का काम करना चाहिए। मन में यह बात आई कि नहीं, तुरंत कुरसी को आगे सरकाकर टेबल पर रखा चश्मा पहना और बगल में रखे स्टैंड पर रखी ट्रे से फाइलों को आगे खींच लिया। उन्होंने जैसे ही ट्रे को तेजी से खींचा, अंदर की सारी

फाइलें धड़ाम से गिर पड़ीं। उनको लगा, जीभ सूख गई, बगल में मुड़कर पानी का गिलास उठाया। वह भी खाली था। अभी उसमें पानी नहीं भरा था। व्हॉट इज दिस नॉनसेंस ? उन्होंने फिर से सुपरिंडेंटेंट के लिए बटन दबाया। उधर से 'शिवरामय्या' नामक आवाज सुनाई दी, "जी, मैं यहीं पर हूँ सर।"

"यहीं यानी कहाँ ? वह नागप्पा कहाँ गया ? छुट्टी पर गया है क्या ? मेरे पर्सनल स्टाफ को मेरी स्वीकृति के बिना छुट्टी कैसे दे दी ? डु यु नो द प्रोसिजर ?" कहकर इंटरकाम रख दिया।

उनको लगा मानो किसी ने फटाक् से मार दिया। इज इट शिवरामय्या ? नो, नो कहकर घंटी बजाई। दरवाजा खोलकर नागप्पा सामने आकर खड़ा हुआ।

उन्होंने नागप्पा को देखते ही गुस्से में कहा, "कहाँ गए थे ?" नागप्पा ने उतनी ही शांति से कहा, "मैं यहीं था सर।"

उन्होंने पूछा, "यहीं थे तो दो-तीन बार घंटी बजाने के बाद भी आया क्यों नहीं ?"

"नहीं सर, मैं यहीं था।" उसने उसी अंदाज से कहा।

उनके चेहरे की नसें उभर आईं, कहा, "शट अप। यहीं पर था कहकर रटते हो।"

नागप्पा नहीं बोला। उनको ही घूरकर देखा और सोचा, 'तीन साल से देख रहा हूँ, इस इनसान का यह गुस्सा जरा सा भी घटा क्यों नहीं ?'

उन्होंने अपने आगे शिला की तरह खड़े नागप्पा को देखकर, "मैं यह सब नहीं सहता, माइंड इट।"

नागप्पा ने कहा, "मैं झूठ नहीं बोल रहा हूँ। मैं रीसस के लिए गया था। तभी आपने बुलाया।"

उन्होंने इस तरह के जवाब के बारे में नहीं सोचा था। उन्होंने कुछ कहना चाहा था, उसे भूलकर, "ठीक है जा।" कहकर गुर्राया।

नागप्पा खड़ा ही रहा।

"सुना नहीं, मैंने क्या कहा ?"

"उसी समय आपने घंटी बजाई थी।"

"आई नो इट।" कहा, "तुम जाओ स्टुपिड।" नागप्पा दरवाजा धकेलकर बाहर चला गया।

उन्होंने अपने पूरे जीवन में नियम, अनुशासन, विधेयता को ही देखा था। उस इनसान के आगे इस तरह का व्यवहार नेवर एक्सपेक्टेड···

'ठीक है, मैं भी दिखाता हूँ कि मैं कौन हूँ।' यह सोच उन्होंने इंटरकॉम कर पी.ए. को बुलाया। शॉर्टहैंड की नोटबुक और पेंसिल लेकर नेत्रावती को आना था, मगर वह कोई फाइल हाथ में उठा लाई।

उन्होंने कहा, "टेक डाउन।"

नेत्रावली ने "सर" कहा।

"वाट्?"

"रजिस्ट्रार ने कहा कि ऊपर से उन्हें कहा है कि आप से उन्हीं को चार्ट लेना है। शायद वे आदेश भेज रहे हैं। आप यदि ऐसा कहेंगे तो मैं फॉर्म तैयार करूँगी सर।" उसने कहा।

उन्होंने उसकी तरफ ध्यान दिया। लगा, वह रोज की तरह आदेश की राह देखती बैठी है। पूअर फैलो।

उन्हें इस वजह से आश्चर्य हुआ कि साहब ने कुछ कहा नहीं, आकर एक बार चैंबर में घुस जाने का मतलब यह कि शेर अपनी गुफा में घुस गया है। बुलाते ही तुरंत हाजिर होने पर अपने काम में उलझकर नेक्स्ट-नेक्स्ट कहते रहते, मगर अब बैठा देखकर उसने पूछा, "सर डिक्टेशन नहीं देंगे?"

"नो, नो, आई विल मेनेज, यू मे गो।" उन्होंने कहा। वह बाहर निकल गई। वे एक बात एक बार ही कहते थे।

सच है, आज उनकी सेवानिवृत्ति होगी। मंत्रिमंडल के दो-तीन लोगों ने कहा था कि उनको पुनर्नियुक्त करवाएँगे। तर्क और टर्म मिल जाने पर पूरी व्यवस्था को ही बदल देने का उत्साह उनमें था, मगर उनकी सेवा को आगे बढ़ाने का विश्वास भी नहीं था। इसी वजह से अपनी तरफ से कोशिश भी नहीं की, मगर सज्जनता के लिए भी उ.पर से उनसे संपर्क करते, चार्ज को रजिस्ट्रार को देने के लिए कहते! इसका मतलब?

उन्होंने अपमानित अनुभव किया। अंदर ही अंदर कुढ़ गए। वह एकमुखी कुढ़न खत्म होने पर विषाद छा गया। उस विषाद के साथ मन में जमा गुस्सा भी ठंडा पड़ गया। चश्मा उतारकर टेबल पर रखा और कुरसी से सटकर बैठ गए। सामने की घड़ी में 11 की घंटी बजी तो लगा, वह मानो कह रही है कि यहाँ तुम्हारे अब छह घंटे बाकी हैं।

कल तक का वातावरण आज यह क्या!, एकदम बदल गया?

बुलाने पर शिवरामय्या काँपता आता, दूर खड़े हो पीठ को घुटनों तक झुकाकर, 'यस सर, ठीक है सर। अभी करके आ जाऊँगा सर,' कहता था। आज

वह "आई एम वेरी सॉरी सर।" कहकर फोन पटकता है। रोज उसके आते ही गाड़ी का दरवाजा खोलकर हाथ से ब्रीफकेस लेकर, भागकर चैंबर का दरवाजा खोलता, अंदर स्वागत करता। हर पग पर हिचकता खड़ा रहता वह नागप्पा आज सीना तानकर खड़े होकर जवाब देता है।

फाइलों की चर्चा करने आदेश की प्रतीक्षा में पी.ए. के कमरे में बैठा रहता। रजिस्ट्रार ने आज संदेश भेजा है कि ऊपर से आदेश हुआ कि चार्ज उसके हाथ सौंपना है।

"नो, नो, आई डोंट केयर। दे आर ऑल स्टुपिड फैलोस।" उसके होंठ काँप उठे। कुरसी को आगे सरकाकर टेबल पर रखी फाइलों की ओर हाथ आगे बढ़ाया। मगर वे सारी फाइलें पक्षी के पंखों से अलग हुए पंखों जैसे बिखरी हुई थीं। खिड़की के बाहर की ओर नजर दौड़ाई। नीलांबरी वृक्ष पर कबूतर पंख फड़फड़ाते, बदन झाड़ते चारों तरफ बिलबिलाती आँखें फैलाते बैठे थे। खूब ऊँचे पले भँवरों में फैले बाटलकाम पेड़ के पत्ते चलती हवा के साथ मिलकर हिल रहे थे। गुलाब के पौधों को माली पानी दे रहा था। दूसरा एक इनसान साइफन सींच रहा था। एक और इनसान वह हरी विषोवहारी बाड़ को समवर्ती बनाता काट रहा था। हरा बदन फैलाकर गार्डन हर्ष की होली खेल रहा है।

उदास भाव से बेचैन उनकी आँखें यंत्रवत् उड़ रही थीं। ये पेड़-पौधे, फूल सब आज ही एकदम से उभरकर दिखने लगे हैं। यह हरियाली आज ही तो उभरकर नहीं दिखी। वह हरे रंग की कोमल ही तो नहीं उभरी। अपनी यह फाइल कर्मचारी, योजनाओं की रूप-रेखा, जारी होना, अनुशासनिक काररवाई, पूछताछ, साक्षात्कार आदि कार्यभार के बीच वास्तव में ये सभी थे।

वही क्यों, यह फाइल-कागजों के बीच बँधा जन-जीवन का मन; उस मन में भरा प्रेम, विश्वास, स्वार्थ, द्वेष, क्रौर्य, इच्छा, आशा, विश्वास, आत्मीयता भी थी, मगर किसी को भी प्रोसीजर की मजबूत मुट्ठी को खोलकर देखने का मन ही नहीं था तो···

पैंतीस सालों से ज्यादा समय से मिले अनुभवों से जुड़ा उनका मन आज वास्तव में स्पंदन करने लगा। यह स्पंदन कौन सा है ? क्यों ?

अनजाने अंदर से उठे इन प्रश्नों से उन्हें बेचैनी हुई। नो, इम्पॉसिबल, जितने क्षण रहूँगा, अपने अधिकार का इस्तेमाल कर कर्तव्य निभानेवाला हूँ। मैं माँगकर इस ओहदे पर नहीं आया था। मेरी योग्यता के आगे झुककर वह ओहदा आया था। इसमें कौन सी बड़ी बात है ? इट इज सिल्ली; कहकर फाइल उठाई।

उभरे पेट की वह फाइल पुरानी हो गई थी। उसे खोलकर एक नजर चलाई। वह योजना पूरी हो चुकी थी, मगर उसका पुनर्परिशीलन कर रपट भेजने के लिए ऊपर से पत्र आया था। उस पत्र के जवाब में उस शाखा के अधिकारी ने कार्य की सूक्ष्मता और आवश्यकता पर ध्यान देकर फिर से उसे शुरू करने की सिफारिश कर, इनकी अंतिम स्वीकृति के लिए फाइल भेजी थी।

नो, नो यह सब नहीं हो सकता। अपने स्वार्थ के लिए रचा यह तंत्र है। दस सालों में इस योजना को पूरा होना था, मगर पच्चीस साल बाद भी इसे पूरा नहीं किया था। सरकार से हर साल 10 लाख रुपए का अनुदान मिलता है, मगर आधा काम भी नहीं हुआ है। यह एक योजना के शुरुआती करार के विरोध में है, इसे गैर-कानूनी कहकर पूरे प्रोजेक्ट को बंद करने का आदेश भेज दिया था। अब चाहते हैं कि इसका पुनर्परिशीलन हो। इस योजना के लिए भरती किए गए कर्मचारी को अब घर जाना पड़ेगा और बाकी कर्मचारियों को अपने-अपने मूल कार्यालय में वापिस जाना पड़ेगा। इस संकट के मद्देनजर स्वयं मंत्रीजी ने खूब जोर दिया था, मगर उसे नहीं माना, इस बारे में विवरण देने की ही जरूरत है, बस उन्होंने बड़बड़ाया।

सच है, जिस दिन कार्यभार उठाया था, उस दिन बड़े संभ्रम के साथ उनका स्वागत कर प्रशंसा की थी। वहाँ के कर्मचारी बाद में पछताते हुए हाथ मलकर रह गए थे। पुराने साहब को विदा करने के संकट की बार-बार याद कर रहे थे। हर शाखा की कार्यप्रणाली का परिशीलन कर उसकी कमियों के दोषी लोगों को बेकार बैठे लोगों के विरुद्ध कार्य जारी करने पर पूरा कर्मचारी वर्ग तड़पकर काँटों पर बैठने का अनुभव करने लगा था।

उन सबका ही यह परिणाम है ?

उन्होंने फाइल की तरफ नजर डाली। एक के बाद एक करते कागज पलटते गए। नब्बे प्रतिशत ऐसे लोग हैं, जिन्होंने नौकरी खो दी थी। उस अवधि में आए मंत्रियों के उच्च अधिकारियों की मर्जी और कृपा से इस योजना में घुस आए लोग थे। आवश्यकता से अधिक लोगों को भर लिया, जिससे काम की गुंजाइश नहीं रही, साँस बँध गई। कर्मचारियों की तनख्वाह ही सबकुछ निगल गई। ऐसी हालत में उसे बंद किया तो गलत क्या हुआ ?

उनका बदन फिर से जलने लगा। बास्टर्ड, चैंबर की खिड़की, काँच, परदे फटाफट आवाज करने लगे। दूर ढेलों के आकार में बादल जम रहे थे। बारिश हो सकती है। बॉटल फाँ पौधों के पत्ते बारिश से पूर्व की हवा के तेज आनंद को सहने की हालत में नहीं थे। खूब उछल रहे थे।

उन्होंने दुबारा फाइल पर नजर डाली।

एक बार तब नए-नए थे। याद आया, एक महिला अपने पाँच बच्चों को लेकर मेरे गाड़ी से उतरते ही पाँवों पर गिरी थी। गाड़ी में ब्रीफकेस निकाल रहे नागप्पा को चिढ़कर पूछा था उसने, ''ये कौन लोग हैं? क्यों ऐसा कर रहे हैं?'' ''कहते हैं, मंजय्या के घर के लोग हैं सर।'' कहा था।

''कौन मंजय्या?''

''वही सर, नौकरी खोए पैंतालीस लोगों में से वह भी एक है। वह अपना रोना रोने आई है साहब।''

''रोनेवाले सब लोगों को नौकरी देने, यह पूर्णय्या की धर्मशाला थोड़े ही है। आगे से कभी ऐसा मौका नहीं देना।''

अपने साहब के धुस-धुस स्वभाव की जानकारी रखनेवाले नागप्पा ने धड़ाम से गाड़ी का दरवाजा बंद किया, फिर, ''छोड़ो, छोड़ो साहबजी को रास्ता दें।'' कहकर उसे उधर से हटाकर रास्ता बना दिया।

कॉरिडोर के दोनों तरफ खंभों के छेद से झाँकते खड़े लोगों की तरफ चिढ़ी नजर डालकर अपने चैंबर में आए थे। तब उस औरत का रोना-धोना थोड़ी देर तक सुनाई दिया था, बस।

आज कैसे पता नहीं, हठात् उस मंजय्या की अर्जी की याद आई, उससे संबंधित दस्तावेजों का निरीक्षण किया। गलत-सलत कन्नड़ में लिखी उसके नाम की एक अर्जी थी। बहुत मुश्किल से उसे पढ़ा। उसने अपनी अर्जी में लिखा था कि वह बहुत गरीब है, वही घर का बड़ा बेटा है, अपने बूढ़े माता-पिता और छोटे भाई-बहनों का जीवन चलाना बहुत मुश्किल हो गया है। इसलिए चरणों में विनती है कि साहब उदारमना होकर कोई नौकरी उसे दें। उस अर्जी के साथ कोई भी दूसरा सिफारिशी पत्र नहीं था। उन्होंने दोनों तरफ मोड़कर देखा। अठारह साल पहले इस प्रोजेक्ट में अटेंडेंट के लिए नियुक्ति के आदेश की एक प्रति रजिस्ट्रार के हस्ताक्षर के साथ वहाँ थी।

उनको लगा, उनका हाथ बँध गया है। उन्होंने सिर उठाकर सामनेवाली खिड़की के बाहर देखा। माली लोहे की एक बड़ी कैंची से विषम्पहारी बाड़ छकाछक काट रहा था। बारिश होने से पहले की हवा इतना तेज बह रही थी कि आनेवाली बारिश को शायद उड़ा ले चली गई थी।

उनको अच्छी तरह याद हुआ कि ढाई साल पहले यह पाँच बच्चों की माँ मंजय्या की पत्नी आई थी। अटेंडर की बीवी, वह कहाँ अफसर की पत्नी जैसी

महँगी साड़ी, ब्लाउज, पाउडर लगाकर आती? उसका ढीला-ढाला चेहरा दीनता से ही पुता था। पता नहीं, उसके बाद कभी उसने मुझसे मिलने की कोशिश की होगी या नहीं। नागप्पा को इन्होंने ताकीद कर दी थी कि इस संबंध को लेकर आनेवाले किसी इनसान को अपने चैंबर के पास आने नहीं दिया जाए। तो उसके बाद उस तरह का कोई प्रकरण उनके ध्यान में नहीं आया था। उन लोगों के धरने की जगह भी कभी नहीं गए थे। जिन लोगों ने नौकरी खो दी थी, उनकी बातों को लेकर अखबार में पढ़ा था, मगर किसी को भी संपर्क करने का अवसर दिया नहीं था।

उन्होंने आँखें बंद कीं। वह मंजय्या कैसा था, उसका चेहरा नहीं देखा था। मगर उन फाँ पेड़ों जैसे उसके बीवी-बच्चों की तसवीरें फाइल से आकार पाकर बढ़ती गई। ढण···ढण···दो घंटे।

आँखों में चश्मा पहन लिया। फिर से उठाकर टेबल पर रखा। उनको लगा, साँस बँध रही है। मुझे क्या हुआ है? नो-नो, प्रोसीजर वही है। उसके आधार पर ही मैंने क्रम अपनाया है। इसमें गरीब-अमीर, ऊँच-नीच आदि कुछ नहीं आता। यह सोचकर कि मैंने जो भी किया, ठीक किया है, अपने को संतोष दिलाने की कोशिश की।

आज अपनी सेवानिवृत्ति है। सुबह से कोई भी चैंबर में नहीं आया। मैं अकेला ही हूँ। खराब लगा।

टेबल पर और भी फाइले थीं। उनमें ज्यादा पूछताछ, निर्णय और काम करने की जरूरत थी। आदत से बेमन एक फाइल हाथ में ली।

वह कार्यालय प्रमुख सोमय्या की जाति को लेकर उसी विभाग की एक शाखा के अधिकारी की कही बातों पर काररवाई करने के लिए आदेश दिया था। रजिस्ट्रार को ही इस बारे में पूछताछ कर रपट देने को कहा था।

रजिस्ट्रार की दी गई रपट की तरफ नजर दौड़ाई। तीन महीनों से चली पूछताछ को इस महीने की 15 तारीख को समाप्त कर, 26 को रपट तैयार कर, 27 को हस्ताक्षर कर, 28 की सुबह मेरे टेबल पर फाइल भेजी है। शाखाधिकारी ने पेशी में कहा था कि उसने अपने उच्चाधिकारी से उनकी अवमानना नहीं की; इस संबंध में विभाग के किसी भी इनसान से साक्षी माँगी जा सकती है, पक्षधरता कर यह आरोप थोपा गया है। इस कारण गवाह का यह आरोप साबित नहीं होता, यह रपट भी। रजिस्ट्रार इस निर्णय पर पहुँचे थे।

अंतिम वाक्य तक पहुँचकर साहब जाग्रत हुए। अजीब बात यह थी कि उन पर ही स्वजन पक्षधरता का आरोप लगा दिया था। सोमय्या को विभाग प्रमुख

बनाकर तरक्की दी गई थी, यह सच है। वह उसका हक था। उसमें मैंने कौन सी पक्षधरता की? इस रजिस्ट्रार ने उसे कैसे इस रपट में घुसा दिया?

साहबजी अपनी पैंतीस वर्षों की सर्विस में जिस तरह दाँत किटकिटाते रहे, आज फिर से वही किया। फाइल को हवा में हिलाकर फेंका। घंटी बजाई। नागप्पा ने बाहर से ही दरवाजा धकेलकर प्रश्नार्थक रूप में देखा। यह साफ था कि और दिनों जैसे आज भी अंदर आकर झुककर साहब कहने की सज्जनता नहीं दिखाई। उभरकर आते गुस्से को रोककर कहा, ''रजिस्ट्रार को बुलाओ।

ढण...ढण...ढण...ढण...चार बज गया।

सामनेवाली घड़ी को तीखी नजर से देखकर वे टेबल पर फैली फाइलों के बारे में चिढ़ गए। वे फैली हुई थीं। ये फाइल जो अब तक मेरे हर वाक्य को बड़ी विनम्रता के साथ अपना लेती थीं, आज अट्टहास की हँसी से भरी हुई सी लगीं। पाँव पसारकर मजबूती से बैठे।

यह चैंबर, वह कुरसी, यह ऑफिस, यह भवन, ये कर्मचारी, इन फाइलों के साथ जुड़ा अपना अधिकार भरी जड़ें सब खुल गई हैं। मैं स्वयं अकेला सूखा पेड़ बन गया हूँ। अपनी पूरी सर्विस के साथ कभी इस तरह की कायरता और बेबसी का अनुभव नहीं किया था।

नेत्रावती ने अंदर आकर पूछा, ''एक्सक्यूज मी सर, रजिस्ट्रार आए हैं। फॉर्म तैयार है। ले आऊँ?''

पिछले तीन वर्षों से यहाँ आने के बाद बड़ी विनम्रता से मेरे आदेशों का पालन करती आ रही यह पी.ए. आज मुझे सूक्ष्म रूप से समझा रही है कि आपका समय खत्म होने आया है। अब हस्ताक्षर कर दीजिए।

उसके चेहरे की तरफ देखा। यह गुनने की कोशिश की कि उसके मन में कहीं इतने दिन साथ काम कर आज उसके खत्म होते देख कुछ खराब लग रहा होगा कि नहीं? नहीं गुन सके। बार-बार देखा।

उसके गले में मंगलसूत्र है, इसका मतलब है कि यह शादीशुदा है। उम्र पच्चीस से ऊपर नहीं। गोल-मटोल, भरा-पूरा बदन, एक बार देखने से दुबारा देखने का मन करता है, मुग्धता है। इसका स्वभाव कैसा है? इसके पति का नाम क्या है? वह क्या करता है? बच्चे हैं? घर कहाँ है? तुम्हें यह पी.ए. की नौकरी भाती है? मेरी कार्यशैली कैसी है? इसको लेकर तुम्हारे लोग क्या कहते हैं? आदि...आदि...कभी भी एक क्षण के लिए भी मेरे मन में कोई भावना नहीं आई। साहब को अपनी तरफ इस तरह घूरते देखकर उसे असुविधा महसूस हुई। कभी

भी इस तरह नहीं देखा था। एक्सक्यूज मी सर कहते, फिर से विनम्रता से यह चाभी लीजिए। यह गाड़ी की है। गाड़ी से मेरे उतरते ही चाभी मेरे हाथ थमाने की ड्राइवर की आदत थी। बाकी सब पी.ए. देगी। यू नो, स्टिल दे हेव टाइम कहकर उनसे हाथ मिलाकर सिर हिलाकर मानो उन्हें जाने के लिए कह रहे हों, खिड़की की तरफ गए।

यह वही विशाल गार्डन है। परिसर के चारों तरफ अपना बदन फैलाकर दैत्य नीलांबरी पेड़ सड़क के किनारे कतार में खड़े सौध तक ले आते बाटल फाँ के पेड़। उन दिनों वे छोटे-छोटे थे, अब बड़े पेड़ बनकर खूब पले खड़े हैं। यह बढ़ने की क्रिया ऐसी है कि गरमी में बँधकर, बारिश में फैलकर, हवा में झूमती है। इसे किसी भी बंधन की समस्या नहीं।

ढण¨ढण¨ढण¨ढण¨ढण¨पाँच बज गए।

जो समय था, वह भी, अपना रिश्ता भी खत्म हुआ। अब घर के लिए निकलना है, वे मुड़कर टेबल के पास आए और डायल किया, ''हैलो, इज इट लीला। देखो, मैं डैडी बात कर रहा हूँ। तुरंत गाड़ी भिजवाने को कहो।''

उधर से उसने कहा, ''डैडी, भैया ले गया है। क्यों? आपके डिपार्टमेंट के वेहिकल का क्या हुआ?

''स्टुपिड'' कहकर उन्होंने फोन नीचे पटक दिया।

नजर से असहमति जताते हुए उनका ध्यान अपनी तरफ खींचा।

लगा, मन को बात चुभ गई। तुरंत जाग्रत् होकर, ''यस, यस, कीप इट रेडी।'' फटाफट कहा।

उसने हलका सा तेल लगाकर कंघी की थी। अपनी लंबी चोटी को नितंब पर हिलाते हुए दरवाजा धकेलकर वह बाहर गई। नागप्पा ने अंदर झाँककर कहा, ''सर, रजिस्ट्रार साहब राह देख रहे हैं।''

''क्या, ये सब लोग, तेजी से मेरा हस्ताक्षर करवाकर ऋण लेने के लिए इस तरह जोर तो नहीं दे रहे?''

घड़ी की तरफ देखा, 4.45 बजा था।

ये लोग इतने दिनों तक किस तरह अपनी असंतुष्टि को एक क्षण के लिए भी दिखाए बिना अपनी छाती में रखते आए? मेरी पीठ पीछे द्वेष की कितनी आग उगली होगी?

रजिस्ट्रार अंदर आए। आज तक कभी बैठ सकता हूँ सर? नहीं पूछा था, आज पूछा। इन्हें समझ में न आया कि क्या जवाब दें, घूरकर देखा। कुछ भी बात

करने का मन नहीं हुआ। अकेले बैठे रहने में भी एक निश्चिंतता रहती है। इन लोगों के बीच वह भी नहीं, मगर वे तब तक बैठ चुके थे।

वे एकदम उठ खड़े हुए और, ''ए नो, आपको और कहने की जरूरत नहीं। मैं आपसे ज्यादा अनुभवी हूँ।''

क.त. चिक्कण्णा कन्नड़ के एक नामी चिंतक, लेखक और साहित्यकार हैं। उनकी भाषा में देसी, ग्रामीण भाषा की सुगंध जीवंत रहती है। मैसूर के पास के.आर. नगर के अंदरूनी गाँव में जनमे चिक्कण्णा कर्नाटक सरकार की संस्था 'कन्नड़-संस्कृति निदेशालय' के अपर आयुक्त होकर सेवानिवृत्त हुए हैं। अभी कर्नाटक सरकार की ही एक संस्था 'संत राष्ट्रकवि कनक दास अध्ययन एवं अनुसंधान केंद्र' के समन्वयक के रूप में सेवाएँ दे रहे हैं।

कई रचनाओं में से 'मनसु-मुगिलु' कहानी संकलन की यह पहली कहानी है। 'मुँजाऊ' (संध्या) उनका एक प्रसिद्ध उपन्यास है। 'निःशबुददेडेगे' में उनके अपने ग्रामीण परिवेश की स्मृतियाँ वहाँ की भाषा-शैली में संचित हैं।

□

दगडू परब का अश्वमेध

–जयंत कायिकिणि

शादी का वह जलसा मुलुंड के लाल बहादुर शास्त्री रोड से स्टेशन तक चला था। धीरे से चलते हुए वह अब मुख्य बाजार की सड़क पर जा रहा था। सबसे आगे किंखाब के कपड़े पहनकर जानेवाले जगद्‌गुरु होते हैं न, उसी तरह यहाँ बैंडवाले, उनके पीछे चमचमाती मूँछोंवाले जवान उम्र के लड़के, उनके पीछे टी-शर्ट अपनी पैंट में खोंसकर घमंड से चलते अधेड उम्र के पुरुष थे। वे लोग एक बार बाजार की तरफ तो दूसरी बार अपनी बीवियों की तरफ देखते चल रहे थे। उनके बाद खूब पिलाकर नाचते गुलाल पुते तरह-तरह के लोग उन सबके पीछे ब्रेक वैन की तरह चलती औरतों का झुंड। उन सबके पीछे जरा सा भूरे रंग का दुबला-पतला घोड़ा और उस घोड़े की पीठ की हड्‌डी की तरह, उसके ऊपर बैठा अवगुंठित दूल्हा था। उसके जरी साफे से नीचे की तरफ झरती मोगरे की लड़ियों से उसका चेहरा ढंक गया था। साफे के ऊपर वाला एक पंख किसी भी मिनट गिरने की हालत में था। उस जलसे में किसी को भी दूल्हा दगडू परब का चेहरा नहीं दिख पाता था।

घोड़े से थोड़ी दूर आगे दाईं तरफ राष्ट्रपति की अदा से एक इनसान चल रहा था और वही बालचंद्र परब यानी दूल्हे का बड़ा भाई था और इस जलसे के साथ घोड़े के आकर्षण की योजना को उसी ने जोड़ा था। उसने लड़कीवालों को जोर देकर कहा था—वह खुद खूब घूमकर घोड़े के लिए बात कर आया था, अपने घर से लड़कीवालों के हाते तक लगे मंडप तक जलसे की जिम्मेदारी भी उसी ने उठा रखी थी। इसीलिए वह बाजार के लोग और घोड़े पर बैठे अपना छोटा भाई—दोनों की तरफ उसका ध्यान था। छोटा भाई अपनी जिंदगी में अब पहली बार घोड़े पर

बैठा था, उसका जलसा हो रहा था, वह इस अदा से देख रहा था मानो, यह सब उसी की वजह से संभव हुआ है।

यह बारात बाजार से होकर अब शिवाजी की मूर्ति के करीब पहुँच रही थी। उतने में ही क्या हुआ कि बारात शिवाजी की मूर्ति को पार कर जानेवाली थी, मगर वहाँ गैराज पर एक पुरानी मोटर साइकिल पड़ी थी, उसे चोट लगी और जोर की आवाज निकली। अचानक निकली इस तेज आवाज से सारा बाजार डर गया और मिनट भर की देर होगी बस, घोड़ा परब को उठाकर भाग गया।

मिनट भर बस, घोड़े ने अपने आगेवाली टाँगे ऊपर उठाकर चीखा, दगडू अजीब आवाज में चीखा और वह इस तरफ या उस तरफ गिरने के अंदाज से तड़पा। तब तक बिजली की तेजी से घोड़ा उसको भी उठाकर भाग गया। यह सब इतनी तेजी से घट गया कि उसके बाद ही चीखना-चिल्लाना शुरू हो गया। जहाँ भी सड़क दिखी, वहीं बाराती घुसे। जब तक इस आघात से बालचंद्र परब चेता, वह पे पे पे पे लड़खड़ाते बोलते, बारातियों से कुछ बड़बड़ाकर वहीं पर बाईं तरफ तरकारी मार्केट में तेजी से घुस पड़ा। वहाँ पर लोग अपना झोला, रेजगारी और तरकारी आदि इन सबमें उलझे हुए थे। उन लोगों को वहाँ से घोड़े के जाने का पता ही न चला होगा। तभी बालचंद्र परब को पता नहीं, क्या सूझा, तेजी से लौट पड़ा, शिवाजी मूर्ति के पास पहुँचा। वहाँ पर खड़ी अपनी कुछ महिलाएँ और बैंडवालों से उसने वहीं पर रुके रहने को कहा। सड़क के बीचोबीच खड़े रहना भी ठीक न था, इसलिए औरतें एक तरफ सरक गईं, मगर वहाँ पर भी फलों की दुकानें थीं। दुकानदार ने चिल्लाकर उन लोगों को वहाँ से सड़क की तरफ भगा दिया।

इस घटना के बीच बालचंद्र परब की बीवी हे-हे-हे कर हँस पड़ी थी। इसकी वजह यह थी कि उसकी शादी के वक्त उसका बाप घोड़े की व्यवस्था नहीं कर पाया था। बालचंद्र परब ने उससे बदला लेने के लिए ही जिद पकड़कर इस घोड़े की योजना बनाई थी। परब की पत्नी को यह बात खूब मालूम थी। इसी से वह हँसकर चुप रह गई थी, मगर परब पूरी तरह असमंजस में डूबा था। वह दगडू···दगडू कह आवाज देते-देते तरकारी मार्केट पार कर, गोपाल रोड पहुँच गया। घोड़े के ढूँढ़ने का कठोर प्रश्न उसके आगे था। यह भी पता नहीं, घोड़ा अगर मिल भी गया तो दगडू उस पर होगा भी कि नहीं? या दगडू को कहाँ ढूँढ़ा जाए? इधर दूसरे रास्तों पर ढूँढ़ने निकले स्वयंसेवक थे। उन लोगों ने सड़कों के किनारों पर तलाशा था। उनको लगा था कि दगडू वहीं कहीं पर पड़ा होगा। गोपाल रोड पर एक स्कूल की छुट्टी हुई थी तो सभी लड़के सड़क पर आ चुके थे। बालचंद्र ने उन लड़कों में

से कुछ बच्चों को टोककर पूछा कि उनमें से किसी ने घोड़े को भागते हुए तो नहीं देखा? वह और आगे बढ़ा, बस अड्डे पर कुछ लोगों से उसने यही प्रश्न किया। इस तरह पूछ-पूछकर वह खुद थक गया। तभी उसके मन में एक दूसरा प्रश्न भी कौंध गया कि जो गुलाम सारथी घोड़े को ले आया था, वह कहाँ गया? तब उसको लगा कि हो सकता है, वह भी घोड़े को तलाशता घूम रहा होगा, क्योंकि घोड़े की चिंता सबसे ज्यादा उसी को तो होगी। इसलिए उसने सोचा कि अब वह दगडू को ही ढूँढ़ेगा। उसने एक ऑटो रिक्शा बुलाया, उसमें बैठ गया और हर सड़क और गली में घूमने लगा। बार-बार यहाँ रोक, वहाँ रोक कहते हुए रुकवा देता था। दूर से देखने पर उसे टोकरियाँ भी घोड़े की तरह दिखने लगीं, उसको लगता कि दूर कहीं सड़क के किनारे दगडू दिख गया है—इस तरह थककर अंत में मीटर में सोलह रुपया होते ही उसको रुकवा दिया। अब वह उपनगर से काफी दूर एक खेल मैदान के पास था।

वह गुलाम लड़का जो घोड़ा लेकर आया था, इस सब झमेले के बीच, सबकी आँख बचाकर गायब हो गया था। वहाँ ट्रेन में बैठकर सीधे वी.टी. के लिए निकल पड़ा। वह घोड़ा उसका नहीं था। उसने छिपकर जिस भानुमती नामक लड़की पर मोहित हो प्रेम किया था, वह उस लड़की के बाप का घोड़ा था। गुलाम कलवा (कोलाबा) एक किराने की दुकान में काम करता था। एक दिन ऐसा हुआ कि वह दुकान में जब पैकेट बाँध रहा था, तब वह लड़की उसको दिख गई। दुकान के आगे एक घुड़साल जैसा मकान था। वहाँ पर यह लड़की उसे आकर्षित करने लगी। वह लड़की अपने हाथों से अपनी कमर झुकाकर कपड़े सुखाने डाल रही थी तो गुलाम ने उसे देखा और फिर वह उसका गुलाम बन गया। भानुमती का बाप घोड़ों का ही धंधा करता था। बहुत पहले वह शायद ताँगेवाला ही था। अब उसके चार-पाँच ताँगे हैं। छुट्टियों के सीजन में वह ताँगों को जुहू समुद्री किनारे बच्चों की सवारी के लिए किराए पर भेजता है। सिर्फ ताँगे-ही-ताँगे, उनके साथ घोड़े की लीद, घोड़े की पूँछ, उसका खाना कुलथी के कोठे से भरा वह मकान था और उस मकान में पूड़ी की तरह फूलती और हंस की तरह दिखनेवाली हँसकर गायब होनेवाली उस भानुमती ने भी गुलाम को देखा। वह अपनी आँखों से ही गुलाम को नचाने लगी। एक दिन ऐसा हुआ कि गुलाम सीधे भानुमती के घर पहुँच गया और उसके बाप के आगे खड़ा हो गया, शादी की माँग रख दी। उसके बाप ने जवाब में इसे जोर का थप्पड़ दिया। यह अपमानित होकर घुल गया। सिनेमा देख-देखकर गुलाम को प्रेम पर अपार श्रद्धा हो गई थी। इसी से एक तरफ पैकेट बाँधने का काम करता रहता

और उधर उसकी बाँहों की तरफ देखता रहता। एक अजीब सी जिद और अपनी प्रेमिल नजर से उसे देखता रहता। ताँगेवालों से दोस्ती कर ली। चीजें खरीदने के लिए दुकान में जवान लड़कियाँ भी आतीं और तब उन्हें वह जान-बूझकर धीरे से सामान देता, उनसे बेकार की बातचीत करता, इस तरह वह भानुमती के ध्यान को अपनी तरफ करने की कोशिश करता। उसका इस तरह का नाटक बहुत बढ़ गया तो भानुमती ने उसकी तरफ देखना भी बंद कर दिया। उसको पता नहीं चला कि वह उससे ऊब गई या गुस्से में आ गई। उसने दुकान में बैठना बंद कर दिया और सामने के ताँगेवाले से दोस्ती कर ली। ठाणा के ताँगा अड्डे पर बैठकर बेकार की बातचीत करते वह समय बिताने लगा। इस तरह की बेकार की बातचीत करते हुए वह बैठा था, तब एक दिन बालचंद्र परब शादी के घोड़े की फरमाइश में मोल-भाव करने वहाँ आ पहुँचा।

गुलाम को तब विचित्र रूप से बदला लेने की बात सूझी। उसने कहा, ''अपनी हैसियत के हिसाब से पैसे देना। मैं कल सुबह ही आपके यहाँ सवारी ले आऊँगा। उसको सजाने की जिम्मेदारी नहीं लूँगा।'' उसने वचन दिया। अगले दिन तड़के ही उठा और भानुमती के बाप की घुड़साल से एक घोड़ा खोल लिया; उसे चलाकर ले गया और मुलुंड में परब की खोली के आगे हाजिर हुआ। परब के हातावाले लोग बड़े उत्साह से घोड़े को सजाने आए, मगर घोड़ा बहुत चिढ़ रहा था। उसे देख वे लोग पीछे हट गए। फिर वे लोग उसको सजा नहीं सके और एक स्टूल रखकर दूल्हे को ही उस पर चढ़ा दिया। उस घोड़े को देखने से ऐसा लगता था कि वह कहीं सिनेमा पोस्टरों में से छलाँग लगाकर आ गया हो और इस तरह के घोड़े को देखकर ही दगडू घबरा गया था। यह भूल ही गया कि वह एक दूल्हा है। घोड़ा जरा सा भी सिर हिलाता तो उसे लगता कि बस, अब मेरा सबकुछ खत्म हो जाएगा। बारात शुरू होने तक वह पसीने से तर-बतर हो चुका था और सोच रहा था कि क्योंकर मैं इस भैया का भाई होकर जनमा? बारात का बैंड बजना शुरू हो गया, तभी घोड़ा जरा सा उछला और दगडू की पीठ पर जोर की चोट लगी। अपना दर्द कम करने के लिए उसने अपने कूल्हों को धीरे से हिलाया तो वहीं पर फिर चोट लगी। दगडू अपने नर जन्म को लेकर ही पछताने लगा। गुलाम इन सबसे बिल्कुल अविचलित होकर चल रहा था।

जितनी जल्दी हो सके, उतनी जल्दी वह घोड़े से दूर होकर भागने की योजना बना रहा था। शादी-ब्याह में अपनी उम्र से बड़ा ब्लाउज पहनकर अत्तर लगाए जवान लड़कियाँ जरूर आती हैं। गुलाम अपने आपको उस आकर्षण से छुड़ा नहीं पाया

था, इस तरह वह अभी तक घोड़े से चिपका हुआ था। बालचंद्र परब ने जलसे के बीच में ही गुलाम के लिए गोल्डस्पॉट मँगाकर पिला दिया था। शिवाजी की मूर्ति के करीब आने तक गुलाम ने गोल्डस्पॉट पी लिया था और घोड़ा तभी भाग खड़ा हुआ। वह पीछे मुड़े बगैर स्टेशन की दिशा में भागा। वी.टी. जाकर सिनेमा देखने का मन बनाकर वह ट्रेन में बैठ गया। तब भी वह भानुमती और उसके बाप की बरबादी की कामना करना नहीं भूला।

और इधर भानुमती के बाप को सुबह आठ बजे बिस्तर से उठते ही घोड़े के गायब होने की खबर मिल गई। वह गुस्से से तिलमिलाने लगा और अपने ताँगों को घोड़े की तलाश में कोलाबा के चारों तरफ भेजा। पुलिस थाने में जाकर रपट दर्ज करवाई। वहाँ थाने पर घोड़े के रंग को लेकर उन लोगों ने जानकारी चाही और उसे बात समझ में न आई। उसने 'घोड़े का रंग' कहकर जवाब दिया। भानुमती नहाने खड़ी हुई। अपना बदन साफ करते हुए उसने, अ-ल-ला, कह गाना गाया। आज सुबह से ही उसमें अजीब उत्साह भरा हुआ था।

उधर खेल मैदान की बगल से धूप में हैरान होकर बालचंद्र परब चला रहा था तो उसे किसी ने टोककर "अरे! आप यहाँ कैसे? आज आपके भाई की शादी थी न?" यह प्रश्न कर वे किसी तरह परब से मार खाने से बच गए। एक मिनट के लिए तब उसे लगा कि शादी का मंडप, गाँव और अपना आहता बहुत दूर है। घोड़ा और दगडू दोनों रहते तो अब तक शादी होती रहती। ऐसा भी लगा कि हो सकता है कि दगडू और घोड़ा दोनों अब तक शादी मंडप पर पहुँच चुके होंगे और वे लोग मेरी राह देख रहे होंगे। इससे वह बेचैन भी हुआ। वह पुलिस थाने में जाना तो चाहता था, मगर स्पीकर का इस्तेमाल और लाइसेंस का डर था, पुलिस का हफ्ता आदि के जाल से वह निराश हुआ। किसी तरह अपने पाँव खींचते हुए वह दोपहर दो बजे तक मंडप पर पहुँचा। मंडप में काफी देर से प्रतीक्षा कर रहे लोग बैठे-बैठे ही सो रहे थे। बैंड-बाजेवाले लोग, स्पीकरवाले बार-बार रसोईघर में घुसकर विनती कर लौट रहे थे। परब करीब तीन बजे उठ खड़ा हुआ और सभी से कहा कि सब भगवान की इच्छा है। जो होना है, होकर ही रहेगा और सभी को खाना खिलाने का आदेश दे दिया। सब लोग भूखे बैठे थे। अब उन सबको भरपेट खाना मिल गया। तब कुछ लोगों ने कामना की कि खाना खाते समय बस घोड़ा न आए और उन्हें शांति से खाने का अवसर मिल जाए। अपनी पत्नी के जोर देने पर परब ने अनमने भाव से जलेबी खाई। दो गाने मात्र बजाने के लिए बैंडवालों को उसे पूरे पैसे चुकाने पड़ गए। इससे परब बहुत दु:खी हुआ, मगर क्या किया

जाए। सामने इतने लोग खड़े होकर उसको देख रहे थे। इस वजह पूरे-के-पूरे नोट गिनकर देने पड़े। स्पीकरवाले ने भी पूछा कि उसे शाम तक रुकना तो नहीं? उसको भी परब ने झल्लाकर 'चाहो तो जा सकते हो' कह दिया। इसके बाद वह एक कुरसी पर बैठकर ऊँघने लगा।

शिवाजी की मूर्ति के पास गैराज से फूट आई आवाज से घोड़े को क्या हुआ? वह घोड़ा पहले कभी कुछ दिन सर्कस में था। उसके बाद कुछ महीने वह सिनेमा-शूटिंग में भी इस्तेमाल होता था। इस तरह घोड़े की साफ-सीधी यादें नहीं थीं। मोटरसाइकिल की फड़फड़ाहट से कौन जाने घोड़े ने अपने आगेवाले पाँव ऊपर उठाए और भाग निकला। अलस्सुबह से जो बेकार की बेचैनी शुरू हुई थी, उससे वह पहले ही चिढ़ गया था। वह आवाज ही उसको काफी पड़ गई। धपक्-धपक् छलाँग लगाते वह ठीक से सरकारी रोड में घुस पड़ा और कुछ ही सेकंड में उसको पार कर आड़े मुड़ा तथा झवेर रोड में घुसा, वहाँ से गोशाला रोड की तरफ मुड़कर भाग पड़ा। उसकी पीठ पर बैठा दगडू फलक की तरह हिल रहा था। कहना मुश्किल है कि वह किस तरह घोड़े के गले से चिपका हुआ बैठा होगा, उसने आँखें कैसे बंद कर रखी होंगी, वह तो जैसे-जैसे घोड़ा छलाँग लगाता, उससे सटकर ऊपर-नीचे होता। उसको खुद अचरज हो रहा था कि वह अभी तक गिरा क्यों न था।

वह भी अजीब ढंग से घोड़े के साथ-साथ उछलने लगा। गोशाला रोड पर भी ऐसा हुआ कि किसी स्कूल के बच्चे घुमड़ आए और 'हे' कहकर आवाज दी थी। उससे भी वह टस-से-मस न हुआ, मगर उसका वह साफा वहाँ गिर गया। तब कुछ बच्चे उस साफे को उठाकर थोड़ी दूर उसके पीछे भागे थे। घोड़ा उस सड़क से उधर दूसरी तरफ मुड़ गया। फिर उस बड़े सेंट पैसवाले खेल मैदान के बीच गायों के बीच से दो-तीन क्रिकेट के पिच लाँघते हुए आगे गया। वहाँ पर पेट्रोल पंप की बगल में जरा सी ही जगह थी, वहाँ से आगरा रोड पहुँच गया। वहाँ पर बड़े-बड़े ट्रक, डबल डेकर आदि के बीच दौड़ने लगा। साफा छूटे दगडू को बस में से लोगों ने देखा। राजमार्ग की सवारियों-गाड़ियों के बीच घोड़ा अब छलाँगें लगाने लगा था। उस एक मिनट में इस व्यावहारिक जगत् से दगडू के सारे कार्य-कारण संबंध छूट से गए। एक अजीब तरह का हलकापन उसे लगने लगा, घोड़े के साथ उसका तारतम्य निर्मित हो गया। उसके मिल की नौकरी, बड़े भैया की दादागिरी, बड़े-बड़े उभरे दाँतोंवाली वह दुलहिन और अपनी रोज-रोज की चर्चा आदि सब एकाकार हुए और उसने मजबूती से घोड़े को पकड़ लिया। उस मिनट उसने अपने को शिवाजी समझा और ऐसा लगा, वह रायगढ़ दुर्ग पर चढ़ रहा हो। घोड़ा मात्र

तेजी से मुख्य मार्ग की तरफ दौड़ रहा था। अक्ट्राय नाका उसने पार किया, सिग्नल पार कर आगे बढ़ा। ऐसा लग रहा था कि कहाँ जाना है, यह उसी को मालूम था।

इस तरह वह काफी देर दौड़ता रहा। फिर उसने राजमार्ग छोड़ दिया, अपनी परिचित अंदरूनी सड़कों से होते हुए वह एक उपनगर में घुसा, जरा सुस्ताया, जोर से साँस छोड़ी। एक बहुत ही सँकरी गली में घुसा, वहाँ मकान में घुड़साल लगनेवाली चौपाल के आगे खड़ा हो गया। उस मकान के अंदर से कुछ नौकर लोग आए, थके-माँदे दगडू को उन लोगों ने उतारा। उसके जरीवाले बटन उन लोगों ने खोले और उसे हवा दी, फिर रस्सीवाले पलंग से उसे सटाया। उसकी धीमी बनी आँखों के पास एक लड़की एक लोटा भर पानी लिये आ खड़ी हुई। वह गटागट पानी पीने लगा। तभी अ ल ला कह गाती वह आँखों के आगे से ओझल हो गई। दो ही मिनट के अंदर भानुमती के बाप ने घोड़ा पकड़कर लानेवाले इस वीर दूल्हे को अपना जमाई बना लिया।

कई महीने बीत गए, तब बालचंद्र परब के कानों में किसी ने खबर पहुँचाई कि जुहू समुद्री किनारे एक बड़े सुंदर ताँगे पर बच्चों को बिठाकर दगडू किराए पर चला रहा था। उसी दिन अपने बीवी-बच्चों को लेकर एक ट्रेन और दो बसों से बालचंद्र परब जुहू पहुँच गया। वहाँ बीच (समुद्री किनारा) जाकर देखा क्या कि चारों तरफ लोग ही लोग, बहुत से ताँगे, घोड़े, ऊँट और बच्चे, गुब्बारे आदि इन सबके बीच दगडू भी नहीं दिखा और उसको ढोता वह ताँगा भी नहीं। वह घूमा, पाँवों में दर्द होने लगा, मगर वह घूमता रहा। बीवी-बच्चों को एक जगह चने का पैकेट दिलाकर बिठा दिया और थकान के बावजूद दुबारा घूमा। उसकी निराशा को पहचानकर उसकी बीवी ने पूछा, ''दगडू नहीं मिला?'' फिर बड़बड़ाते हुए कहा, 'वह मिल गया होता तो कम-से-कम हम उससे उस दिन के मंडप का खर्चा, शादी के भोज का खर्च तो माँग सकते थे।' जवाब में उसने रुआँसे अंदाज में चिढ़कर 'छिह, भैया होकर मैं उतना भी न करूँ तो कैसे होगा' कह बहुत ही निरुपाय सा होकर समुद्र को देखा।

आज कन्नड़ भूमि के छोटे परदे के कथाकारों में फिल्म निर्माण से जुड़े एक वैचारिक व्यक्तित्व का नाम जयंत काटिकणी है।

उत्तर कन्नड़ जिले के कायाकिण की मूल भाषा कोंकणी है, कर्नाटक के होकर भी वे उतने ही कन्नड़ भाषी भी हैं।

जैव रसायन शास्त्र में स्नातकोत्तर उपाधिकारी लेकर जयंत

अनुप्रयुक्त क्षेत्र के कथाकार-लेखक होकर विज्ञापन के व्यवसाय में भी कार्यरत हैं। रंगमंच-फिल्म-कथा लेखन आदि विभिन्न दिशाओं में रचनात्मक कार्य कर रहे हैं।

दर्जनों ग्रंथों के रचयिता जयंतजी कई राष्ट्रीय सम्मानों से भी विभूषित हो चुके हैं।

'रागदिंदोष्टु दूरा', 'नीली माले', 'जोतेगिरु चंदिरा' आदि उनकी कुछ उल्लेखनीय रचनाएँ हैं।

□

काँटों बीच फूल

–एच.एस. अनुपमा

उसके बाद पापम्मा का क्या हाल हुआ होगा, इसकी मुझे जानकारी नहीं थी। एम.बी.बी.एस. पूरा कर पंद्रह साल कैसे बीत गए, यही पता नहीं चला? अब कब कॉन्फ्रेंस के बहाने अपने पुराने कॉलेज हॉस्टल पर आई तो देखा, सबकुछ कदल गया है। कुछ पुराने नौकर–चाकर मिले। उनको जैसे ही पता चला कि मैं यहाँ की पुरानी छात्रा रही, मेरे आगे–पीछे घूमे, पुरानी कहानियों की बातें कर, साथ कुछ पैसे वसूलकर जेब में रखे और हँसते–हँसते चले गए। तब मुझे वह चौकीदार आंजनेयलु मिला और मुझे जिस जानकारी की जरूरत थी, वह उसने दी। उसने कहा कि सात–आठ साल बीत गए। पापम्मा नौकरी से निकाल दी गई। अब वह कोई घूमकर करनेवाला काम कर रही है। दुर्ग के इलाके में कहीं एक शेड में रह रही है। वालम्मा की भी कोई सरकारी नौकरी लग गई, वह यहाँ की नौकरी छोड़कर चली गई।

यह सुनते ही कि पापम्मा दुर्गवाले इलाके में किसी शेड में रह रही है, मन में कोई भाव संचार हुआ। पुराना दुर्ग, बतेरी के पास एक स्लम, सभी जानते थे कि वह वेश्याओं की कॉलोनी है। मैं तब छात्रा थी तो एड्स के आँकड़े इकट्ठा करने उस कॉलोनी में कई बार आना–जाना पड़ा था। मुझे अभी तक अच्छी तरह से याद है। मैं यह बात भूल ही नहीं सकती कि सुबह–सुबह उठकर मैं उन सारे मकानों में जाकर, उनके साथ कच्ची तेलुगु बोलकर बहुत ही निचली गालियाँ खाकर लौटती थी। यह पापम्मा वहाँ क्यों गई? क्या इसने भी वही धंधा अपना लिया? अब तो उसकी उम्र पैंतालीस के ऊपर ही होगी और क्या धंधा चलाती होगी? मन में उभरते प्रश्नों को रोकने के लिए यही ठीक रहेगा कि कल सुबह दुर्ग के इलाके में जाकर

पता लगाऊँ कि पापम्मा वहाँ कैसे आई? इस निश्चय के साथ मैं होटल के कमरे में लौट आई। वहाँ मेरी सभी सहेलियाँ मिलकर पुराने दिनों की यादें कर बातचीत करती रहीं। पापम्मा, वेंकटेश ये सभी हमारी इस बातचीत में आते रहे।

दुर्ग जाने वाली बस लूँगी तो वह शहर भर घूमकर फिर वहाँ पहुँचाती है। सारे वर्तमान को पोंछकर मानो वह इतिहास के अवशेष को हमारे पाँव तले डाल देती है। मैंने सोचा, 'इन पंद्रह सालों में यह शहर कितना बदल गया होगा, यह तो देख लूँ। और मैं सुबह के आठ बजे ही दुर्ग पर चढ़ी, मगर नहीं, वह शहर बिल्कुल नहीं बदला। सड़क के दोनों ओर लोग अपने हाथ में लोटा लेकर सुबह का दबाव खाली करने बैठे थे। सड़क के किनारे लगातार कूड़े के ढेर फैले थे। बगैर पुताई के एक-दूसरे से जुड़े मकान चूना पोता रहित दवाएँ, अपौष्टिक भूरे सूखे बाल फैलाकर, नाक की लार चाटती चंचल आँखें इस ओर देखते नंगे बदन खड़े बच्चे। मकान के आगे पत्थर पर गहरे लाल रंग का मसाला पीसती महिलाएँ, बीड़ी पीते बैठकर मानो गहरी चर्चा में डूबे पुरुष। झगड़े की ताक में कुत्ते, कचरे में कुछ ढूँढ़ते सुअर, मुर्गियाँ, कहीं-कहीं दिखते नलों के आगे मीलों दूर लंबी लाइन में लगे खाली घड़े। बस, यही नहीं, पोंछी-बुहारी जमीन पर श्रद्धा से खुलकर मुसकराती रंगोली! सबकुछ पहले जैसा ही।

समय और शहर ने इस प्रदेश को क्यों छुआ नहीं? दूर कहीं है रेस (ऊँचे चढ़े) अपार्टमेंटवाले मकान जरूर दिख जाते हैं, मगर वे भी एक-दूसरे पर जमे स्लमवाले मकान जैसे ही दिखे, हो सकता है कि अव्यवस्था से भरे हजारों मकान जुड़कर यह शहर बना हो। विकास का काम करना हो तो पता नहीं कहाँ से शुरू करेंगे? मैं किसी चिंता में डूबी थी कि उतने में दुर्गवाला इलाका आ ही गया। यहाँ का पहला स्टॉप आने से शुरू कर मैं खिड़की के बाहर की तरफ चेहरा डालकर पापम्मा का चेहरा तलाशने लगी। अजीबोगरीब चेहरे सामने से गुजरे, मगर पापम्मा की छाया कहीं भी नहीं दिखी। पता नहीं, अब वह कैसी होगी? पहले से ज्यादा मोटी हुई होगी या दुबली? धनिए के कट्टे जैसे उसके बाल अब कैसे होंगे⋯इस तरह कई तरह के ऊहापोह में ही मैं अंतिम स्टॉप पर उतरी। अपनी छोटी पूँछ हिलाती, हुंकार करती नीचे मुँहकर टट्टी की गंध लेती एक सुअरी और उसका परिवार मेरे पाँव तले से ही गुजरे।

नीचे उतरने के बाद ही यह बात समझ में आई कि बिना पता लिए उसका मकान ढूँढ़ना बहुत मुश्किल है। घूम-घूमकर पाँव दर्द करने लगे, मगर पापम्मा के चेहरेवाली कोई भी नहीं दिखी। उसकी हमउम्र महिलाओं से, 'पापम्मा नाम

की…' कहते पूछताछ करती गई। 'रूबरू कौन ?, चिन्न (छोटी) पापम्मा तो नहीं ? हनुमक्का के हाते की तो नहीं ?…'एमपनि चेसतुंदि (क्या काम करती है ?)' आदि मेरी जानकारी से परे कई प्रश्नों ने खींच-खींचकर दुर्ग की एक-दूसरे भाग के चाल के पास लाकर खड़ा कर दिया। घने मकानों की कतार। इतने सारे लोगों के बीच रहकर भी मुझे लगा कि मैं अकेली पड़ गई।

मुझे देखते ही उन कतारवाले घोंसलों के कपड़ों के दरवाजों के पीछे कुछ चेहरे छिप गए। कई छेदों के बीच से मुझे गुनें। कुछ हाँड़ीवाले पेट के शराबी बाहर आए। किसी तरह एक इनसान के आगे अपनी सारी बात बताकर पामम्मा के बारे में अपनी जानकारी की सारी बातें कहने पर उसने मेरी मदद करने में उत्साह दिखाया। ओह, इस बस्ती भर में पैकट लेकर घूमती हैं न थेरम्मा, वही हो सकती है। ठीक-ठीक, वह कहती थी कि पहले मेडिकल कॉलेज में खाना पकाती थी। चलो, देखते हैं।

यह कहकर उसने मुझे इधर-उधर ले जाकर एक ऊँची जगह पर एक शेड के सामने लाकर खड़ा किया। 'इदि यौव्वरु इदि (तेलुगु : यह कौन है) के कौतूहल से भरकर बच्चों की एक लंबी कतार ही मेरा पीछा कर रही थी। "देखो, यही उसका मकान है। अभी दरवाजा बंद है। पता नहीं, वह कब लौटेगी ? पड़ोस में पूछो तो वह लोग बताएँगे," कहकर मुझे रास्ता दिखानेवाला तेजी से गायब हुआ। साथ आए वे कच्चे चेहरे मुझको ही देखते हुए, जैसे ही मैं उनकी तरफ देखती, आँख इधर-उधर पलटकर, हल्की हँसी, शर्म दिखाते, मेरी भूली तेलुगु में चहचहा रहे थे।

"वह पापम्मक्का सुबह-सुबह उठकर निकल जाती है। अब दोपहर उतरने के बाद ही आती है। तुम आओगी, इसका उसे पता नहीं था क्या ? उससे तुम्हें क्या काम है ?" एक औरत ने तहकीकात शुरू की। यह पक्का हुआ कि वहाँ पर वही पापम्मा, जिसकी मुझे जरूरत है, यहाँ रहती है। फिर मैंने उससे यह कहकर कि शाम को मैं दुबारा आऊँगी और वह यदि तब तक आ गई तो फिर कहना कि उसे ढूँढ़ने कोई आया था मैं होटल लौट आई।

यह सोचने लगी कि यह पापम्मा और उसका पेशा निगूढ़ होता जा रहा है, शाम तक अब समय कैसे बिताऊँ ? यह सोचते मैं कमरे में लौटकर लेट गई तो पता नहीं कि कब नींद आ गई।

□

वह मेरे एम.बी.बी.एस. के प्रथम वर्ष के दिन थे। रैगिंग करते समय रेसिपी बार-बार पूछकर मुझे चिढ़ाते सीनियर मेरे पाक ज्ञान की जानकारी रखते थे, रसोई

को लेकर मेरी रुचि की जानकारी को मेरे सहपाठी जानते थे। उसी वजह से शायद एक सौ बीस छात्राओं वाले उस हॉस्टल के 'प्रिफेक्ट' कहकर खाना बनवाने का अनुपयुक्त काम मुझे सौंप दिया था। 'प्रिफेंक्ट' काम का यह मतलब कि रोज रसोइए के साथ झगड़ा करती रहो और इस तरह खाना बनवाकर लड़कियों की शिकायत सुनती रहो।

हॉस्टल का रसोइया तायप्पा स्वाद यानी 'तीखा' समझता था। वह यह सोचता था कि स्वाद जरा सा उल्टा-सीधा होने पर जरा सा तेल या डालडा डालने से ठीक हो जाएगा। कच्चे तेलुगु में हमेशा लड़ते रहनेवाले उसे सहायकों की व्यवस्था कराना भी एक समस्या ही बनी थी। आनेवाला कोई भी सहायक उसकी जबान के आगे छह महीने भी नहीं टिकता था और उसका पकाना, वह भी वैसा ही। मैं कितना भी कहती, वह अपने तरीके से ही बनाता। पुरुषों को उसके सहायक बनाकर, उनका झगड़ा निपटाकर थक गई तो लगा कि महिलाओं को उसका सहायक बनाने से ठीक रहेगा।

हमारे हॉस्टल के वार्डन का साहित्य से बहुत प्रेम था। अपनी फुरसत के समय पढ़ने के लिए उन्होंने अपनी मेज पर किताबें रखी थीं। मुझे इसी बात की खुशी थी कि मेडिकल कॉलेज में साहित्य की बातें करने के लिए एक इनसान है। प्रिफेक्ट होने से मैं जब-तब उनसे बातचीत करती रहती थी, मिलती थी। इससे परिचय बना था। हर बार जब भी मैं उनसे मिलती, वे मेरे बारे में पूछताछ करते रहते, 'क्या तुमने आजकल कुछ लिखा कि नहीं ? लिखा हो तो लाकर दिखा, जब चारों तरफ सब लोग ठुस-पुस अंग्रेजी झाड़ते रहते, इनकी कन्नड़ का फूल अपनी खुशबू बिखेरता रहता।

मैं एक बार जब उनसे मिलने गई, इस रसोइए का व्यवहार, झगड़ालू स्वभाव उसकी सहायता करनेवालों की मुशकिलें आदि के बारे में उनसे कहा। उनको यह सब मालूम था ही। मैंने यह सुझाव भी पेश किया कि महिलाओं को सहायक के रूप में लेकर देखा जा सकता है। हमारे कॉलेज का यह एक अलिखित नियम था कि रसोई में काम करनेवाले सब लोग या तो पुरुष ही हों या महिलाएँ हों, मगर फिर भी उन्होंने कहा, तायप्पा को एक महिला सहायक देकर कोशिश कर लेते हैं। कुछ सोचकर उन्होंने यह कहा कि शहर के बाहर 'स्त्री सेवा निकेतन' नामक एक एन.जी.ओ. संस्था है। वहाँ कोई अच्छा काम करने वाली मिल जाए तो लिया जा सकता है। 'स्त्री सेवा निकेतन' एन.जी.ओ. आदि शब्दों ने ही मुझे आकर्षित किया तो मैंने उनके साथ चलने की इच्छा जाहिर की।

इस तरह एक दिन दुर्ग की दीवार जैसे 'यलगुरु हालम्मा स्त्री सेवा निकेतन' का कंपाउंड पार कर हम लोग अंदर गए। चार-पाँच साल के एक बच्चे का हाथ पकड़कर एक महिला आ रही थी। जरा सी मोटी हलके से लाल-भूरे चेहरेवाली उत्साह से भरी उस महिला को देखते ही एकदम से मुझे लगा कि उससे मेरा परिचय हो गया। सुपरिंटेंडेंट हमारे वार्डन के करीबी परिचित थे। उन्होंने कहा कि दहेज संबंधी पीड़िता महिलाएँ, फिर अत्याचारग्रस्त, घर से भागकर रेल, बस अड्डों में मिलीं महिलाएँ, पुलिस के हाथ लगी लैंगिक कार्यकर्ता महिलाएँ, आत्महत्या करने की कोशिश में बचकर अपने घर लौटने से मना करनेवाली महिलाएँ—इस तरह कई कारणों से अपना आधार खोकर रहती हर जाति-वर्ग की महिलाएँ यहाँ रहती हैं। उनके छोटे बच्चे होने पर दस साल का होने तक उन्हें यहीं माँ के पास पलने देकर उसके बाद उन्हें दूसरी जगह भेजा जाता है। यहाँ पर आनेवाली महिलाओं को उनकी आजीविका प्राप्त होने लायक हस्तकारी, कुशल कर्म, घरेलू उद्योग संबंधी काम सिखाया जाता था। ढंग का वर मिलने पर उनकी शादी भी रचाते थे। रुचि रखनेवालों को पढ़ाई की सुविधा भी प्रदान की जाती थी। कुछ महिलाएँ सरकारी नौकरी भी ले लेती थीं। हालाँकि उन दु:खी महिलाओं के बारे में उनसे सुनकर मन को बहुत दु:ख हो रहा था, ऐसी महिलाओं को इस तरह की व्यवस्था के बारे में सुनकर मन को शांति मिली थी।

हमारी प्रार्थना के आधार पर हमारे काम के अनुकूल दो महिलाओं को उन्होंने बुलाया। अंदर आते समय हमें अपनी संतान के साथ दिखी वह महिला अपने साथ दूसरी एक महिला को साथ लेकर अंदर आई। हमने जिसे देखा था, उसे पापम्मा कहा, दूसरी को बालम्मा कहा, दोनों मित्र थीं, यह भी कहा। वार्डन ने उन दोनों के साथ हॉस्टल, वहाँ रसोई का काम, तायप्पा, नीति-नियम, तनख्वाह आदि सभी बातें कहीं। हमारी सारी शर्तें मानकर उनके चेहरे पर एक सरकारी नौकरी पाने का संभ्रम झलक रहा था। दस साल पूरा होने तक पापम्मा के बच्चे को उसी के साथ रखने की अनुमति देकर अगले महीने की पहली तारीख से नौकरी पर हाजिर होने की बातचीत तय हुई।

इस हॉस्टल आकर शामिल हुई पापम्मा-बालम्मा की जोड़ी जल्दी ही सभी की प्रशंसा का पात्र बनी। तायप्पा के हाथ का खाना खाकर ऊबी लड़कियों को इनके हाथ का खाना पसंद आया। मेहनत कर तरीके से खाना बनाती थीं, इससे अब तायप्पा भी कम ही चिल्लाता। कोई भी काम चिढ़े बगैर करतीं। इनसे वह भला किस बात पर लड़ता? उसे अब ज्यादा फुरसत मिलने लगी थी। बीड़ी का

अब पूरा कट्टा पीने लगा। बाहर का सारा काम, जैसे—तरकारी, सामान लाना, गेहूँ पिसवाना, मरम्मत, बेकरी जाना-आना ये सब तायप्पा कर लेता। उसे चाय-शरबत आदि और पिलाकर-देखभाल कर लेतीं। इस तरह हॉस्टेल के रसोईवाले साम्राज्य का तायप्पा ही अनभिसिक्त राजा बना। उसके व्यवहार में भी काफी परिवर्तन आया। मेरी यह सोच कि जहाँ महिला, वहाँ व्यवस्था, इसे पुष्टि मिली।

पापम्मा का बेटा वेंकटेश भी पूरे हॉस्टल का छोटा भाई बन गया। खूब बातचीत करता, वह मेरा बहुत जल्दी ही छोटा दोस्त बन गया। हममें से कुछ लोग उसके साथ गोली-लगोरी आदि खेलते, अक्षर लिखना सिखाते। जब भी उसका मन करता, हमें अपने साथ खेलने बुलाता। जन्म से ही हम लोगों के साथ रहने की वजह से शायद 'अक्का-अक्का' (दीदी-दीदी) कहते बहुत ही सहजता से रहता था। तायप्पा को भी मामा कहते लगाव बढ़ा लिया था।

उन्हीं दिनों मेरी एक रूममेट ने अपने दोस्त की उपेक्षा का बहाना लेकर नींद की गोलियाँ खा ली थीं और अपनी कलाई की नस काटकर आत्महत्या की असफल कोशिश की थी। तब उसे पापम्मा ने ही सबसे पहले देखा था। वार्डन को सूचना देकर अस्पताल में दाखिल कराया था। वह मेरी सीनियर थी, इस वजह मैं उसे समझाने की हालत में नहीं थी, मगर उसे अस्पताल में खाना ला देती, पापम्मा उसे समझाने की कोशिश करती, कहती थीं, 'देखो जी, यह लव-गिव आदि का कुछ मतलब नहीं होता। वह तो आँधी की तरह होता है, कई बार आकर मार देता है, फिर सब ठीक हो जाता है। तुम्हें आगे अपने जीवन को बनाना है, सौ लोगों के प्राण बचाने हैं। इस तरह छोटी-मोटी बातों पर डरने से कैसे होगा? यह सोचकर कि कल सपना देखा था, भूल जाओ। हमें समझना चाहिए कि हमें अपने आपको देखना है, कोई दूसरा देखनेवाला नहीं होता, कुछ भी आने से डरना नहीं चाहिए।' कहते हुए उस दुःख में लड़की के मन में उत्साह भरती थी। इस तरह वह हमारी रोज की सहेली बनी थी। पापम्मा से बात कर अब हम लोग निकट के बने थे। एक शाम कॉलेज से लौटने के बाद उसने मुझे इमली के पेड़ के नीचे अपनी कहानी विस्तार से कही थी।

पापम्मा कृषक मजदूर परिवार की थी। उसके माँ-बाप किन्हीं रेड्डी लोगों के फ्यूडल क्रौर्य की बलि बने थे, तब वह पाँच साल की किशोरी बाला थी। उसकी बुआ और मामा ने ही उसका पालन किया था। मृत व्यक्तियों के बहाने जो पैसे मिले थे, वह उसकी पित्रार्जित संपदा थी। उसके आगे-पीछे कोई न था। उसकी शादी रचाकर पार लगाने के लिए छोटी उम्र में ही दूसरे रिश्तेदारी के दूल्हे

से उसकी शादी तय करा दी। शादी में खर्च का बहाना बनाकर उसकी बुआ और मामा उसकी आधी संपदा खत्म कर आगे उसकी किसी भी मुसीबत में साथ खड़े न हुए। यह पीहर की कहानी हुई। फिर ससुराल की एक दूसरी ही कहानी रही। सास-ससुर, पति सभी धन-पिशाच थे। इस बात की जानकारी उसे उस घर में जाने के छह महीने के भीतर ही पता चल गई। उसका पति ट्रक-ड्राइवर था, महादुष्ट था। विकृतकामी था। उसकी पहली पत्नी जब गर्भिणी थी, तभी पैसों के लिए उसे तंग कर फिकर शायद कुएँ में धकेल दिया था। यह बात पापम्मा के कानों में भी पड़ी थी। उन लोगों को किसी तरह इस बात का पता चल गया था कि इसके माँ-बाप के मरने के बाद जो पैसे मिले थे, वे अभी इसके पास रखे हुए हैं। पैसों के लिए वे लोग इसे तंग करने लग गए थे। उनकी हिंसा का सामना करने की इसमें हिम्मत नहीं थी, मगर उसका कोमल मन धीरे-धीरे मजबूत बनने लगा था। उसने मन बना लिया कि भले प्राण जाएँ, उन्हें वह पैसे नहीं देगी। एक तरफ सास-ससुर से गालियाँ खाकर उसका अन्न पचता नहीं था; दूसरी तरफ हर रात पति मारता, लात मारता, काटता। इस तरह की उसकी विकृत काम-क्रीड़ाओं से वह जिंदा होकर भी मृत सी बन गई थी।

इस तरह की एक रात खेत में काम करने के बाद थककर घर लौटी तो उसकी सास ने कुछ-कुछ झगड़ा शुरू कर उसके सिर के आगेवाले बाल खींचकर मारा और उसका उस दिन की कमाई का सारा पैसा छीन लिया था। वह इसी चिंता में यह सोचते हुए घुल रही थी कि कैसे-कैसे लोगों के लिए मुझे मजदूरी करनी पड़ रही है। उसने खाना भी नहीं खाया, लेट गई थी। मन में बहुत सारी बातें सोच रही थी कि जब मेरे साथ दो-चार मीठी बातें करनेवाला ही कोई नहीं है, तो जीकर भी क्या करना है? तभी गले तक पीकर काम से लौटे पति ने अपना व्यवहार शुरू किया। भूखी पड़ी उसकी गहरी पीड़ा को वह जानकर समझ नहीं पाया। उसे सांत्वना देना तो दूर की बात, वह पास नहीं आई, इसलिए उसे खींचा, उसके कपड़े-बाल सबको बुरी तरह खींचा। उसके हाथ जो भी डंडा हाथ लगा, उसी से उसको पीटा। उसके पशुबल के आगे वह चुप थी तो बीड़ी के टुकड़े से उसकी जाँघों को जलाया, मगर तभी पता नहीं, उसे कैसे गुस्सा चढ़ा कि जैसे वह इसी क्षण की ताक में थी, उसने उसे धकेला, सीधे रसोई में घुसी, चूल्हे में से अभी धुआँ फैलाती एक लकड़ी का डंडा उठाया और उसका चेहरा देखे बिना उस पर फेंका। उसके पति को इसका अंदाज नहीं था तो गुर्राती सास-ससुर के उठकर चेतने से पहले वह घर छोड़ बाहर निकल गई। उसके माता-पिता की मृत्यु के समय जिस

पुलिस से उसका परिचय हुआ था, उनसे मदद की आशा कर वह नजदीक के पुलिस स्टेशन गई, शिकायत दर्ज कराई।

उसको तभी तो पता चला कि बाहर की दुनिया भी दुष्ट राक्षसों से ही भरी हुई है। मरने से पहले उसे वहाँ नरक-दर्शन हुआ। आधी रात के समय घर छोड़ बाहर आई, उसके साथ शराब पीकर धुत्त पुलिस वाले ने पति से कुछ भिन्न तरीके से व्यवहार नहीं किया। अगले दिन शाम को उसे स्त्री सेवा निकेतन में लाकर उन लोगों ने छोड़ा और यह कहकर कि पति की पिटाई करके आई एक अपराधी है, उस पर दया करके छोड़ रहे हैं और मुँह बंदकर रखने को सावधान कर वे लोग चले गए।

निकेतन आने के कुछ दिन बाद ही उसे पता चला कि उसका पेट भारी है। वह पति का था या पुलिस का प्रसाद, पता नहीं; मगर बच्चे ने पेट में कुलबुलाना शुरू किया। वह चाहती तो गर्भपात करवा सकती थी, मगर कुलबुलाते उस रोमांच से जीने की इच्छा बढ़ी और उसने निश्चय किया कि कुछ भी हो, वह इस बच्चे को जन्म देगी और पालेगी। अपने अगले जीवन के लिए उसने चाहा कि उसका साथ हो। इस तरह वेंकटेश स्त्री सेवा निकेतन की संतान होकर पैदा हुआ।

आगे कोर्ट की तहकीकात के वक्त उसने स्पष्ट रूप से कह दिया कि चाहे कुछ भी हो जाए, वह अपने पति के घर नहीं लौटेगी और उसे इस शादी से मुक्ति चाहिए। कोर्ट ने राजी कराने की आशा से दो-तीन साल तक टालकर फिर उसे तलाक दिया, उसके पति, सास-ससुर को जेल का दंड सुना दिया।

निकेतन को ही अपना मार्गदर्शक मानकर खडिया, मोमबत्ती बनाना, ऊन का काम आदि सीखकर कुछ थोड़ा पैसा भी कमा लिया। उसके पास जो पित्रार्जित पैसा था, उसके साथ इसे भी जमाती रही। उसी बीच उसे यह रसोइए की नौकरी भी मिल गई। अब वह खुश थी कि उसके अच्छे दिन आ गए।

खुलकर सभी से बात करती, उसे देखकर लगता नहीं था कि उसके मन में इतनी तड़प है। मौन मूर्ति बालम्मा अपना दुःख-दर्द पीकर चुप रहती थी, मगर पापम्मा सबसे मिलती, बात करती, अपने बेटे को लेकर सपने बुनती और अपने अगले जीवन के लिए राह बनने की खुशी में हॉस्टल का काम करती अपने पति को भूलने की कोशिश कर रही थी।

पापम्मा को आए दो साल हो रहे थे। वेंकटेश वहीं हमारे कैंपस के पीछेवाली कन्नड़शाला में पढ़ रहा था। उसे शाला में दाखिल कराने मैं स्वयं गई थी। अँगूठा छाप पापम्मा ने निकेतन में रहकर हस्ताक्षर करना सीख लिया था। उन्होंने वेंकटेश के जन्म दाखिले में 'बाप' के स्थान पर उसके पति का नाम ही लिखा था, मगर

पापम्मा उस जगह को खाली रखने के पक्ष में थी। वह पापी सु···ने अपने बेटे का एक दिन भी चेहरा तक नहीं देखा। दूध पिलाने को एक रुपया तक नहीं दिया है, पता नहीं किस जेल में मरा होगा। चाहे तो लिखिए कि बाप का पता नहीं, मगर उस हत्यारे का नाम दर्ज नहीं करें। कहते-कहते उसने हठ पकड़ लिया। उसको यह बताकर कि हम मनमाने ढंग से रिकार्ड नहीं बदल सकते और गलत सूचना देने से आगे बच्चे के भविष्य के लिए मुश्किल होगी, मनाने में बहुत मशक्कत करनी पड़ी। वेंकटेश भी शुरू-शुरू में स्कूल जाने के लिए मना कर खूब पंचायत खड़ी करता था। उसे चॉकलेट का लालच देकर किसी तरह पापम्मा रोज स्कूल छोड़ आती थी।

उन दिनों खेलते समय वेंकटेश गिर गया, उसकी टाँग टूट गई। हड्डी विशेषज्ञ ने कहा था कि उसे ठीक होने में अभी कई महीने लग सकते हैं। दो सप्ताह के विश्राम के बाद पापम्मा ने रोज उसे उठाकर छोड़ आना शुरू किया। उसके साथ उसके प्लास्टर लगे पाँव को ढोना काफी मुशिकल काम था, मगर अनिवार्यता थी। उस संदर्भ में बच्चे की मदद करने तायप्पा आगे बढ़ा। रोज उसे साइकिल पर बिठाकर ले जाता, उसे चॉकलेट-कैंडी दिलाता था। इस तरह वह जल्दी ही बच्चे का दोस्त बन गया। अब वेंकटेश के मुँह से हमेशा तायप्पा की ही बातें निकलतीं। सिर्फ लड़कियाँ और महिलाओं के बीच पला वह तायप्पा को बहुत चाहने लगा। तायप्पा की मित्रता उसे बहुत गर्व का विषय लगा तो पापम्मा के लिए सिरदर्द बना।

उस छोटे मन पर तायप्पा ने कैसा जादू कर दिया था। पूरा दिन वह मामा का जाप करता। हो सकता है, तायप्पा को ऐसा सूझा होगा कि बच्चों को अपनी तरफ कर लेने पर उसकी माँ को मनाना आसान होगा। शुरू-शरू में पापम्मा यह कहकर चिढ़ती थी कि यह मेरे बेटे को बिगाड़ रहा है, मगर धीरे-धीरे वही चुप हो गई। वे दोनों मिलकर खेलते-हँसते रहते और वह चुपचाप देखती रहती। हो सकता है कि उसे ऐसा भी लगा होगा कि वह माँ बन सकती है, मगर बाप नहीं बन सकती। वेंकटेश के पाँवों का प्लास्टर निकाल दिया था, मगर फिर भी उसके स्कूल जाने की उम्मीद नहीं दिखी। आधे में ही वह स्कूल छोड़कर मामा के पास भाग आता। उसी समय युगादि (चैती/गुड़ीपड़वा) का त्योहार आया, तब तायप्पा ने वेंकटेश के अलावा उसकी माँ (पापम्मा) को भी नए कपड़े लाकर दिए। बालम्मा ने मुझे यह खबर दी थी।

इम्तिहान नजदीक था, इसलिए मैं कॉरिडोर में ही बैठकर अपनी पढ़ाई कर रही थी। नींद आती होगी, चाय बनाकर दूँ? कहती पापम्मा मेरे पास आई। मुझे लगा कि वह कुछ कहना चाहती है। उसने एक कप गरम चाय ला दी, फिर वहीं

बैठ गई। धीमी आवाज में कुछ कहना शुरू किया। अभी वेंकटेश आठ साल का होनेवाला है। शर्त के मुताबिक जल्दी उसे कहीं छोड़ना होगा। उससे अलग रहना मेरे लिए बहुत मुश्किल होगी। उसे तायप्पा से बहुत लगाव है। तायप्पा ने भी एक दिन मुझसे कहा कि मैं तुमसे शादी करूँगा, अकेली क्यों रहती है। उसकी पहली शादी से दो लड़के और दो लड़कियाँ हैं। शायद उसकी बीवी को कुछ बीमारी है। जिंदा होते शायद मरी जैसी, उसने कहा कि मुझसे शादी करने में उसे कोई आपत्ति न होगी। कहता है, मुझसे शादी कर वेंकटेश और मेरे लिए अलग मकान ले देगा। क्या करूँ अम्माजी ? जमीन की तरफ देखकर उसने मुझसे पूछा।

मैं क्या कहती ? एक शादी कर वह कष्ट भुगत चुकी है। ऐसी हालत में वह स्वयं अपने भाग्य की परीक्षा करने निकली है, ऐसे में मेरा उसे सावधान करना क्या कुछ प्रभाव डाल पाता ? मैंने कुछ और नहीं कहा। बस, यही कि कानून को प्रीति-प्रेम आदि की जानकारी नहीं रहती, अपनी पहली पत्नी को डाइवोर्स दिए बगैर दुबारा शादी करने से वह टिक नहीं पाता, इस कारण उससे शादी करने से पहले दुबारा सोचने को कहा; मगर मुझे अंत में लगा था कि मेरे कहने का वहाँ कोई औचित्य न रहा था। वह सबकुछ निर्णय लेकर ही आई थी। कहा, वहीं पास एक कमरा लिया है माँजी। वह एडवांस माँग रहे हैं। उसके पास भी पैसे नहीं हैं। शायद वह बीवी की बीमारी के लिए खर्च कर चुका है। मेरे पास कुछ पैसे हैं। बरतन-भाँड़े आदि के लिए उसकी जरूरत पड़ती है। आपके पास हों तो कुछ पैसे दीजिए, अम्माजी। हर महीने कुछ-कुछ देकर चुका दूँगी। जितना हो सकता था, मैंने अपनी तरफ से इकट्ठा कर उसे दिया था। इस बातचीत के पंद्रह दिन बाद ही पापम्मा हॉस्टल से आधे मील की दूरी पर एक कमरा लेकर रहने गई थी। मंदिर में मंगलसूत्र बँधवाकर बालों में खूब फूल लगाकर संभ्रम से आकर मिठाई बाँटी। मैंने मन-ही-मन उसकी शुभकामना की थी। वेंकटेश ने भी खेल खेलते मुझसे बिदा ली थी।

अगले दो वर्षों में मेरी पहलेवाली पापम्मा बदल गई थी। हमारे से उसकी बातचीत भी कम हो गई थी। या तो रोना या हिचक पता नहीं, पापम्मा मुझसे मुँह छिपाकर रहती बात करने से कतरा रही थी। मैं सोचती थी कि मेरी कल्पना भी हो सकती है, मगर उसके निश्चिंत चेहरे पर धीरे-धीरे चिंता की रेखाएँ गहरी होने लगीं। जब-तब बालम्मा से उसके पारिवारिक आंतरिक दु:खों की जानकारी मिलने लगी।

शुरू में सबकुछ ठीक ही था। धीरे से तायप्पा ने अपना असली स्वरूप दिखाना शुरू कर दिया था। उसकी रात्रि के अवतारों की पापम्मा को पहले जानकारी नहीं थी। पीकर लौटते उसे देखने के बाद पहलेवाले पति से यह कुछ भिन्न नहीं लगा।

तायप्पा के बड़े-बड़े बेटे भी इसके घर आकर शायद शोर मचाते। उस परिवार का मुँह बंद रखने के लिए शायद पैसों के नाश्ते की ही जरूरत थी। इस बीच तायप्पा का शराब पीकर घर आकर पापम्मा को पीटना भी रोज की कहानी बन गई। इसके साथ वह हमेशा पापम्मा पर एक नजर रखा करता। वह किसी से भी बात करती, उसको शक हो जाता। जब वह सामने नहीं होता, वह मुसकराती तो भी वह अपराध माना जाता। एक बार ऐसा हुआ कि चौकीदार आंजनेयलु और तायप्पा दोनों के बीच खूब हाथापाईवाला झगड़ा हुआ था। उसने पापम्मा से हँसते-बोलते चाय माँगी थी। वही बहुत बड़ा अपराध था कि तब पूछताछ हुई, ये सब झगड़े-टंटे की बातें मालूम हुई थीं। उसके अपने खर्च के लिए भी पैसे न रहने देकर तनख्वाह के दिन ही सबकुछ वह उड़ा जाता था। यह भी पता चला कि हम सबने उसे जो साड़ियाँ दी थीं, वे सब बड़ी बीवी का मुँह बंद करने के वास्ते इस्तेमाल हो जाती थीं।

उसे सबसे ज्यादा पीड़ा वेंकटेश के स्कूल छोड़ने से हुई थी। वह इस आशा में थी कि बेटा पढ़कर कुछ साथ देगा, मगर उसके आवारागर्दी करने से उसे बहुत पीड़ा पहुँची। उसका स्कूल जाना तायप्पा को भी कुछ पसंद नहीं था। यह कहते हुए कि 'हम जैसे लोगों को स्कूल जाकर सीखने को कुछ भी नहीं है, वह अँगूठे की छाप डालकर तनख्वाह लेता था, मुझे यह आज भी खूब याद है। इस तरह के इनसान के लिए वेंकटेश के स्कूल जाकर आगे बढ़ने का सपना हो ही नहीं सकता। उसकी डाँट और पापम्मा से मार खाकर वेंकटेश और भी ढीठ बन गया। ढीठ होकर उसने स्कूल जाना भी बंद कर दिया। पहलेवाली चुस्त बातें भी गायब हो गईं। अब वह गुस्सैल बना, मौन का घोंसला बना था। पीठ पर गरम सलाखों की चोट खाकर भी वह चूँ तक नहीं करता, बेटे को अपने हाथ से फिसलते देख पापम्मा को बहुत चिंता होने लगी थी।

यह सब उसी का किया हुआ है। कोई क्या कहकर उसे शांत करे? हर सप्ताह रोते-रोते अपनी कुछ कहानी कहती। मैंने उससे कहा, 'समय के साथ सब ठीक हो जाएगा पापम्मा, वेंकटेश बड़ा होकर अपनी जिम्मेदारी समझ जाएगा तो सब ठीक होगा। तब तक किसी तरह सह लो, मगर अपने मुश्किल समय के लिए कुछ पैसे रख लो। सबकुछ तायप्पा को देकर हाथ न धो लेना।' मैंने उसे माहवार पचास रुपए का पोस्टल आर.डी. बनवाकर दिया। उसने कहा था कि उनके पास पुरानी जमा राशि बीस हजार के करीब होगी। अगले तीन साल बाद उसका उसे भुगतान होगा। मेरे अपनी पढ़ाई खत्म कर लौटने तक भी मुझसे लिये पैसे वह वापस नहीं कर सकी थी। मैंने माँगे भी नहीं।

इस तरह उसकी जिंदगी के उतार-चढ़ाव के बीच ही मैंने अपनी पढ़ाई पूरी की। तुरंत ही दूसरे कॉलेज में मुझे एम.डी. के लिए सीट मिल गई थी। अंतिम दिन अपना कमरा खाली कर हॉस्टल छोड़कर आते वक्त कॉलेज आई, अपनी माँ को भी साथ लेकर मैं उसके घर गई तो···उसके घर के दरवाजे पर ताला पड़ा था, बाहर बीड़ी का टुकड़ा पीते खड़ा था वह दस साल का लड़का वेंकटेश।

□

स्मृतियाँ सब मेराथन जैसी घुसीं। उसी से शायद इतनी गहरी नींद चढ़ी थी।

मैं होटल के कमरे में सोई थी। यह समझ में आने में कुछ समय लगा। दोपहर जागते ही भूख लगने लगी थी। कमरे में ही खाना मँगा लिया था। मानो मैं सपना देख रही थी, पापम्मा की कहानी मन की दीवार पर संचार कर गई थी, उसे जल्दी ही देखने का मन हुआ और मैं तुरंत कमरे से निकल पड़ी। उस दुर्गवाले इलाके में पहाड़ की बगल में ही एक बड़ा तालाब है। पापम्मा के मकान की तरफ झाँककर, वह अब भी नहीं आई होगी तो तालाब जाने का मन बनाकर पापम्मा के मकान का ताला देखने गई तो उसका शेड खुला था।

अंदर से कोई आवाज सुनाई नहीं दी। होगी कि लेटी होगी? बाहर से ही दरवाजा खटखटाकर 'पापम्मा' कहा। एक मिनट बाद एक महिला आकृति बाहर निकली। अरे, यही तो पापम्मा है। देखते ही हमने परस्पर एक-दूसरे को पहचान लिया। उसके रजत केश बने थे, वजन जरा सा घट गया था। आँखें अंदर को धँसी, उतरा चेहरा। उसे देखकर, "यह क्या है, बुढ़िया जैसी लगने लगी है?" पूछा। तभी वह अपनी आँखें पूरी तरह खोलकर खुशी से बोली, "यह क्या बात है अम्माजी? एकदम आ गई हैं? पहले जैसी ही हैं आप? तुम्हारे मियाँ नहीं आए? बाल-बच्चे कितने हैं? अब कहाँ रहती हैं?" आदि कई प्रश्नों की झड़ी लगा दी।

आपस में कुशल-मंगल की पूछताछ हो गई। सिर झुकाकर मैं अंदर चली आई। अंदर मैंने हाथ ऊपर की तरफ किया तो जिंक की चादर मेरे हाथ में लगने को थी। एक ही कमरा था। एक कोने में चूल्हा था। दो-चार बरतन थे। कोने में एक थाली थी। उस पर एक गोल पिष्ट था, लाल रसम ठंडा होने लगा था। लगता था चिढ़कर बैठ गया है। रस्सी पर दो-चार फीकी साड़ियाँ लटक रही थीं। एक कोने पर बड़े ताले का एक संदूक था। मेरे मना करने के बावजूद चाय बनाने के लिए स्टोव जलाया। बिना दूध की काली चाय पीने की मेरी आदत नहीं थी। फिर भी शायद इसलिए कि पापम्मा ने दिया था, स्वाद के साथ परिमल भी जुड़ा हुआ सा मुझे लगा। मेरे पति-बच्चे प्रैक्टिस आदि सबके बारे में मैंने बताया। उसने खुशी

से 'सुखी रहो' कहकर शुभकामना दी। कुछ दूसरी बातचीत करते समय उसका मन पूछ रहा था, अचरज कर रहा था कि यह क्यों इस कीचड़ भरी कॉलोनी में अकेली रह रही है ? तब उसी ने कहा, "देखो तो, यहाँ रहते हमारे चार-पाँच साल के परिचय की ही याद कर तुम मेरे घर तक चली आईं। आज तक मुझे इस तरह ढूँढ़कर कोई भी दूसरा इनसान नहीं आया। दूसरों की बात रहने दो। मेरे गर्भ से जन्मा मेरा बेटा, पता नहीं कहाँ होगा ? उसको मेरी याद भी होगी या नहीं ? वह भी मुझे नहीं ढूँढ़ता; क्या करें ? सब हमारी सोच की तरह नहीं होता।"

"क्यों पापम्मा, वेंकटेश इस गाँव में नहीं है क्या ? तुमने हॉस्टल की नौकरी क्यों छोड़ दी ?"

"अपनी कहानी मैं बाद में कहूँगी, शांति से सुनना, मगर उसे कहती जाओ तो उसका अंत ही नहीं होता। तुमने हमारे वेंकटेश को देखा था न ? वह स्कूल जाने से कतराता था। मार-पीटकर उसे स्कूल भेजने की कोशिश की, मगर नहीं हुआ। वह बदमाश तायप्पा था न, उसी ने उसे बरबाद किया। मूर्ख बनी मैंने उस शौकीन आदमी से शादी की। फिर दिन बीतते-बीतते उसके पैसों का लालच इतना बढ़ गया कि अपनी सारी तनख्वाह उसके हाथ में दे देती, फिर भी उसे काफी नहीं पड़ता था। फिर···धीरे-धीरे किसी-किसी गिराक को लाकर धंधा शुरू कर दिया। उसमें कुछ ताकत नहीं थी, उस धंधे के लिए ही शायद उसने मुझसे शादी की होगी। खुद तो पीता, साथ उस वेंकटेश को भी खूब शराब पिलाता। मैं जब उसे मना कर झगड़ा करती, वेंकटेश भी उसके साथ मिल जाता। मेरी पिटाई करता, फिर मुझे यह कहकर छोड़ता कि देखो, तुझे पता नहीं कि इसका बाप कौन है, फिर भी इस पर इतना लगाव। धीरे से वेंकटेश ने भी पैसे चुराकर शराब पीना शुरू कर दिया। मेरे बेटे के सामने ही दूसरे मर्दों को लाकर मेरे साथ सुलाता था, अम्माजी। उन दिनों को याद कर मुझे लगता है कि मेरे लिए दूसरा कोई नरक नहीं बचा।

"उस दिन तुमने पोस्ट ऑफिस में पैसा जमा करवाया था न अम्मा। वह पैसा आया। मैंने सभी की आँख बचाकर वह पैसे लाकर घर में छिपाकर रखा था। सोचा था, अगले दिन बैंक में रखूँगी, अगले दस साल तक उसे बिल्कुल नहीं लूँगी। अंत में वह पैसा वेंक्टेश को भी मिले, इसे उसी के नाम से लगवा दूँगी। रात बीती, सुबह होते ही देखती क्या हूँ, मैंने जो पैसे रखे थे, वे हैं ही नहीं। वेंकटेश भी नहीं। तायप्पा से पूछा तो लड़ते हुए कहा कि तुमने वेंकटेश को पैसे देकर भेजा है, मैं माँगता हूँ तो कहती है कि पैसे नहीं हैं और मुझसे भी बैंक में जमा पैसे निकाल के देने की माँग करके तंग करना शुरू कर दिया। तब वेंक्टेश सिर्फ पंद्रह साल का

था, अम्माजी। उसने जो कपड़ा पहना था, उसके सिवा और कुछ भी नहीं लेकर गया। एक वही, पैसे उड़ाकर निकल गया। वही अंतिम बार था, उसके बाद मैंने अपने बेटे को नहीं देखा। पीना, गाँजा सब उसने तभी सीख लिया था। उसके बाद किसी ने मुझसे कहा कि मेरे बेटे को उन्होंने गुंटूर रेलवे स्टेशन पर देखा था। मैंने भी सब जगह उसे ढूँढ़ने की कोशिश की, मगर वह नहीं मिला। अब कहाँ होगा, कैसा होगा, मैं नहीं जानती। उसको ढूँढ़कर लाने की बात कहकर तायप्पा ने भी कुछ पैसे खाए। उसे ढूँढ़ने के लिए ही मैंने काफी पैसे गँवाए, अम्माजी। अंत में बेटा भी नहीं मिला, पैसे भी गए। जाने दो, वह पैसा मैंने बेटे के लिए ही तो जमा किया था। उसके नाम से ही खर्च हुआ। कभी-कभी यह शक भी होता है कि कहीं उस तायप्पा ने ही उसको पीटकर मारा होगा, उससे पैसा छीन लिया होगा।''

सूखी परती जैसी उसकी आँखों में आँसू भरे थे।

''तुम पुलिस थाने में शिकायत दर्ज करवा सकती थीं, पापम्मा?''

''शिकायत क्या करूँ? वह पापी पुलिस सप्ताह में एक बार मेरे कमरे के पास आती, तायप्पा से पैसे वसूलकर ले जाती। वेंकटेश के निकल जाने के बाद वह (तायप्पा) दिन-रात गिराक ले आता। तभी देखो, उसने मेरी हॉस्टल की नौकरी भी छुड़वा दी। उसने भी नौकरी छोड़ दी। दिनभर यही धंधा करता फिरता। पुलिस को अपना दोस्त बना लिया। मैंने पुलिस को पहले से देखा भी था, न अम्माजी। वे लोग हमेशा पैसेवालों का साथ देते हैं। खाली हाथ जाओगी तो तुम्हें भी पापी कहकर भेज देती है। मेरी इस जिंदगी की बात निकेतनवालों को भी पता चली। मुझे दुबारा बुलाने मेरे घर तक आए थे। मुझे खुद जुगुप्सा हो आई कि इस तरह का काम कर बदनामी ले आई। मैंने मना कर दिया। फिर उस तायप्पा ने भी शोर मचाया, कहा, 'वह मेरी बीवी है। देखता हूँ, आज उसे कैसे ले जाएँगे।' उसकी जबान से वे लोग भी डर गए।''

''वह अब कहाँ है?''

''अब कहाँ? मरकर नरक भुगत रहा है। मैं अपना सारा इतिहास भूलकर किसी तरह जी रही थी। वह कहाँ से आकर घिर गया था। पता नहीं, मरने तक रहने नहीं दिया, पैसे-पैसे कहकर तंग करता रहा। उसके कर्म से एड्स बढ़ गया, अभी ढाई साल पहले गुजर गया।''

''एड्स की बीमारी थी? ऐसा है तो तुम्हें भी परीक्षण करवा लेना था, पापम्मा।''

''दिखाने को क्या रहा, छोड़ो अम्माजी। वह मुझे उससे भी एक साल पहले

आ चुका है। उस धंधे में उलझने के बाद उसे मना कैसे किया जा सकता है? यह बात सभी को मालूम है। बीमारी की बात मालूम हो जाने के बाद भी उसने गिराक लाना बंद नहीं किया। वह मुझे नहीं छूता था। मेरे पैसे उठा लेता था। मेरे मरने से पहले जितना भी हो सकता था, उतना पैसा मेरी देह से लेने का उसने मन बना लिया था। अंत में वह खुद दुर्गंध से सराबोर होकर मर गया। मरते दिन भी यहाँ उल्टी-दस्त करके गंदगी फैलाकर पड़ा हुआ था। चिल्लाकर कह रहा था कि खूब 'शराब पीकर आए उस गिराक के साथ लेट जाओ। उससे मिले पैसों से मुझे एक बोतल ब्रांडी ला दो।' उस तरह कुत्ते जैसे मर्दों को देख-देखकर मुझे अपने इस औरत के जन्म से घृणा होने लगी है, अम्माजी। यह जानने के बावजूद कि मुझे इस तरह की बीमारी है, मेरे ऊपर आकर पड़े-पड़े उठने को तैयार न होते। इन नशावाले हरामखोरों को अपने घर के बीवी-बच्चों को भरमाने यहाँ आकर पड़े रहते हैं।'

''फिर भी तुमने पहले कितनी सारी मुसीबतें झेली थीं। औरों को हिम्मत देती थीं। अब मुझे इस बात का आश्चर्य होता है कि तुमने ये सब कैसे सहा?''

''तब हिम्मत के साथ सामना करके क्या हुआ? कुछ नहीं। अपनी तरफ से गलती करने पर हमें हिम्मत नहीं रहती, डर भी बढ़ता है। इस बार वेंकटेश मेरे साथ था। मैंने इस उद्‌देश्य से कि अपनी गलतियों से उसे कष्ट पहुँचना नहीं चाहिए, सबकुछ सहती रही, मगर क्या-क्या हो गया। मैं भी चुप नहीं रहती थी। उसने मुझे भी पीना सिखा दिया था। पीकर मैं उसकी बेबाक पिटाई करती थी। मैं जब गुस्सा होती थी, तब वह मुसकराता चुप रह जाता था। वह इतना बेशर्म था कि उसे जरूरत पड़ने पर मेरे पाँव भी दबा देता। मुझे छोड़ा नहीं उसने, बस मैं जब कहती कि चली जाऊँगी, मुझे धमकाता। कहता, पुलिस को सब मालूम है। कहकर अंदर करवा देता हूँ, सबसे कह दूँगा कि तुम्हें बीमारी चढ़ी है। पहले मुझे यह बीमारी नहीं थी। बेटे पर ममता थी। बिना पुरुष के जीती थी। अब इस गंदे धंधे में मैं खुद गले तक डूबी हूँ तो कैसे इससे बाहर निकलूँ?''

हमारी बातचीत चलती रही कि तब तक शाम हो गई। आकाश लाल मिट्टी से पुता सा लाल-लाल हो गया। कुछ लोग लड़खड़ाते-झुकते सड़क पर आने लगे। ''अम्मा, अब आपके लिए यह जगह बैठने लायक नहीं। नरक नाम की कोई चीज है तो वह यहाँ रात में दिखाई देती है। नहीं, उधर बस स्टैंड चलते हैं, चलो। लास्ट (अंतिम) बस रात के साढ़े सात बजे की है। उसमें आपको चढ़ाकर मैं लौट आऊँगी।'' कहती वह उठी। मकान को ताला लगाने से पहले उठकर गई और अपना ब्लाउज ठीक करती हुई लौटी।

उसके घर से बस अड्डा एक मील की दूरी पर था। संध्या का अँधेरा शुरू होते-होते दुर्ग की चहल-पहल तेज हुई। पीकर लड़खड़ाते कुछ लोग वाद-विवाद में डूबे थे। अलंकृत होकर खुशबू फैलाती महिलाएँ जहाँ-तहाँ इकट्ठी हो रही थीं। बच्चे अपने लोक में डूबे थे। हर कहीं एक मोल-भाव करने का, रहस्य का, परदे के पीछे की तरह पीछे हटते चेहरे। जल्दी का व्यवहार, अदृश्य व्यापार, वहाँ बूढ़े नहीं थे। पैसों का जोर, बाहुबल, जाँघों का बल, सबकुछ खोनेवालों के लिए उन्माद के झूठे राजमहल में कोई जगह नहीं थी। मैं पापम्मा के प्रश्नों का जवाब देती जा रही थी, मगर मेरा मन चारों तरफ जाग्रत था। चलते-चलते मैंने पूछा, ''वह तो ठीक पापम्मा, अब तुम्हारा कौन सा पेशा है?''

''क्या कहकर बताऊँ? मैं अब दूसरी तरह का काम कर रही हूँ। यहाँ एक संघ है। धंधा करनेवाली औरतों को वह लोग एड्स से दूर रखने के तरीके सिखाते हैं। अकस्मात् आ जाने की हालत में जीने का तरीका सिखाते हैं। खून की जाँच करवानी है। निरोध इस्तेमाल करना चाहिए। बढ़िया खाना खाना चाहिए। आगे के लिए चार पैसे बचाकर रखने चाहिए। बीमार लोगों को यह सावधानी बरतनी चाहिए कि उनके बच्चे पैदा न हों। बच्चों को पढ़ाने भेजिए, भीख नहीं माँगने दीजिए। इस तरह काफी कुछ सिखाते हैं। मैं भी उस संघ में शामिल हो गई हूँ। उस तरह की औरतों के पास जाती हूँ। उन लोगों से अपनी कहानी कहती हूँ। उन्हें समझाकर कहती हूँ कि आप लोग भी वह रास्ता नहीं अपनाएँ। उनसे अपने आपको बचाने का तरीका मैं उन्हें समझाती हूँ। मुझे लगता है कि उन लोगों को बार-बार समझाने से ही मेरा दुःख घटा है।''

''पापम्मा, मैं इतनी सारी पढ़ाई कर, कमाकर, अभी तुमने कहा न, उन्हीं बीमारों की देखभाल करनेवाली संस्था में जाती हूँ। आज भी उसी से जुड़े एक कॉन्फ्रेंस के लिए ही मैं यहाँ आई हूँ, मगर कुरसी पर बैठकर मैं इन बीमार लोगों को जो उपदेश देती हूँ, मुझे कई बार लगता है, इन लोगों तक मेरी बात पहुँचती ही नहीं। तुम उन लोगों के पास जाती हो, हिम्मत देती हो और इन्हें समझाती हो कि बीमार होने से कैसे बचे रहें। सच, तुम्हारा ही बड़ा काम है।''

''इस बीमारी के आगे मुझे पता नहीं, कौन बड़ा या छोटा है अम्माजी। कैसे-कैसे लोगों को यह लग गई है। छोटे बच्चे, जवान, गरीब, अमीर सभी जातवाले लोगों में यह बीमारी है। मैं उस संघ की मीटिंग में देखती रहती हूँ। जब हम देखते हैं कि कितने लोगों तक यह बीमारी फैली है, सच में डर लगता है। डॉक्टर ने पहली बार जब मुझे यह बताया कि मुझे यह बीमारी है, छाती धक् से रह गई थी।

क्या करती, मरने की हिम्मत नहीं पड़ी, इसलिए बच गई। अब इन सब बीमारों से मैं यही कहती हूँ कि आपको औरों जैसे जीना चाहिए। मरने की सोच छोड़ देनी चाहिए। सभी को कभी-न-कभी मरना ही पड़ेगा। मगर तब तक हमें अपनी जिम्मेदारियाँ पूरी करनी होंगी। कहना-सुनना सब अलग रखो। बाहर के लोग इस बीमारी की बात सुनकर हमें कुत्ते से भी बदतर समझते हैं। मरने से खराब नहीं लगता, मगर लोगों से गंदी गाली सुनकर बहुत खराब लगता है। हत्यारे इनसान से भी बदतर नजर से हमें देखते हैं।''

''तुम जिस संस्था में जाती हो, आज उस जैसी अनेक संस्थाएँ बन चुकी हैं। वे लोग अदालत के दरवाजे जाकर, ऑफिस जाकर उससे जीने का हक माँगकर लड़ रही हैं। पापम्मा, उस तरह के लोगों के लिए तुम जैसे लोगों की सेवा, सहायता की बहुत जरूरत है।''

''जीने का हक मिल सकता है, मगर जिंदगी कहाँ मिलेगी? आजकल मुझे ऐसा लगने लगा है कि जन्म लेते ही इस बीमारी का शिकार होनेवाले बच्चों को देखकर बहुत दुःख होता है। बड़े-बूढ़ों ने तो जिंदगी देख ली है। हमारे संघ में इस तरह के बीस बच्चे हैं। उनसे मेरा खूब लगाव है। माता-पिता दोनों को खोए अनाथ बच्चों को देखकर जी जलता है। मेरे बेटे का अभाव इन बच्चों ने ही घटाया है। हमारा संघ चलानेवाली मैडम हैं। वे शायद इस तरह के बच्चों का ही एक हॉस्टल बनानेवाली हैं। उन्होंने मुझे कह दिया है कि तब तुम ही प्रमुख रहोगी।''

''पापम्मा, उन अनाथ बच्चों को प्रेम देकर तुम बहुत अच्छा काम कर रही हो। तुम्हारा नाम पापम्मा है, बस, अब तुम्हारा कोई पाप नहीं है। सब गल गए होंगे। देखो, तुम्हारे ये पुण्य कार्य अनमोल हैं।''

''मैं यह अनमोल वगैरह कुछ नहीं जानती, अम्माजी। बस चाहती हूँ कि मेरे जैसा हाल दूसरों का न हो। हमारी बात का क्या प्रयोजन निकलेगा, मैं नहीं जानती। समझो वे औरतें हमारी बात मान भी लेंगी, तब भी गिराक उन्हें नहीं मानते। कहते हैं, निरोध को मना करोगी तो ही हम अंदर आएँगे। वहीं पर टहलते रहते हैं वे हरामखोर लोग। वे लोग कई बार तो हमारे संघ के लोगों को पास आने भी नहीं देते। हमारी मैडम को आपको देखना चाहिए। वह अम्माजी, सच में पुण्य का काम कर रही हैं। मुझे पता नहीं था कि उस तरह की महिलाएँ भी होती हैं। कहती हैं, तुम भी उस बीमारी का काम ही करती हो। उनसे एक बार मिलो तो। अपने पर्स से पिस्तौल निकालकर दिखाकर डराने की उनमें हिम्मत है। वे रहेंगी तो हमारा काम आसान हो जाता है। वह अभी संघ का ही चार सौ-पाँच सौ लोगों के ठहरने योग्य

एक हॉस्टल बनवा रही हैं। उस बीमारी से ग्रस्त लोगों को बिना थके करनेवाले काम सिखाती हैं। हमारे निकेतन में सिखाते थे न उस तरह। औषध भी मुफ्त देती हैं वे मैडम। उनका यह संघ नहीं होता तो हम जैसी औरतों को मल के कीड़े जैसे मरना पड़ता। देखो, मुझे एक ही बात का दुःख है। उन हमारी मैडम जैसी मैडम को ही शायद यह बीमारी लगी है। यह बीमारी उन जैसों को नहीं होनी चाहिए। सैकड़ों लोगों को वे जिला रही हैं।''

''पापम्मा, अभी-अभी तुमने ही कहा कि पैदा होने के बाद मरना है ही। उतने में देखना कि चार लोगों का उपकार कर उन्हें जीने योग्य बना सकते हैं क्या? बस, वे भी बीमार हैं, इससे दूसरों के दुःख-दर्द अच्छी तरह समझती हैं। दूसरों को पार लगाने की उनकी अच्छी सोच है। उन्होंने अभी जो काम शुरू किया है, वह यहीं पर बंद नहीं होता। तुम या तुम्हारी तरह कोई दूसरा इनसान उसे आगे बढ़ाते हैं। बस, इतना ही।''

इस तरह की बातचीत करने में समय कितना बीत गया, पता ही न चला। अंत में बस अड्डे पर आकर खड़ी थी। जल्दी से बस में चढ़ी, मुझे विदा करते उसने अपने ब्लाउज के अंदर हाथ डालकर एक लिफाफा बाहर निकाला। हाथ आगे बढ़ाकर उसने कहा, ''तुमसे मैंने पैसे लिये थे, लौटाया नहीं था। लो अब मुझे पैसों की तंगी भी नहीं। उतना जरूरी भी नहीं। बुरा मत मानना, कई सालों बाद दे रही हूँ।'' मैंने खिड़की के बाहर सिर निकालकर कहा, ''पापम्मा, तुमसे पैसे वसूल करने के लिए आज ढूँढ़कर तुमसे मिलने नहीं आई। जल्दी ही अपने पति और बच्चों को लेकर आऊँगी। यह सब रखो।'' कहकर अपना विजिटिंग कार्ड उसके हाथ में देकर दबाया। उसने यह कहते हुए कि ''अम्माजी, मना नहीं करना। मैं नहीं चाहती कि तुम्हारे पैसे नहीं लौटाने की बात मुझे सालती रहे। मैंने पूरे पैसे नहीं दिए हैं। मेरे पास जितना था, उतना ही दिया है। तुम चुपचाप ले लो।'' कहकर अपने हाथ से वह लिफाफा खिड़की से मेरे आँचल में डाला। देर होने के अंदाज से निकलने के इरादे से बस कंडक्टर ने ''रै-रै'' कहते हुए सीटी बजा दी।

अनुपमा वास्तव में डॉक्टर हैं। होन्नावर उत्तर कन्नड़ जिले का एक टाउन है। उससे थोड़ी दूर ऐसी लोगों को आवश्यक जगह जहाँ पर आपको कूरियर की सुविधा भी उपलब्ध नहीं होती। वहाँ नर्सिंग होम खोलकर चिकित्सकीय सेवाएँ उपलब्ध करा रही हैं। जहाँ मानवीय संवेदना अपने तीव्रतर स्वरूप में रहती है, वह सृजनात्मक

स्वरूप लेकर लेखनी का सहारा चाहती हैं। समाज के निम्न वर्ग की महिलाओं, उनकी पीड़ा और उनके दुःख-दर्द को निकट से पहचानकर उनके परिहार के लिए डॉ. निरुपमा तड़पती हैं। उनका कथा साहित्य इन्हीं बिंदुओं पर उजागर होता है। कहानी सत्य कथा भी है। अंदर की भावनाएँ उनकी संवेदना से रसपूर्ण बनती हैं, पाठक को सोचने के लिए मजबूर करती हैं।

स्त्री विमर्श की एक सहज कहानी 'काँटों बीच फूल' इसी अभिव्यक्ति का एक नमूना है।

□

भंगरा

–मोगल्ली गणेश

चलुवा का भंगरा संडास के गड्ढे में गिर गया था, जिससे उसकी आँखों में आँसू भरे थे, वह बहुत दुःखी था। वह बरामदे की दीवार से अपने को सटाकर आँसुओं से अपना चेहरा पोंछते, काफी देर अपने एक पाँव पर ही खड़ा था। दादी की पुरानी साड़ी काटकर उसने अपने दादा से उसका धागा बनवा लिया था। उस धागे को भंगरे पर बाँधकर अपने ओसारे की मिट्टी चूनेवाली जमीन पर चलाता, भंगरे की गुंय वाली आवाज को अपनी आवाज समझकर कान देकर उसी में डूबा रहता और खुश होता था। वह रंग–बिरंगा भंगरा हरे–सफेद–केसरिया रंग से पुता था, अब चेलुवा की किस्मत बुरी थी या वह एक दुर्घटना थी या उस बस्ती के लोगों की बदकिस्मती कि घर के पिछवाड़े शादी के समय बने संडास के गड्ढे में भंगरा उलट गया था।

दुःखी होकर चलुवा पिछवाड़े आया, वहाँ पेड़ पर हजारों आँखों से कोंपलें निकली थीं। हरे रंग से सुशोभित होकर आँखें चौंधियाते उस तमाल वृक्ष पर वह चढ़कर बैठ गया। उस ऊँचाई से उसे अछूतों की पूरी बस्ती दिखाई दे रही थी, बस्ती इतनी अस्त–व्यस्त थी कि फटे चीथड़ों की तरह छेदों से भरी, गंदी–मटमैली सी दिखी। ध्यान में लीन मौनी बाबा की तरह शाखा पर बैठकर उन तमाल के फूलों पर घुमड़ते छोटे–छोटे कीड़ों को ही चूमनेवाले की तरह देखा। तब भी उसके सिर में भंगरे का घूमना ही दिखाई दे रहा था। कुछ भी कर उसे बाहर निकालना होगा। बार–बार भंगरे को खरीदना फिर से संभव नहीं होगा। उस तरह का भंगरा फिर कभी नहीं मिलेगा। पता नहीं बाबा को इतना गुस्सा क्यों आता है? इस बात से वह और भी दुःखी हुआ। तभी उसने देखा कि कूड़े के ढेर में

से, गुस्से से भरे कुछ कुत्ते तेजी से, काँटों की झाड़ी की तरफ से पी ई करते चले आ रहे थे। एक तरफ कुत्ते भौंक रहे थे तो दूसरी तरफ से 'कूव' की ही आवाज सुनाई पड़ी। वहाँ पर एक सुअर था। कुत्ते उसका पीछा कर रहे थे। वह सुअर डरा हुआ था, उसको लगा कि कुत्ते उसे काट खाएँगे, उसने आगे-पीछे मुड़कर भी नहीं देखा। 'कुंय्यो' कह भयंकर आवाज देकर भाग आया, आकर संडास के गड्ढे में धड़ाम् से गिर गया। चलुवा को बहुत बेबसी महसूस हुई। तो वह "हाय! सुअर टट्टी में गिर गया" कहते पेड़ से नीचे उतरकर भागता हुआ आया। आकर घर में अपनी माँ से कहा, "अम्मा, किसी का सुअर आकर हमारे पिछवाड़े की टट्टी के गड्ढे में गिर पड़ा है।" उसकी माँ ने 'हाय रे' कहा और फिर "पता नहीं, किसके घर का सुअर होगा, उसे हमारे पिछवाड़े के टट्टी खाने में ही आकर क्यों मरना था? उसे और कहीं क्यों जगह नहीं मिली?" कहकर उसने बाहर आकर देखा। उसे बहुत जुगुप्सा महसूस हुई। उसने मन में ही सोचा कि इस घर के मर्द भी इतने कठोर होते हैं कि क्या करें, उनसे कहकर इस टट्टीखाने को बंद भी नहीं करवा पा रहे हैं। फिर दुःखी होकर उसने चलुवा से कहा, "अरे चेलुवा, तुम्हारे बाबा होटल में बैठे होंगे, जाकर उन्हें बुला ला। वह किसी तरह उसे बाहर निकाल दें।" फिर "और किसी से मत कहना। नहीं तो फिर उस वजह झगड़ा पैदा हो सकता है। होशियार···!" कह उसे भेजा।

अपने रंगीले भंगरे की यह हालत देख चेलुवा बहुत दुःखी हुआ। उसको चिंता थी कि अपने भंगरे में धागा बाँध वह फिर कभी नहीं खेल पाएगा। उसने यह सोचा था कि लोग कभी तो बाहर इधर-उधर कहीं जाएँगे, तब वह संडास के गड्ढे के ऊपर बिछे नारियल के पत्ते हटा देगा और सलाख की नोक से भंगरा बाहर निकाल लेगा। अब उसकी वह छोटी सी आस भी टूट गई थी। वह सुअर टट्टी के बीच उछल-कूद करके भंगरे के निशान को भी खत्म कर देगा। सुअर को ये लोग जब उठाएँगे, समझ लो, भंगरा किसी के हाथ लगा, तब भी नहीं लगता कि बाबा उसे दे देंगे, यह सब सोचते हुए वह होटल पर पहुँचा। अपने बाबा को गल्ले पर ढंग से बैठे देखा तो वह अपने दादा गुंजारय्या के पास सीधे चला गया, उसे गड्ढे में गिरे सुअर की घटना बताई। गुंजारय्या ने घबराकर उसकी तरफ देखा, फिर भजिएवाली कड़ाही में बेसन देकर, "रे, तू सच बोल रहा है न, मजाक तो नहीं कर रहा? बता, वह उसके अंदर कैसे गिरा, बड़ावाला है या छोटावाला?" कह पूछा। "बापू, जल्दी आ, यहाँ बैठे रहोगे, तो फिर वह खत्म हो जाएगा" कह चलुवा बेचैन हुआ। उसको लग रहा था कि जल्दी से

आकर कुछ करेंगे और सुअर निकालेंगे, तब भंगरा भी मिल सकता है। दादा ने भी कहा, ''रुक जा, जरा एक पारी भजिए पका आ जाऊँगा'', चेलुवा भी गुस्से से घर के पिछवाड़े लौट आया। वहाँ पर तमाल के पेड़ तले बैठकर उस मरते सुअर की कल्पना करने लगा। बापू की लंबी मूँछों की आड़ में सुअर की बात पता चलने पर क्या होगा? अपने भंगरे की हालत पर सोचकर उसे बहुत दु:ख हुआ और वह आसमान की तरफ देखने लगा।

भजिए पकाने के बाद ही चलुवा का दादा गुंजारय्या पिछवाड़े आ सकता था। जल्दी-जल्दी अधपके भजिए को ही कड़ाई से निकालकर उस संडास के गड्ढे में गिरे सुअर के बारे में सोचा। अब वह भजिए की दूसरी पारी पकाकर निकालना चाहता था, इसलिए उसने बेसन कड़ाही में डाला, हाथ भी जला लिया। पिछली बार तिप्पे गौड़ा का गाँव भर घूमनेवाला भैंसा चरते-चरते आकर संडास के गड्ढे में गिर गया था तो उसे बाहर निकालने में बहुत मेहनत लगी थी। वह जुगुप्सा, बदबू और वह असह्य दृश्य याद आया। इस टट्टीखाने को बंद करवाने की योजना तो बहुत बार बनी थी, मगर बड़े बेटे चिक्कण्णा के कारण वह हो नहीं पाया था और इस तरह योजना खाली गई थी। उस संडासखाने के बारे में, अब तक बहुत सारी शिकायतें आ चुकी थीं। उस दिन, जब तिप्पे गौड़ा का भैंसा गड्ढे में गिर पड़ा था तो दस लोग आए थे, रस्सा जोर से बाँधकर एक चट्टान की तरह उस भैंसे को खींचा था। तब से वह गड्ढा भी दुगुने साइज का हो गया था। फिर वह भैंसा पूरा एक दिन उसी में पड़ा रहा। उससे वह जल्दी ही मर गया था। सच में देखने पर उसको बाहर निकालने के लिए अपनाए गए हिंसात्मक तरीकों से उसे बहुत दर्द पहुँचा था और वह मर गया था। उस तरह वह मरा था तो तिप्पे गौड़ा ने मुआवजे में पैसा माँगा था। तब चिक्कण्णा ने गुंडे की तरह बात की और कहा था, 'अरे गौड़ाजी, हमने पाखाने को थोड़े ही सिखाया कि वह अंदर खींच ले। हमने थोड़े ही कहा है कि इन-इन लोगों के भैंसे, भेड़-बकरी आएँगे, उनको खींच ले। आपके भैंसे के दिमाग होता तो यहाँ कूड़े के पास आता ही क्यों? यह भी अच्छी बात हुई। हमने अपनी सुविधा के लिए संडास बनवाया, यहाँ आकर मरा। उसके लिए हम कैसे जिम्मेदार हो गए? कोई दंड शुल्क वगैरह कुछ भी नहीं देंगे जी, इस तरह रोब से कहकर उसे भेजा था। तब से भी इस पाखाने का लंबा इतिहास ही बना हुआ है। गाँववालों ने उसको पाखाने पर कुछ चादर वगैरह बिछाने की, पत्थर की पट्टी से ढकने आदि सलाह दी, मगर अब तक कुछ भी बनवा नहीं पाया था। भैंसे की वजह

से गड्ढा बहुत बड़ा हो गया था। मिट्टी धँसी हुई थी, खराब हो गया था। इससे उतनी चौड़ी जगह पर पत्थर, लोहे की चादर बिछाकर चिक्कण्णा वही बंद करवा नहीं पाया था। नारियल के पत्ते आसानी से मिल जाते हैं। अब बिछाए था। इसके बाद ही कई तरह के तमाशे खड़े हुए, दुर्घटनाएँ होने लगीं।

बाद में वहाँ यालक्कय्या आया और उसने गौड़ा के भैंसे को देखा, खूब गरम पानी देकर उसे धुलवाया, उसको काटा, टोकरी भर मांस लेकर गया था। यह बात सुनने के बाद तो गौड़ा और ज्यादा चिढ़ गए थे। गाँव भर यह बात सुनाई पड़ी कि इन अछूत लोगों ने जान-बूझकर मेरे भैंसे को पाखाने में गिराया, खाने के वास्ते यह सारी करामात करवाई है। भैंसे का मांस बहुत लोगों को खाने के लिए मिला था, इससे किसी ने उन बातों की तरफ ध्यान नहीं दिया।

कुछ दिन बाद शहर के पढ़े-लिखे लड़के मजाक में 'चिक्कण्णा का पाखाना भैंसे का खड्डा है।' कहते मजाक करते रहते थे। चिक्कण्णा ने उस पर भी ध्यान नहीं दिया। तेल में भजिए तलते हुए गुंजारय्या ने ये सब बातें याद की थीं तो उसे वह बड़ी कडाही ही पाखाने के गड्ढे सी लगी और उसे उल्टी सी आई। "धत् इसकी अम्मा की! यह तेल ठीक नहीं है, तेल में देकर कितनी देर हो गई, अभी तक नहीं पका।" कहते हुए आग तेज की। किसी तरह पकाकर फिर अपने बेटे चिक्कण्णा से गुप्त रूप से बात बताकर वह पिछवाड़े चला आया।

चेलुवा को लगा कि अब दादा से भंगरे की बात भी कह देनी चाहिए। फिर उसने नहीं कही और कहा, "अब इस सुअर को बाहर निकालें कैसे?" गुंजारय्या ने गड्ढे के ऊपर बिछे पत्ते सरकाकर देखा। तब सुअर ने एक बारगी छलाँग लगाकर ऊपर आने की कोशिश की, मगर फिर फिसलकर गिर पड़ा और कराहने लगा। उसकी छलाँग से गुंजारय्या की नाक पर एक दाने के आकार की टट्टी का छींटा आकर मक्खी की तरह अटक गया। साधुता से रहनेवाला गुंजारय्या बहुत चिढ़ गया, अपमानित महसूस किया। धर्मराज ने जिस तरह स्वर्गारोहण की अंतिम सीढ़ी पर अपनी कनिष्ठिका को नरक में डुबोया था, गुंजारय्या ने भी सोचा कि उसके साथ भी ऐसा ही कुछ हुआ है। उसने एक पत्ता लेकर नाक से छींका। फिर वापस आकर, 'मरने दे, उसको वहीं' कह गाली देकर, सोचा कि यह सारा व्यवहार बेटे पर छोड़ना ही ठीक रहेगा और इतना सोच वह होटल लौट आया।

चेलुवा अब निराश हो गया और उसे लगा कि अब कभी भी उसका भंगरा उसे नहीं मिलेगा। इस तरह सोचते हुए उसने अनजाने ही अपने भंगरे का धागा अपनी उँगलियों पर बाँधकर रो दिया। उसे अचानक, वह सुअर, पाखाना और

गाँव की सारी घटनाएँ हरिकथावाचक के वराह अवतार सी लगीं, इससे उसे डर लगा और व्याकुल हुआ, अपने आपमें उसे पीड़ा-सी लगी। गड्ढे में गिरकर सुअर ने चेलुवा के भंगरे के सारे निशान मिटा दिए थे। वह उस भंगरे को चूने-मिट्टीवाली जमीन पर चलाता था तो उसकी वह आवाज प्रतिध्वनित होती थी। तब गली के बच्चे उसकी सुंदरता, उसकी चमक, घूमने का तरीका आदि देखकर जलते और तब चेलुवा खुशी में डूब जाता था, अब उसका कोई निशान भी नहीं बचा था। इससे चेलुवा को अपने बाप पर चिढ़ हो आई।

"वह बेवारिस मरता भी नहीं, मेरे भंगरे के साथ भी उसने यही किया। उस दिन कुदाल लेकर मेरे तीनों भंगरों को छील कर आग में झोंक दिया। दूसरा एक भंगरे को लेकर आँखों से दूर कहीं फेंक दिया। आज फिर "कहाँ है तुम्हारा भंगरा ले आ इधर··· तुम्हारे हाथों में फिर कभी भंगरे को देखने पर तुमको ही छील डालूँगा," कहते हुए छीन लिया, डाँटकर पाखाने के गड्ढे में फेंक दिया। ···इस तरह बहुत बातें सोचते हुए वह तमाल के पेड़ पर चढ़कर बैठ गया, वहीं से पाखाने का गड्ढा देखते गुनने लगा। जिस-तिस की मुरगी, भेड़ आदि इस गड्ढे में गिरकर मरे थे, तब झगड़े हुए, बाप ने विकृत रूप से चिल्लाकर फटकारा था, चाकू लाकर उन लोगों को डराया-धमकाया था, वे लोग तब चुप हुए थे। चेलुवा को वे सब बातें याद हो आईं। भंगरे का गिरगिट की तरह घूमने को लेकर उसका मन और सिर शरीर भर भगभगाते हुए घूमने लगे। इस बीच घटी घर-परिवार की सारी घटनाएँ उसकी आँखों के आगे घूमने लगीं, उसे बहुत पीड़ा सी होने लगी और वह बेचैन हो गया।

यह पाखाना, जो चिक्कण्णा के घर के पिछवाड़े बना था, यह गाँव के लिए ही पहला, आधुनिक व्यवस्था के नतीजे के रूप में बना था। छोटे भाई शांतराज की शादी होनेवाली थी। मैसूर से बहू लाई गई थी। रिश्तेदार और महिलाएँ सभी लोग आए थे। उन सब लोगों को प्रसाधन की सुविधा देने के लिए यह पाखाना, तभी बना था। भारी शानदार भोजन की व्यवस्था हुई थी। भोजन के बाद महिलाओं के विसर्जन से ही पाखाना भर गया था। वैसे देखा जाए तो आधुनिक तरीके से ही पाखाना बना था, मगर ड्रेनेज की जगह यहाँ पाखाने के बाहर काफी दूर एक बहुत बड़ा गड्ढा बना दिया गया था, जिसमें सारी टट्टी जाकर गिरती थी, मगर हुआ यह कि शादी के अगले दिन ही टट्टी से पाखाना भर गया, भयंकर बदबू से शादीघर भर गया, सभी की शांति की परीक्षा सी होने लगी। उस दिन-रात को एक ऐसी घटना हुई कि लड़की के घरवालों में से एक कोई ऐसा इनसान

भी आया था कि उसने किसी गैर-औरत के साथ रात को लैंगिक संबंध जोड़ना चाहा। इसलिए योजना बनाकर उस रात पीछेवाले पाखाने के पास वह अनजाने गया, वहाँ पाखाने में फिसलकर गिर पड़ा। किसी तरह बच तो गया, मगर उसके पाँव टट्टी से लद गए। सभी के लिए वह एक हास्य वस्तु बना। अब उसने ही एक तर्क रखा, कहा, ''रंगप्पाजी, मैंने आपसे कितना जोर देकर कहा था कि इन साधारण से गाँवों में हमें लड़की का ब्याह नहीं रचाना चाहिए, मगर क्या करूँ, यह हलका फादर इन का है न, उसने मेरी एक न सुनी। कोई भुतहा आकर मुझे पाखाने तक बरबस खींचकर ले गया और पाखाने में धकेलने की कोशिश की। बाइचांस अपने को छुड़ाकर भाग आया। धत्, कैसी बदबू! पता नहीं, ये गाँववाले क्या खाते होंगे। इन भूत-पिशाचवाले परिवारों में हमारी लड़की नहीं देनी थी।'' उसके लिए अपमान असहनीय बना था तो लड़केवालों को बेबाक गाली दे रहा था। उस समय उस गाँव के पियक्कड़ों में से चैंपियन अतारी था। वह लड़कीवालों से मार-पीट करने आगे बढ़ा। झगड़े-मार-पीट वाली नौबत आ पहुँची। तब अंत में वह दूल्हा खुद चला आया। हाथ जोड़कर उसने क्षमा माँगी तो तब कहीं वहाँ शांति बनी।

इस तरह की दसों घटनाओं से जुड़ी पाखाने की बातें गुंजारय्या के मन तिर रही थीं, अछूतों की बस्ती के इतिहास के पन्ने खोल रही थीं। सुअर के गिरने की खबर सुनकर चिक्कण्णा बहुत खुश हो गया। उसे लगा कि बिन माँगे उसका भाग्य खुल गया। वह इस बारे में योजना बनाने लगा। वहीं घर की महिलाओं को लगा कि यह कोई अपशकुन है। चेलुवा की अम्मा, पता नहीं क्यों घबरा गई और बेटे को पुकारा। हरिकथा की कहानी उसे भी याद आ गई, उसने कहा, ''हे, भगवान कह रहे थे न कि भगवान सुअर के भेस में आ उतरेंगे। कहते हैं, राक्षस को मारने के लिए वे इस अवतार में आए थे और मन की सारी बातें बाहर निकलवाई थीं··· '' अस्पष्ट रूप से उसे बात स्मरण आ रही थीं। ''रे चेलुवा, चेलुवा, आओ रे, तेरे मुँह लगे मेरा खून, कहाँ हो'' कहते हुए जोर से चिल्लाई। यह अम्मा कभी भी इस तरह नहीं चिल्लाती, आज यह क्या हो गया, सोचते हुए चेलुवा घर में आया और 'क्या है, अम्मा' कहकर पूछा। दरवाजे की तरफ से पाखाने की गंध धीरे से घर-अंदर फैलकर आ रही थी। चेलुवा ने अपनी नाक बंद की।

दु:ख की बात यह थी कि चेलुवा को अपने भंगरे के मिलने की कोई संभावना नहीं रह गई थी। ''उस पाखाने की तरफ मत जा। सिलेट ला, ओसारे में जाकर बैठ और लिख। कौन कहता है कि छुट्टी में नहीं पढ़ना चाहिए।''

चेलुवा के कानों में यह बात पड़ी। होटल के स्नेक्स के लिए उसकी माँ कुछ-कुछ बना रही थी। चेलुवा गली में चला आया और वह सब खाने लगा। वह गुणाकार करने लगा कि बाबा सुअर को कैसे बाहर निकालेगा, उठाते समय उसे भंगरा मिल जाए तो वह क्या करेगा? उसको कुछ भी उपाय नहीं सूझा। उदास चेहरा लिये उसने सोचा, 'मेरे भंगरा खेलने से इनका क्या नुकसान?' सुबह सड़क पर जब वह भंगरा खेल रहा था, तब उसका बाप डंडा लेकर आया, फट् से उसे मारा उसके हाथ से भंगरा छीनकर ले गया और उस पाखाने में उसने फेंक दिया था। चेलुवा की आँखों में उसका बाप ही एक राक्षस बनकर आया था। आज उसी तरह उसकी अपनी माँ, दादी, बुआ आदि के उदास चेहरे सामने आए और उसे लगा कि ये लोग किसी भयानक रोग से तड़प रहे हैं। अपनी माँ की बात टालकर वह होटल चला आया। वहाँ पर परमानेंट ग्राहक की तरह अतारी को अपने बाप के साथ टिके हुए देखा। सुअर को बाहर निकालने को लेकर क्या निर्णय लेनेवाले होंगे, चर्चाएँ होंगी आदि को जानने का कौतूहल चेलुवा को था, मगर उसके वहाँ पहुँचने तक काफी चर्चा हो चुकी थी। चिक्कण्णा और अतारी ने मिलकर योजना बना दी थी, वे लोग सुअर को हड़पने का निर्णय कर चुके थे, मगर गड्ढे में पड़े सुअर को नहीं मार पा रहे थे। पाखाने में उसे मार ही नहीं सकते थे। सुअर की नस्ल के जानवर 'आसान तरीके' से प्राण खोते नहीं। उसको भोंककर, चुभाकर मारने की यदि कोशिश करते तो फिर गाँव में सभी लोगों के आगे बात खुल जाती, फिर उस सुअर के मालिक को खबर लग जाती और इनकी योजना चौपट हो जाती। फिर सोचकर वे लोग एक निर्णय पर पहुँचे।

शाम तक सुअर को पाखाने में पड़े रहने देंगे। तड़प-तड़पकर जब वह मरने को होगा, तब बरछी उस पर भोंकनी चाहिए, उस पर भी वह यदि नहीं मरा, तब हमें पाखाने के अंदर उतरकर रस्सा लेकर उसे बाँधना होगा और आगे की काररवाई करनी होगी। चेलुवा ने अंतिम स्तर की ये सारी बातें सुनीं। उसने अपने भंगरे के साथ सुअर की मृत्यु की कल्पना की। उसको इतना तो मालूम करना ही होगा कि उसको मारनेवाला कौन होगा? उसके दादा ने इस कष्टसाध्य योजना को गलत कहा। तब चेलुवा को लगा कि उसका अपना दादा ही मात्र ठीक है।

फिर होटल में ग्राहक आए-गए। भजिए खाए। चाय पी। इधर-उधर की बात कर, अंत में गरमी को दोष दिया। यह कहकर कि इस बार भी बारिश ढंग से न होगी, निराश हुए। इसी तरह वहाँ पर आए हर एक इनसान ने "छिह! यह कैसी बात है, इस तरह की गंध आ रही है। तुम्हारे यहाँ आज कहीं कुत्ता तो नहीं

मरा? थूह आज बहुत बुरी बास आ रही है, चाय मुँह में नहीं डाल पाते,'' कहा था। इस तरह रोज की घटनाओं के बारे में बात कर वह अपने-अपने व्यवसाय के लिए निकल गए। तभी ताप के घटने की सूचना मिली।

□

अतारी ने योजना के हिसाब से सारी तैयारी कर ली थी। एक घड़ा भर शराब बाजार से ले आया था। उसे पिछवाड़े में ही रखा था। उनका यह तर्क था कि पहले खूब शराब पी लेंगे, नशा चढ़ने के बाद ही वे काम करना शुरू करेंगे; क्योंकि टट्टी की उस दुर्गंध के बीच से सुअर को उठाना बहुत ही मुश्किल काम था। नशे में धुत्त होने पर किसी भी गंध की परवाह नहीं रहती, काम किया जा सकता है। उसके इस निर्णय पर चिक्कण्णा की शाबाशी भी मिली थी, फिर सबकुछ तैयार हो गया। घर के लोगों को यह योजना पसंद नहीं आई, मगर उनकी बातों पर कोई ध्यान देता न था। छिपकर काम करने के उद्देश्य से दोनों पीने लगे। चेलुवा ने चोरी-छिपे सब देख लिया था। पाखाने में उतरते इनसानों को देखने के कौतूहल से और अपने भंगरे को पाने की एक छोटी सी आशा रखकर वह छिपकर एक जगह बैठ गया। चिक्कणा ने एक बार गटागट पिया, फिर पाखाने को खोलकर देखा, असहनीय बदबू देख भाग आया और दुबारा पीने लगा। पूरे गाँव की टट्टी जितनी दुर्गंध वहाँ थी। वह सड़कों पर और गाँव के चारों तरफ फैल गई। अतारी पर नशा खूब चढ़ रहा था। बड़बड़ाते हुए उसने कहा, ''किसी तरह सुबह से अंदर ही पड़ा है मरनेवाला है। सावधानी से उसका गला दबाकर मार सकते हैं।'' चिक्कणा ने थोड़े जोर की आवाज में कहा, ''वैसा कर सकते हैं अतारी। सुअर अपनी ताकत भर जिंदा रहता है। इसलिए उसका गला दबाकर मारने के बाद उधर फेंक दो।'' ''तुम ठीक कहते हो भैया। किसी तरह वैसा कर देंगे। एक बड़े कंबल का थैला लेकर, इसे उसमें घुसेड़ेंगे। उसके बाद रस्सी से बाँधकर ऊपर ला सकेंगे।'' उसने कहा। उस पर चिक्कण्णा ने भी कहा, ''यह ठीक है, अतारी,'' और ये सब देखने के बाद चेलुवा ने सोचा, 'अब भंगरा अकस्मात् मिल भी गया तो बाबा उसे दूर कहीं फेंक देगा।' इस सोच से भी वह दु:खी हुआ। वह इतना दु:खी हुआ, मानो उसका अपना कोई बिछुड़ गया।

□

अतारी ने पाखाने पर ढंके नारियल के पत्तों को धीरे से हटाया। असहनीय दुर्गंध फैली थी। पीकर नशे में भर गया था। नशे से भरी उसकी आँखें गंध के साथ जुड़कर उस नरक में सुअर को ढूँढ़ने लगीं। ''कहाँ चला गया भाई, यह

कहीं दिखाई नहीं दे रहा है।'' अतारी बोला, ''रे, ठीक से देख। वहीं कहीं छिपा पड़ा है।'' चिक्कण्णा ने कहा, ''वहीं है भाई! टट्टी में उलट-उलटकर अब उसे पहचानना मुश्किल हो गया है।'' कहते हुए उस असहनीय बदबू में ही ढूँढ़ा, मगर वह नहीं दिखा। तब चिक्कण्णा ने चिढ़कर कहा, ''वह झुककर क्या देखता है रे? वहाँ जाकर खड़े हो और देख कहीं कोई देख तो नहीं रहा है।'' अपने बेटे को निगरानी करने का काम दिया। तब चेलुवा में जरा सी हिम्मत आई। उसने सोचा कि ये लोग सुअर को ढूँढ़ें और मैं अपने भंगरे को ढूँढूँगा। बाप के आगे हामी भरकर वह दूर जाकर अपने भंगरे के थिरकने की आवाज की राह देखने लगा। उधर सुअर के बदन पर बुरी तरह से टट्टी जमी हुई थी, वराह अवतार धरे विष्णुजी की याद दिलाता एक ओर पड़ा था। यह उसके लिए दुर्घटना थी या अतारी के लिए, यह पता नहीं, मगर वह बहुत थक गया था, मरने को था। इससे उनकी योजना अब सुलभ होने लगी थी, मगर इन दो लोगों में से किसी एक को तो पाखाने में उतरना जरूरी था, फिर चिक्कण्णा ने ही उतरने का मन बनाया और उस भयंकर बदबू को सहते हुए वह गड्ढे में उतरने लगा।

पहले उस समय गौड़ा का भैंसा गिर गया था। तब मिट्टी धँसकर गड्ढा चौड़ा हो गया था। गहराई कम थी, नीचे कठोर जमीन है, ऐसा सब सोचकर उसने अपने पाँव नीचे रखे, मगर क्या हुआ, उस असाध्य बदबू में उसका अपने आप पर कंट्रोल छूटा, पहले ही नशे से उसकी ताकत घट गई थी, वह फिसल गया, धड़ाम् से एकदम नीचे गया, उस सुअर के जैसे ही उसकी कमर तक टट्टी का लेप हुआ। उस विकृत पड़े सुअर के आगे ही वह भी जा खड़ा हुआ। सुअर ने एक बार मरती-सी गुटर-वटर की धीमी आवाज की, आँखें खोलने की उसने जरूर कोशिश की, मगर उन आँखों पर भी टट्टी जमी थी। अपना वश खोकर फिसल कर गिरे चिक्कण्णा की हालत देखकर ऊपर खड़ा अतारी जोर से हँस पड़ा। उसने कहा, ''यह क्या भाई, तुम भी सुअर की तरह जाकर गिरे।'' चिक्कण्णा को बहुत गुस्सा चढ़ गया, मगर संडास के गड्ढे में फँसा था, इसलिए उसने सोचा कि अब गुस्सा करना ठीक नहीं, उसने, ''बाद में हँसना बहन, पहले झोला दे।'' कहा। अतारी ने भी आतुरता से झोला उसे थमाया। हँसकर कहा, ''ले, यह रस्सा भी।'' चेलुवा ने इस भयानक दृश्य को देखने का अनुभव किया, उसे उल्टी सी आने को हुई। इन झमेलों के बीच वह नरम पड़ गया। इस भयानक दुर्गंध, गुस्सा और अपमान में भरकर चिक्कण्णा को उल्टी हो गई। उसका नशा सब उतर गया। कई तरह से उसका गुस्सा बढ़ा। पता चला, अंदर जो सुअर गिरा

है, वह कृंटण्णा का है। इस बीच चेलुवा दादा के पास भाग कर गया और अपने बाप की हालत के बारे में बताया। चिक्कण्णा का बाप गुंजारय्या भी खूब गुस्सा हुआ। "मैंने तो उसे यह सब करने को नहीं कहा था। खड़े होकर, सोचकर लोहे की वेंकी से उसके गले में रस्सी लटकाकर ऊपर उठाने को कहा था। हाय राम। कौन सा दुष्कर्म किया था पापी लोगों ने। किसी-किसी की टट्टीवाले पाखाने में गिरकर सारा बदन टट्टी से लेप लिया। मेरी आँखों के आगे ही तुम नरक में गिर पड़े। तुम भी क्या करते, यह तो तुम्हारा कर्मफल है।" कह अपनी बात मुताबिक काम नहीं करने पर डाँटने लगा था। चिक्कण्णा ने बोरी में सुअर को भर दिया, रस्सी से बाँध दिया, फिर अपनी आँख हिला रहा था। गुंजारय्या ने बहुत दुःखी होकर कहा कि हमारा पुजारियों का वंश है। उसे यह सब होना था क्या? टट्टी, शराब, पेशाब इन सबको एक में मिलाकर अपनी परंपरा से मिले सारे संस्कार मिटा दिए। उसको इस बात पर विशेष दुःख हुआ कि ग्राम देवता का पुजारित्व अपवित्र हुआ।

चिक्कण्णा ने रस्सी पकड़कर 'हूँ' कहा। फिर अतारी ने सुअर को ऊपर खींचा। तभी अतारी ने कहा, "अब ऊपर आ जा। रस्सी मजबूती से पकड़ना, नहीं तो उलटकर गिर जाओगे।" अब चिक्कण्णा का नशा भी दूर हो चुका था। अपमानित हो वह ऊपर आया। अपनी कमर से वह गंदा पानी झरता देख बहुत ही गुस्सा होकर वह अपने बाप के पास आया कहा, "क्या कहा तुमने, आँखों आगे अपना नरक देखा, यह तेरा कर्मफल है। तुमने मुझे अपना कर्मफल है कहा। तुम्हीं देखोगे कि अब नरक किसने देखा।" अपने ही बाप पर गुस्सा होकर पुराने कई झगड़े याद कर उन सबको उगलता उसकी ओर बढ़ा। बेचारे गुंजारय्या ने कहा, "दूर हट, मुझे छूना मत। मुझे भी बरबाद न कर देना।" मगर चिक्कण्णा ने उसकी एक न सुनी, उसकी गलपट्टी पकड़कर खींचा और "रँडुए, तुझे ही नरक भेज दूँगा" कहते हुए उस बूढ़े बाप के साथ रस्साकशी की। चेलुवा को अब भंगरे का मोह नहीं रहा। रुआँसा हो गया। अतारी ने प्रज्ञावान होकर अब राज खुलने न देकर, "अरे भाई, लोग क्या सोचेंगे, हाथ हटा। बेचारा बूढ़ा बाप, उससे क्या झगड़ा करोगे? छोड़, उसने भी क्यों कहा? बेटे हो, इसी से कहा। छोड़-छोड़!" कहते हुए नशे में ही गुस्से से चिक्कण्णा का हाथ जोर से पकड़कर खींचा। अतारी के जोर से खींचने से चिक्कण्णा का बेलेंस छूटा, पाँव में मोच सी लगी। चिक्कण्णा ने कहा, "रे अतारी, तू मुझे धकेलता है। वहाँ अंदर गिरा तो तुम हँसने लगे। अब उसकी बात मानकर मुझको धकेलने लगे।" उसके

गुस्से की परवाह न कर अतारी ने उससे "अब इधर आ, बहुत काम पड़ा है" कहकर खींचा। तीनों दुर्भागी पाखाने के पास ही खड़े थे। अतारी ने झगड़ा खत्म करवाने के लिए चिक्कण्णा की कमर जोर से पकड़ी, "अब देख, मुझे गुस्सा नहीं दिला देना। अब चल" कहकर खींचा। गुस्से से चिक्कण्णा ने "छोड़ सुअर की संतान" कहते हुए उसे जोर से धकेला। अतारी पहले ही नशे में भरा था। अब चिक्कण्णा के खींचने से अपने पर काबू खोकर सीधे, उसी सुअर की तरह वह भी उसी पाखाने में गिर पड़ा। उसका दुर्भाग्य देखिए, वह आड़ा गिरा था, जिससे सिर से लेकर पाँव तक टट्टी से लथपथ हो गया। भयंकर रूप से अपमानित होकर गिरने के तुरंत बाद वह उठ खड़ा हुआ और ऊपर उठने की कोशिश की।

अचानक ही घटी इस घटना से चेलुवा हँस पड़ा, मगर उसे लगा, घटना किसी दूसरी ओर खींचेगी, वह आड़ में आकर खड़ा हो गया। घर की औरतें इस नरक सदृश दृश्य को देखने से बचने के लिए, उस भयंकर असहनीय बदबू की वजह से मकान की खिड़कियाँ, दरखाजे आदि बंद कर अंदर बैठ गई थीं। अब बाप-बेटे ने झगड़ा बंद कर अतारी को ऊपर की तरफ खींचा। अतारी शांति से ऊपर आ गया। चुपचाप बड़े कुएँ के पानी से सारा बदन धो लिया। फिर "अजी, चिक्कण्णा, मैंने तुमसे जो दोस्ती की न, उसके लिए मुझे अपने आपको चप्पल से मारना चाहिए। अन्याय से तुमने मुझे पाखाने में धकेला। अकस्मात् मेरा सिर फूट जाता या कुछ अंदर अटक जाता तो तू क्या करता। धुत् रँड़ुआ, मैं चुप नहीं रहनेवाला हूँ। तुम्हारी दोस्ती के लिए एक लंबा नमस्कार" कहकर चला गया।

□

इस घटना की बात गाँव में सभी को मालूम हो गई। अतारी ने अलग ही तरीके से इसका प्रचार किया था। उसने कहा था कि बाप-बेटे ने मिलकर मेरा बहुत अपमान किया। इसके साथ उसने न्याय निर्णय करने के लिए उसी रात पंचायत बुलाने की सारी व्यवस्था कर दी। चिक्कण्णा के घर के पिछवाड़े के इस पाखाने से अब तक कई अनाहूत घट गए थे। अतारी की इस घटना से वे लोग और चिढ़ गए थे। पंचायत की चौपाल पर चढ़े थे। पहले इन लोगों ने योजना बनाई थी कि पाखाने से सुअर को ऊपर उठा लाएँगे। गरम पानी से उसको धोएँगे, फिर उसे काटकर सादारल्ली में अगले दिन लगनेवाले हाट में ले जाकर बेचेंगे। उससे जितना भी पैसा मिलेगा, उसे दोनों बाँट लेंगे, मगर अब दोनों की योजना हवा में गल गई। अब टट्टी की गंध से शुरू होकर अतारी के अपमान तक बात पहुँची। उसके बाद गाँव के लोगों की क्षुद्रता की रेखाओं से दुखद विचित्र घटना

में परिणत हुई। यह सभी के मजाक का विषय बन गया। विषय के ये सारे मोड़ देखकर चेलुवा खुश हो रहा था। उसने सोचा, इस तरह न्याय निर्णय आदि से पाखाना बंद करवाने के बाद तो बाबा भंगरे को पाखाने में डाल ही नहीं सकता। कुल मिलाकर शाम को पंचायत बैठी। सभी बुलाए गए। मगर एक चिक्कण्णा ही वहाँ नहीं आया था। गाँव के जवान लड़के इस मजाकिया शिकायत को लेकर हँसते हुए अपनी ही दुनिया में डूबे थे। चिक्कण्णा का बाप गुंजारय्या अपने बेटे की गलती समझ गया था। सभी जमे थे। चर्चा खत्म होने को थी। तभी यजमान कडुवय्या ने कहा—अतारी को तुम्हारे बेटे ने पाखाने में धकेला, बहुत गलत किया और उस कुण्टण्णा के सुअर को जान-बूझकर अंदर गिराया और उसे ले जाकर सादारल्ली हाट में बेचने की सारी व्यवस्था की थी। अतारी खुद ही यह बात कह रहा है। उसके अलावा पाखाने में उतरकर वहाँ पूरी तरह लोटकर हमें नाश्ता, चाय आदि दी है। यह सब ठीक नहीं। तुम भी तो जानते हो। तीन सौ एक रुपया रखकर सभा के आगे अपनी गलती मान लो। उसके बाद वह अतारी अपना सूतक दूर करने के लिए शायद कुछ देव पूजा करनेवाला है। उसके लिए अलग से सौ रुपया दे दो।'' कह निर्णय सुनाया।

पंचायत के आगे भीड़ में खड़े होकर चिक्कण्णा सुन रहा था। अब आकर ''दंड क्यों देना चाहिए, बोलो। किसने किसे पाखाने में धकेला? जरा ढंग से बात करो। अतारी कोई अपरिचित इनसान नहीं कि धकेलते ही गिर जाए। हम दोनों के बीच कुछ द्वेष की भावना भी तो नहीं थी। न उसे मुझे कुछ देना बाकी था और न ही उससे मुझे कुछ लेना था''' ? बिना वजह झगड़ा करके पंचायत बिठाकर दंड वसूलकर शराब पीने के लिए यह न्याय किया है क्या? जा, उठ, चला जा। किस लिए इन्हें दंड देना है? मैं एक कानी कौड़ी नहीं दूँगा।'' कहकर चिल्लाया। फिर झगड़ा हुआ। मार-पीट की नौबत आ पहुँची और पंचायत बंद हो गई। चिक्कण्णा अपने बाप को जबरदस्ती खींचकर घर ले गया।

चेलुवा ने अपने बाप को ही पिशाच समझा और रात भर उसे नींद नहीं आई, तड़पता रहा। रात की ठंडी हवा चल रही थी, मगर उसे घर के अंदर गरम बदबू फैली हुई सी लगी। चेलुवा को कुंटण्णा की असहायता पर बहुत दया हो आई। वह कहीं बाहर गाँव से यहाँ आकर बसा था। इसलिए उसकी मदद के लिए खड़ा होनेवाला कोई नहीं था। उसे अपने बाप के अन्याय का शिकार बनाने से चेलुवा दुःखी हुआ। पहले तिप्पेगौड़ा के भैंसे का भी यही हाल हुआ था, यह सुअर भी उसमें गिरने के बाद उठाने तक मर चुका था। उस गहरे गड्ढे

में डूबकर मौत के साथ लड़ने के बाद सुबह से शाम तक वह वहीं पड़ा रहा, उससे वह मर गया था। योजना के मुताबिक उसे बेच भी नहीं सके। पाखाने के पास ही एक लाश की तरह वह पड़ा था। उस पर मक्खियाँ भिनभिना रही थीं। लेटे-लेटे ही चेलुवा को ये सब याद आ रही थीं। वह यह सोचकर कि सुअर कहीं भूत न बन जाए डर गया, उसने कल्पना की कि वह कहीं इनसान का रूप धरकर आ गया, तो कैसा होगा। इस कल्पना के साथ ही उसको लगा कि वह अपने एक हाथ में सोने के रंग का भंगरा लेकर, दूसरे हाथ में छुरी लिये धीरे से अप्पा (बाप) के पास जाकर खड़े हो कुछ कर रहा है। चेलुवा घबराकर दादी के गले लग गया। झट से बदबू घुमड़ गई। विवशता में बदबू से सटकर वह सो गई थी। उस सुअर के पिशाच रूप वाले मनुष्य के साथ घर भर में कुदक-फुदककर फिर उसने देखा कि ठीक अप्पा की तरह रूप पाकर सोते हर इनसान के सिर भंगरे से, चाकू से छेदकर उसमें टट्टी भरकर दुर्गंध के श्वासोच्छ्वास को वह सुअरवाला पिशाच रचकर अट्टहास कर रहा है। उसको अब लगा कि वह पिशाच उसी के पास आ रहा है, उसने कहा, ''दादी-दादी कह पुकारा, उठो, मुझे पेशाब करना है।'' घर चारों तरफ अँधेरे से भर गया था, सन्नाटा छाया था। उसमें वह किसी को भी पहचान नहीं पा रहा था। उसको लगा कि यह सब उस भंगरे की वजह से ही हो रहा है और वह बिलखकर रोने लगा। घबराहट की वजह से उसने जोर से आँख बंद कर लीं।

उसका बाप भयंकर रूप से खर्राटे भर रहा था। पिछवाड़े एक कौआ नीरवता को भेदते हुए उनींदी आवाज में काँव-काँव कर, अपने पंख फड़फड़ा रहा था। उसने सोचा कि वह सुअर अब कौए के रूप में गाँव में घूमने जा रहा होगा और वह दादी की साड़ी पर पेशाब कर सोने की चेष्टा करने लगा। उस अँधेरे मकान में अप्पावाले जैसे ही मोटे-मोटे पग और उसकी छाया चलती सी लगी। तब वह यह सोचकर कि शायद अप्पा जैसा क्रूर व्यक्ति इस गाँव में दूसरा कोई न होगा, सो गया।

☐

आखिर यह सब क्यों हुआ, इसकी क्या भूमिका थी, यह स्वयं चिक्कण्णा को पता नहीं चला। गुंजारय्या भी सुबह उठकर चिंतित होकर बीड़ी पीता बैठा था। उस रात पंचायत में शिकायत दर्ज करने की बात और उसके परिणाम की कल्पना कर वह डर गया। चेलुवा उठा और दिनों की तरह आज भी पिछवाड़े जाकर पेशाब करने खड़ा हुआ। तब उसने सुअर के विकृत रूप को देखा। धीरे

से अंदर आकर कहा, "अप्पा, पिछवाड़े उस सुअर को कुत्ते खा रहे हैं।" हाय रे बदनसीबो, सुबह उठते ही, कैसी खबर लेकर आया है, देख। कहकर पिछवाड़े जाकर कुत्तों को मार भगाया। पेट खुदवाकर विकृत रूप में पड़े उस सुअर को देखकर उसने सोचा, 'ये सब चिक्कण्णा की वजह से ही हुआ है।' मैंने यह पाखाना बंद करवाने को कितनी बार कहा, मगर उसने मेरी बातों पर कान ही नहीं दिया···सुअर गिरे, भेड़ गिरे, मुरगी, कुत्ता, भैंसा क्या-क्या गिरे, भगवान, उस पाखाने में बहुत से जीव गिरे। मैंने सोचा था कि नरक कहीं दूसरी जगह है, मगर वह मेरे ही घर है।' कहकर लंबी आह निकाली। असहायता के कारण उसकी कई बुद्धिमानी की बातें धूल में उड़ गई थीं। वह सहज रूप से सात्त्विक स्वभाव का इनसान था, मगर अब वह भड़क उठा। 'इस नरक से छुटकारा कौन दिलाएगा? सारी दुनिया एक तरफ है तो यह गाँव अलग ही तरीके का बना है। यह ठीक नहीं। टट्टी में गिरे सुअर को खाने के लिए, तीन पैसा जमा करने के लिए इतनी सारी हिकमत की जरूरत कहाँ थी? धुत् नरक है नरक। इसमें हर किसी को धकेलते बैठा वह भगवान पता नहीं, सभी को कैसे देखता बैठा है।' कहते मन में तर्क करते, समस्या के भँवर में फँसकर वह बेचैन हुआ।

□

उस दिन रात को ही लोगों ने चिक्कण्णा के होटल का बहिष्कार कर दिया था। "वह पाखाने में गिरा था। उसे छूना नहीं चाहिए। उसका दिया कुछ भी खाना नहीं चाहिए और हम लोगों को भी उसे कुछ भी देना नहीं चाहिए।" आदि निर्णय लेकर और उसकी शुद्धता में आँच आई है तो पुजारी के पद से भी उसे हटा देना चाहिए। किसी देव कार्य में उसे भागीदार नहीं बनाना चाहिए। उसका पूरे का पूरा परिवार हमारे साथ किसी भी कार्य में भागीदार नहीं बने···आदि निषेध जारी किए। इसके साथ ही तिप्पेगौड़ा की सहायता से शिकायत लिखवाकर अक्कूर पुलिस थाने में दर्ज कर आए थे। इस तरह वह पाखाना पूरे गाँव के लिए एक नरक-सा बन गया। गाँव के लिए वह बाधा, दु:ख, अपमान का कारण बन गया। चेलुवा ने इस संकीर्णता के बीच भी भंगरे की सुंदरता और उसके चक्कर काटने के तरीकों की याद की, मगर इस हालत में उसको ढूँढ़ने की रंचमात्र इच्छा को भी खो दिया था। सुअर का वह विकृत दृश्य बार-बार उस रात की तसवीर सामने खोलता था। पूरे गाँव के लिए वह पाखाना एक विचित्र सांस्कृतिक समस्या बनकर परिवर्तित हो रहा था। संकुचितता में खो जानेवाले मानवीय क्षण दिशाहीन होकर एक इतिहास बनकर बढ़ते गए। यह पाखाना कई रहस्यों का

जानकार था। पहले कुछ महिलाएँ चोरी-छिपे गर्भिणी बनी थीं और बच्चे पैदा हुए थे, तो उन नवजात शिशुओं को इसी पाखाने में लाकर डाल दिया था। यह सब गाँव में किसी को मालूम नहीं था। फिर हवा के चलने के साथ फूले सुअर की गंध और सड़ी टट्टी की दुर्गंध से समस्या छूत की बीमारी की तरह फैली, मीठी सुबह विषपूरित हो गई।

☐

इस विकृत बदबू से बस्ती के लोग जुगुप्सा से भर उठे और चिक्कण्णा से लड़ने के लिए अवसर की ताक में बैठे थे। पिछवाड़े कुत्ते सुअर के मांस के लिए छीना-झपटी कर रहे थे। घर की औरतें पानी लाने गई थीं, तब बहिष्कार की बात मालूम हुई। वे दुःखी हुई, रोते हुए, ''इन मर्दों की वजह से हम बलि का बकरा बन रहे हैं'' कहते रो-रोकर घर लौटीं। चेलुवा अनाथ की तरह ओसारे में आकर बैठा। ऐसा लगा कि मजाकिया अंदाज से भंगरा चूने-मिट्टीवाली जमीन पर चक्कर लगाकर आवाज कर रहा है। तब तक काफी देर हो चुकी थी। चिक्कण्णा और अतारी को अक्कलूर की पुलिस तिप्पेगौड़ा के सहयोग से थाना ले गई थी। तिप्पेगौड़ा को अतारी के प्रति विशेष प्रेम या स्नेह आदि कुछ भी नहीं था, मगर इससे पूर्व इसी चिक्कण्णा के पाखाने में उनका भैंसा गिरा और मर भी गया था, उनके भैंसे से अछूतों की बस्ती का पेट भरा था। तिप्पेगौड़ा को उसका दर्द था, गुस्सा था। इसी वजह वह अब यह शिकायत लेकर थाने में गए थे। अभी तक कोई भी थाने से नहीं लौटा था।

स्टेशन में चिक्कण्णा के विरुद्ध इन लोगों ने कई तरह की शिकायतें दर्ज कराई थीं। एक यह कि पाखाना बंद करवाएँ, चिक्कण्णा की वजह से सारा गाँव दिशाहीन हो रहा है, वह लोगों के पशुओं को पाखाने में गिराकर, उन्हें गायब करा देता है, मांस का व्यापार कर वह लोगों को धोखा देता है। इन सबसे जो नुकसान पहुँचा है, उसको भर दें···आदि। थाने में इस तरह की अजीब सी शिकायत आज तक दर्ज नहीं हुई थी। ''यह बिल्कुल ही मजाक से भरा कैस है।'' कहकर वे लोग खूब हँसे। इंस्पेक्टर ने दोनों पक्षों से कई सवाल किए। कुछ-कुछ कहा। गाँव के सभी लोगों को वापस भेज दिया। उन लोगों को आश्वासन दिया कि वे जल्दी ही इस समस्या का निपटारा करेंगे। ऐसी उलझन भरी हालत में चिक्कण्णा ने अपने पक्ष का समर्थन करना चाहा, मगर वहाँ पर उपस्थित सभी लोगों ने यह मान रखा था कि पाखाने में जमी सारी दुर्घटनाओं के लिए चिक्कण्णा ही जिम्मेदार है। इसीलिए गुंजारय्या को खटले से बाहर रखा

था। इंस्पेक्टर ने हँसते हुए कहा, ''यही वह चिक्कण्णा तो नहीं न, तुम्हें जिसने पाखाने में धकेला था।'' कह अतारी से पूछा। जवाब में अतारी ने ''जी साहब'' कहा। ''किस तरह गिरे थे'' पूछने पर उसने चेहरा मरोड़ा और चुप खड़ा रहा। फिर उससे चिढ़कर, ''बता, तुझसे ही पूछ रहे हैं।'' कहने पर ''चेहरा नीचे की तरफ गिरा था साहब।'' कहा। तब ''यानी तुम पूरी तरह उसी में धँस गए थे।'' कहते हुए जोर से हँस पड़े। वहाँ के सभी पुलिसवाले जोर से जय-घोषणा करने की तरह हँस पड़े। उसके बाद चिक्कण्णा से भी वही प्रश्न किए गए। ''तो तुम भी टट्टी में गिरकर तैरते रहे?'' कहते हुए अपनी हँसी रोक ली। चिक्कण्णा ने हामी भरने के अंदाज में अपना सिर झुकाया।

□

ये सब पूछताछ करने के बाद इंस्पेक्टर ने अपनी गंभीर आवाज में कहा, ''देखो, तुम दोनों ने पाखाने में गिरकर अपने बदन को गंदा किया है। ठीक है, इसमें चिक्कण्णा की ही गलती है, मगर अतारी की भी थोड़ी सी गलती है। वह सब बाद में विचार करेंगे। सद्यः तुम दोनों भी टट्टी में गिर चुके हो। हमारे स्टेशन में भी यही प्रॉब्लम है। यह गाँव का पुलिस थाना है। इससे यहाँ शहर जैसा ड्राइनेज सिस्टम नहीं है। ठीक उसी जैसा पाखाना यहाँ पर है। अब वह टट्टी से भर गया है। अब तुम दोनों उसे उठाकर बाहर फेंक आओ। अब हममें से कोई भी उस पाखाने को इस्तेमाल नहीं कर पाता।'' कहने के साथ ही, ''अब तुम दोनों यदि यह काम नहीं करोगे तो फिर तुम लोगों को पक्का छह-छह महीने जेल में बंद कर दूँगा।'' कहकर धमकाया। चिक्कण्णा और अतारी को अब लगा कि हमें इस तरह के झंझट में नहीं फँसना था, वह उनके चेहरे से प्रकट हुआ। ''नहीं साहब, हमसे यह नहीं होगा, अभी उस नरक में गिरकर थक गए हैं। दुबारा उसमें उतर अपने दैव से दूर नहीं हो सकता।'' अतारी ने कहा। इंस्पेक्टर ने गुस्से से डंडा घुमाकर, ''अरे हरामखोर, टट्टी ही खाते पड़े तुम लोग, मुझे उलटकर जवाब देते हो? इससे पहले तुम लोग टट्टी ही ढोते थे न? अब तुम लोग बड़े इनसान बन गए। लोफर लोग, अब मेरी बात नहीं मानी तो चार्जशीट लिखकर जेल में बंद करेंगे और मार देंगे। देश-विदेश में हर जगह टट्टी को पोंछना पड़ेगा।'' कहते हुए चिल्लाया। यहाँ पर तो थोड़ा सा ही है। ऐसा करूँगा कि वहाँ पर सेंट्रल जेल में रोज सिर्फ टट्टी साफ करने का काम करते तुम्हें वही खाते रहना पड़ेगा।' कहते हुए झल्ला दिया। अब दोनों ने चुपचाप लाश की तरह होकर सिर झुकाया और पाखाने में उतरे। दोनों ने चुपचाप आपस में चेहरा भी

देखे बगैर पिछली सारी योजनाओं की बात भूलकर फावड़ा-टोकरियों में टट्टी भरकर पाखाना खाली किया। पसीना बहाते हुए खड़े रहे।

इंस्पेक्टर (थाना प्रभारी) खुश हुए। आड़ में इनकी फजीहत पर हँसते रहे। फिर अंत में दोनों को समझाकर गाँव भेजा। अतारी, चिक्कण्णा दोनों बेबसी में खूब अपमानित होकर, गुस्से में भरे अपने गाँव लौटे। चिक्कण्णा अपने रोम-रोम में गुस्से से भरा था, फिर तीव्र व्यथा से वह कलाली में खूब शराब पीने लगा। वह भूलना चाहता था, मगर वे सब बातें नगाड़े की आवाज की तरह उसके सिर में प्रतिध्वनित होने लगी थीं। करीब-करीब पूरा दिन उन लोगों को थाने में रहना पड़ा था, तब उन पर अपमान की खूब मार पड़ी थी, उसे वह असहनीय बना था, कुछ भी समझ नहीं पा रहा था, वह कुढ़ने लगा। शाम का अँधेरा बढ़ उठा था। घर लौटते ही वह पाखाना और मरे पड़े सुअर की गंध ने उसको छेड़ा। चेलुवा अपने बाप के इस विकृत रूप को देखकर घबरा गया। वह जबरदस्ती पढ़ता बैठा था, अभी धीमे से सिकुड़कर बैठ गया। चिक्कण्णा अपना अपमान, गुस्सा और इसके साथ गाँववालों की पंचायत का निर्णय, बहिष्कार और तिप्पेगौड़ा से दर्ज केस इन सबको लेकर मन में ही भड़क उठा था। "रे, कहाँ गया वह हरामखोर तेरा बाप, वह मेरा बाप कहलानेवाला कहाँ है। जा, बुलाकर ला," कहते हुए सिकुड़कर बैठे अपने बेटे का हाथ खींचकर उठाया। चेलुवा का वहीं पेशाब निकला, रात को दादी की साड़ी पर उसने पेशाब कर लिया था, उसकी याद करते हुए "मुझे मालूम नहीं कि कहाँ गया होगा।" कह रोने लगा। चिक्कण्णा और ज्यादा क्रोधित हुआ, "उसकी बीवी को मैं बिगाड़ूँगा, उसका हाथ-पैर तोड़ दूँगा, चुप नहीं होऊँगा।" कह चिल्लाया। चेलुवा की माँ कमरे में रागी का पिष्ट जमा रही थी, डरकर भागी चली आई। अपने पति का गुस्सा भरा चेहरा देख अपनी काँपती जाँघों को दबाकर कहा, "हे राम, गाँव के सब लोग मिलकर कुछ नुकसान पहुँचा दें तो हम क्या करें? आपके पाँव पड़ूँगी, चुप रह जाइए। सभी लोगों ने मिलकर योजना बनाई है। झगड़ा-टंटा मत करना। खींचातानी में आप लोगों को कौन छुड़ाएगा।"

घरवाली की इन बातों की परवाह न कर, "री रंडी, जा, घर के अंदर' कहकर उसे अंदर धकेला। पत्नी ने तब भी पाँव पड़ विनती करने की कोशिश की, "तेरी माँ की···, मुझे पढ़ाने आती है?" कहते हुए उसको धकेल दिया और साथ ही उसकी पीठ पर मुक्के दिए। चेलुवा जोर-जोर से रोते-चिल्लाते सड़क पर दौड़कर आया, और "आओ, मेरा बाप अम्मा को मारकर खत्म कर देता

है।'' कह लोगों के आगे हाथ फैलाने लगा। चिक्कण्णा के प्रति अब किसी के मन में सहानुभूति नहीं उपजी। पूरी बस्ती में टट्टी की दुर्गंध फैली थी। उसके बारे में लोगों के मन गुस्सा था, उसे जात-बिरादरी से बाहर कर दिया था, इससे उसकी मदद करने कोई भी न आया। चिक्कण्णा भयंकर आवाज से चिल्लाया, किसी-किसी को गाली देकर डंडा तलाशने लगा। उसके गुस्से का शिकार बनी उसकी बीवी, अब वह रागी पिष्टवाला डंडा लाने अंदर गया तो पीछे के दरवाजे की तरफ से भाग गई। कोई उसके हाथ नहीं लगा। तब वह पागल की तरह गुस्से से भर गया और पूरी अछूत बस्ती और जमीन मजदूरों की बस्ती के सभी लोगों को गाली देकर कमरे में रखे मिट्टी के घड़े डंडे से फोड़ दिए। पानी सब बह गया। मिट्टी के घड़े सब एक कतार में जमे थे। उन सबको उसने फोड़ा। खूब चिल्लाया। चूल्हे पर रागी पिष्ट घड़े में पक रहा था। पिष्ट की सुगंध चारों तरफ फैली थी। चिक्कण्णा के इस विकृत क्रोध का साक्षी बनकर वह देखता ही रहा। 'सब घड़े फूटे, उनके टुकड़े वहाँ बिखरे पड़े थे। उनमें कई तरह के अनाज के दाने, रागी, जवार, थोड़ा सा चावल, धान और कुछ कपड़े की गाँठ में बँधे सब कुछ बिखर गए थे, वहाँ लाश की तरह वे सब चिक्कण्णा के पाँव तले पिस गए। बस्ती के किसी भी इनसान ने इसको लेकर जरा सी भी आवाज न उठाई। चेलुवा घबराया हुआ था, उसे पता नहीं था कि माँ कहाँ चली गई थी। इससे चिंतित होकर वह सड़क के कोने पर अकेला ही रोता खड़ा रहा।

आफत की कल्पना करके ही शायद गुंजारय्या भी गायब हो गया था। चिक्कण्णा अब तक अपने गाँव में अकेले ही शेर बनकर घूम रहा था। अब पंचायत में नटखट लड़कों की बेइज्जत करनेवाली हँसी के बीच में भी उसकी चिढ़ भड़क उठी थी। खूब अंट-संट बक दिया। चिक्कण्णा सड़क पर आकर यदि किसी का नाम लेकर कुछ कहता या परोक्ष रूप से सही, कुछ थोड़ा सा भी बोलता, तो बस उसका घमंड उतारने के लिए बस्ती के लोग अपने-अपने ओसरों पर ताक में बैठे थे। शायद चिक्कण्णा को अपनी घरवाली की बातों से कुछ शक, डर पैदा हुआ था, अधीर बना था। इसीलिए उसने अपनी बस्ती के लोगों का नाम नहीं लिया, बल्कि अपने अपमान से निकले गुस्से को पीढ़ियों से बचाकर रखे मिट्टी के घड़े के ऊपर उतारा था। वे उस घर, बस्ती के पूर्वज और आज के बालक, अबोध, महिलाओं के मुंडों की तरह लोटकर फूटे और अनाज के ऊपर गिर खत्म हुए। फूटने की आवाज के साथ चूर-चूर हुए। ये घड़े फूटने की आवाज से क्रूरता, भय और असहायता के शिकार बने लोगों की तरह फूट

गए। चिक्कण्णा का गुस्सा अट्टहास से चढ़ता गया। घड़े के फूटे टुकड़ों के नीचे रागी के दाने सरक गए। ऐसा लगता था, मानो वे दाने चिक्कण्णा को देखते पड़े थे और उसके स्वरूप को देख डरकर वह 'छिप' गए। उसके विकृत व्यवहार को देखकर डरा चेलुवा हर मिनट काँपकर उस अँधेरे में भागने का रास्ता न सूझकर तड़प गया। चिक्कण्णा ने गुस्से में कूद-कूदकर फिर चिल्लाकर "कौन है, हरामजादो, आओ। मैं तुम्हारी बीवियों को···" कहते हुए अपने हाथ के डंडे से उसने एकमात्र बचे अनाज के बड़े घड़े को भी पीट दिया।

तब जोर की आवाज से, जैसे उस घर के प्राण ही खत्म हो गए, उसमें बुआई के लिए रखे रागी के साथ बिखर गया। चेलुवा छोटे घर की खिड़की में से सब कुछ देख रहा था। वह आश्चर्य में भर गया, 'वाह, यह भंगरा कहाँ था?···अम्मा ने यहीं रखा था,' सोचकर आँखें फाड़कर वह भंगरा देखने लगा। कभी उसने वह भंगरा अपने बाप की आँखों से छिपाकर अपनी माँ के हाथ देकर छिपाया था। उसकी माँ यह बात भूल ही गई थी। उस भंडार का पेट डंडे से चिक्कण्णा ने जैसे ही पीटा, रागी के ढेर से फिसलकर वह नीचे आ गिरा था। चेलुवा को लगा कि अब भंगरा नहीं बचेगा, मगर चिक्कण्णा को जैसे फोड़ने के लिए अब कुछ भी बचा न था, वह सीधे रसोई में गया। वहाँ चूल्हे पर खुशबू बिखेरते धुएँ के साथ रागी का पिष्ट उबल रहा था। उसे देखते ही वह पागल सा हो गया और चिल्लाया, "इसका कोई खून चूसे, इसको 'टट्टी-टट्टी खाओ' कहा और वह पिष्टवाला घड़ा उठाकर तेजी से बाहर भागता हुआ आया, पिछवाड़ा पार किया और पाखाने के अंदर धड़ाम से फेंका। फिर धत्त कह थूका। "हरामजादो, तुम लोगों की सब बीवियों को··· दूँगा, आज, कहकर बहुत बुरी असहनीय गालियाँ उगलकर सड़क पर भागता हुआ चला आया। चीखकर-कूदकर चारों तरफ के लोगों को देखकर अपने मकान के आगे पागल की तरह चिल्लाया। चेलुवा छोटे मकान से बाहर निकलकर आया। भंडार से बाहर गिरे उस भंगरे को तेजी से उठाया। पिछवाड़े के दरवाजे अँधेरे में खड़े होकर भंगरे को गुस्से से भरकर खूब दूर फेंका। शायद उसका बाप चिक्कण्णा भी उतनी ही दूर फेंकता। फिर एक बार बिलखकर वह चुप खड़ा हुआ।

उस अँधेरा भरे पिछवाड़े की झाड़ी के किनारे चेलुवा की माँ ने बिलखकर रोते-रोते अपने बेटे को आवाज दी। चेलुवा आवाज की दिशा में गया और अपनी माँ के गरम आँसूवाले गाल छूकर, "माँ, रोओ नहीं, चुप करो," कहा, फिर खुद भी रोकर अपनी माँ के गले लगा। उस अँधेरे में ही वे दोनों आपस में गले लगकर

बैठे रहे। सड़क और बस्ती में चिक्कण्णा की गरजती आवाज उनकी छाती में घुसकर धड़कन को बढ़ाने लगी। तभी लगा कि चिक्कण्णा दुबारा किसी-किसी पर हमला कर झगड़ा करते हुए मार-पीट करने लगा है। अछूतों की पूरी बस्ती की गंदगी, वह पाखाना, मरा सुअर, भंगरा, पुलिस थाना, गिरकर मरे बहुत सारे जीव सब एक-एक कर खुलकर चेलुवा को रात के पिशाच रूप वाले सुअर के रूप का इनसान, सभी का मस्तिष्क छीलकर उसमें टट्टी भरता हुआ-सा लगा। अँधेरे में भी घुलकर अपनी माँ के निचले पेट पर सटकर कहा, "अम्मा, मुझे अपने पेट में समा लो।" चेलुवा की माँ आँसुओं से भरकर वहीं बैठी रही। तारक स्वर में अछूत बस्ती की गली प्रतिध्वनित हो रही थी।

कन्नड़ के नामी दलित कथाकार गणेश अपनी यथार्थवादी रचनाओं के माध्यम से पाठकों और समाज को जाग्रत् करते रहे हैं। उनकी कई श्रेष्ठ रचनाएँ कन्नड़ पाठकों का उपलब्ध होती रही हैं। एक बालक झगड़े स्वार्थ, मूर्खता आदि का परदाफाश करता है। 'भंगरा' शीर्षक प्रतीकात्मक होते हुए भी यथार्थवादी चित्र को प्रस्तुत करता है।

सद्य हंपी कन्नड़ विश्वविद्यालय के लोक साहित्य विभाग के प्राध्यापक गणेशजी की कहानियों को कई पुरस्कार मिले हैं।

'प्रजावाणी' शीर्षक सम्मान; सर एम. विश्वेश्वरय्या वर्धमान सम्मान जैसे कई श्रेष्ठ सम्मान उन्हें प्राप्त हैं। 'जीव' उपन्यास के अलावा 'बुगुरि', 'मोजु' उनके उल्लेखनीय कहानी संकलन हैं।

□

अलबामा की अपान वायु

–गुरु प्रसाद कागिनेले

बरबस लगी थी वह गंध!

अमेरिका संयुक्त संस्थान में एक जगह है, जिसका नाम 'अलबामा' लिखते हैं। उसे अल्बयामा कहकर पढ़ते हैं। उस राज्य की पूर्वी दिशा में बार्बौर कौंटी क्लेटन नामक एक शहर है। उस शहर के अस्पताल में अनीता नाम की एक नर्स है, जिसे वहाँ लोग अनीटा कह पुकारते हैं। उसके साथ डॉ. मुकुंद एक सत्रह साल की खूबसूरत लड़की को 'स्टमक वाश' दे रहा था। उससे पाँच मिनट पहले ए.सी. रूम में एक मीटिंग चल रही थी। मीटिंग के चलते बीच में एक भयंकर सी गंध फैली थी। गंध का क्या कहें, जैसे मूली के सांबार की डिब्बी खोलने से जो गंध फूट पड़ती है न, वैसे या कहें हाइड्रोजन सल्फाइड केमिस्ट्री लैब में तैयार हो रहा हो, वैसे। यह गंध नाक के छेद को भेदकर सीधे मस्तिष्क को ही जा पहुँची थी, तब मुकुंद ने अपने आपको दोष दिया कि क्योंकर मैंने यह नाक के छेद के बाल भी काटनेवाली नौकरी अपनाई? उबकाई-सी लगी, आँखों में पानी भर आया, कान गरम हो गए, इस तरह कारणों के साथ बनी इन वैज्ञानिक प्रक्रियाओं को देख उसे हँसी भी आई। सामने सोई उस पतली सी सुंदर कन्या की तरफ उसने एक बार देखा। बहुत करके इस लड़की ने अपने प्रिय को सबक सिखाने के लिए ही शायद तीन-चार विटामिन की गोलियाँ खा ली थीं और झूठमूठ आत्महत्या की कोशिश की और अब आँखें फड़फड़ाते हुए झूठमूठ ही कोमा का ड्रामा रच रही थी। उस तरह की लड़की के आगे हँसने से अपने डॉक्टर की अच्छी डेमीनर इमेज के लिए फिट नहीं होता। इसीलिए उसने स्क्रीन से बाहर आकर कहा, "अनीटा, वह ड्रिप लगाकर आना, यहाँ मैंने ऑर्डर लिखा है।" उसने दरवाजा खोला, बाहर

जाकर ताजी हवा को ढूँढ़ने की कोशिश करने लगा। 'आई', कहते हुए अनीटा ने 'हे भगवान, मैं बच गई', कहा, बाहर आई और आते ही उसने पूछा, "यह गंध कैसी?" मुकुंद ने हँसते हुए कहा, "कौन जाने, कैसी गंध?" "कहीं तुमने तो नहीं?" कहा, "दोपहर खाने में तुमने क्या खाया था?" उस नर्स ने पूछा। उसने भावना रहित हो, "स्टुपिड, मैं, मैं नहीं", कहा और दिखावे का गुस्सा किया। "मैं भी नहीं, वह सुंदरी जो है, उसका होगा," नर्स ने कहा। फिर से हँसकर मुकुंद ने सोचा, हँसते हुए इसका चेहरा अच्छा लगता है! यह बात उसने हजारों बार सोची होगी, "फिर पता नहीं, मगर यह वह गंध है क्या?" उसने पूछा। फिर जवाब में अनीटा ने, "और क्या? कौन जाने, क्या खाकर आई होगी।" ऐसा कहकर गंध असहनीय होने पर नाक के आगे पेपर से ही हवा देने लगी अनीटा।

"धीमे-धीमे बोलो, वह सुन लेगी तो फिर", कहते हुए दुबारा हँसा मुकुंद। "कैसे सुनेगी? वह तो पूरी तरह अट है। अल्कोहॉल और दवाओं का कॉम्बीनेशन।" गले के आगे अपना हाथ आड़े ढंग से रखकर अनीटा एकदम काटने के अंदाज में अभिनय कर जीभ बाहर निकालकर आँख मूँदकर मरने का-सा दिखावा कर हँस पड़ी। "उसने मरने की कोई दवा ही नहीं ली है। इसके अलावा किसी तरह का कॉम्बीनेशन होने के बावजूद, कैसा भी कोमा हो, फिर भी इस गंध से तो उठना ही पड़ेगा। जरा सा और तीखा हो जाता तो हम लोग एक्सप्लोड हो गए होते। जानती हो, वह एक्सप्लोसिव है?" उसने कहा। "नहीं तो, मैं नहीं जानती।" अनीटा ने जवाब दिया। एक अलग तरीके से हँसकर, "ओह, मुझे इसका अनुभव है। मेडिकल कॉलेज में रहते वक्त करीब हर सप्ताह हम इस तरह का एक केस देख ही लेते थे। हमारी तरफ मर्द लोग सुबह उठकर ओपन एयर जाते थे, तब" कह 'ओपन एयर माने' कहा और उसका विस्तार से वर्णन किया। इतने विस्तार से कि अनीटा ने चेहरा सिकोड़कर आँखें बंद कर ली। "और उन्हें रिफ्लेक्स आने के लिए सिगरेट पीना ही पड़ता। एक दिन ऐसा हुआ कि एक इनसान सिगरेट पीकर बचा टुकड़ा फेंककर गया हुआ था। तभी दूसरावाला आया। आकर उस सिगरेट पर ही बैठ गया। आगे, पता है न, उसका दस पर्सेंट जला घाव। वह भी गुप्त स्थान पर।" मुकुंद ने कहा।

उसे इस तरह खुद अनुभव की हुई बातें कहने में मजा आता। वह भी खासकर अनीटा के सामने। अनीटा हँस पड़ी। आँखों से पानी निकलने तक हँसती रही।... डॉ. मुकुंद भी हँसा। अपनी ड्यूटी के इन क्षणों को मुकुंद बहुत पसंद करता था। वह अकसर अपने दोस्तों से कहता रहता कि यह एक तरह से "सेक्सुअल टेंशन

को बढ़ाता है। सहकर्मियों के बीच इस तरह के रिश्ते मैनेजमेंट की दृष्टि से बहुत स्वस्थ होते हैं।''

अनीटा ने दुबारा पूछा, ''तब भी यह वही है क्या?'' हो सकता है या नहीं भी होगा या ऑपरेटिंग रूम से गैस लीक हुई होगी, या सफाईकर्मियों ने कुछ गिरा दिया होगा, मगर यह बहुत तीखा जरूर है।'' कहकर ''यह छोड़ो हमारी पेशंट कैसी है, देखेंगे'' कहते हुए स्क्रीन सरकाकर वह अंदर गया। वहाँ उसके आश्चर्य की सीमा न रही, जबकि दस मिनट पहले कोमा में पड़ी वह लड़की अब उठकर बैठी थी। अस्पताल का गाउन हटाकर, अपने हाथ लगा हुआ ड्रिप निकालकर फेंक दिया था और लौटने को उद्यत हुई। ''क्या हुआ?'' मुकुंद ने पूछा।

''कुछ नहीं। अब मैं स्वस्थ हूँ। अब मुझे घर जाना है।'' उस सुंदर लड़की ने कहा। ''ठीक कैसे हो गईं? हमने अभी कुछ किया ही नहीं।'' उसने अपना थूक निगल लिया।

''आपको कुछ करने की जरूरत नहीं। मुझे कुछ नहीं हुआ है। मैं घर जाकर मरूँगी, मगर इस अस्पताल में नहीं रहूँगी।'' उसने कहा।

''तुम नहीं जा सकती। तुमने आत्महत्या की कोशिश की है। हमें पुलिस को खबर करनी है। वे आएँगे, सोशल वर्कर लोग, कौंसिलर लोग, सभी आकर देखेंगे। तब तक तुम कहीं नहीं जा सकती।'' मुकुंद ने कहा। उसकी आवाज में थोड़ी सी घबराहट थी।

''ट्राई मी डॉक्टर, मैं तो जाऊँगी ही। मेरा एड्रेस ले लो। पुलिस को मेरे घर ही भेज देना।'' कहकर वह उठ खड़ी हुई।

''मेरी बात मान जा। इस तरह जाना गलत होता है। तुम्हारी हालत बहुत गंभीर है। शराब ही की धुन में तुमने आत्महत्या की कोशिश की है। कौन जाने, तुमने क्या लिया था? तुम घर नहीं जा सकती।'' मुकुंद ने उसे डराने की कोशिश की।

''मैंने न उतनी पी है और मरने की कोई चीज मैंने नहीं ली है। मेरी इच्छा के विरुद्ध इस अस्पताल में मुझे रखने का किसी को भी हक नहीं।'' कहकर वह सीधे निकल गई। मुकुंद ने सोचा कि बाहर उसकी माँ प्रतीक्षा कर रही है। शायद उसे डराने से कुछ देर तक लड़की को अस्पताल में रखा जा सकता है। वह इस उद्देश्य से बाहर गया और उसकी माँ को ढूँढ़ा, मगर उसे यह अवसर ही न मिला। बाहर गई वह खूबसूरत लड़की अपनी माँ के साथ लौट आई और दोनों ने एक साथ, 'रे डॉक्टर...एक अच्छा लायर (वकील) तलाश लो' कहा और अपने दाएँ हाथ की तर्जनी को आसमान की तरफ मजबूती से दिखाकर, होंठ काटकर बाहर

निकल गईं। अस्पताल के मैनेजमेंट की भाषा में यह कि आप जितना चाहो, मीठा बोलो, 'एक अतृप्त ग्राहक' मन वहाँ रहता ही है। मुकुंद को यह बात सूझी।

बुद्धू बने खड़ा था मुकुंद। छिह!···यह क्या हो गया, वह निकल ही गई। बहुत कोशिश करने के बावजूद वह उसे नहीं रोक पाया था। उसको अस्पताल में नहीं रख सका था। उस हालत में भी उसे इस बात का डर नहीं था कि यह लड़की अस्पताल से लौटकर कहीं मर भी सकती है, मगर उससे ज्यादा डर इस बात का था कि यह लड़की बाहर जाकर कुछ हँगामा खड़ा कर सकती है। उत्साह में उसने पता नहीं, क्या-कुछ बोल दिया था? उसने क्या सुन लिया होगा? अपना खाक दिमाग! यह जानकर भी कि वह स्क्रीन के पास ही लेटी है, भूलकर मैंने क्या-क्या बोल दिया था। अपनी बुद्धि को क्या हो गया था? वह कब होश में आई होगी? बेहोश हुई होती तो होश में आने की बात होती। कोमा में रहनेवाली कौन इनसान आँख खोलती है, थूक निगलती है? जम्हाई लेती है? मुझे इतनी समझ तो होनी थी अनीटा के आगे टेनशन जगाने के लिए कभी-कभी कुछ-कुछ बोल देता हूँ। मुझे कुछ सोचना चाहिए था। वह लायर को तय करने के लिए भी कहती है। पता नहीं, क्या होने को है। छिह, मुझे इस शहर में ड्यूटी नहीं लेनी थी। मुझे ऐसी जगह नौकरी तलाशनी थी, जहाँ पेशंट को अपने डॉक्टर के बारे में जानकारी नहीं मिल पाएगी।

अब भी क्या हुआ? कोई बदबू निकली। कहाँ से निकली, यह कोई नहीं जानता। वह उतनी ज्यादा बीमार होती तो ये गंध वगैरह उसके लिए कुछ महत्त्व की नहीं होतीं। वह बीमार भी थी क्या? सब बकवास है। मरनेवाला कोई इनसान कहीं विटामिन की गोली खाता है? बकवास है, बकवास! मेरा अपना सारा जीवन इस तरह के बीमारों की शुश्रूषा में ही बीता। मुझे इस तरह की नौकरी लेनी ही न थी। इन जैसी वजहों के साथ अब उस दिन की गंध भी एक जुड़ गई। इसी तरह के विचारों में उलझकर उसने उस दिन की ड्यूटी पूरी की थी और अनीटा ने उसकी यह हालत देखकर भी उसे अनदेखा किया तो मुकुंद को उस पर कुछ-कुछ शक सा हुआ।

अस्पताल के एडमिनिस्ट्रेटर मेकार्थी थे। उन्होंने सुबह-सुबह मुकुंद को फोन पर कहा कि आज दो रोगियों के बीच मिलनेवाले पंद्रह मिनट की अवधि में आकर मिलो। सुनकर मुकुंद जरा बेचैन जरूर हुआ। उसको पहले से यह लगा जरूर था कि कुछ अघटित होनेवाला है, मगर गंध फैलने के पंद्रह दिन की अवधि में ही इस तरह मेकार्थी से दूरभाष की पुकार आने की उसे कल्पना न थी। पहले तो मेकार्थी से फूटनेवाले प्रश्नों की उसने कल्पना की, फिर मन में उन प्रश्नों के जवाब सोच

लिये। यह सब सोचते हुए वह ऑफिस के आगे बैठ अपनी टाई ठीक कर रहा था कि तभी मेकार्थी के ऑफिस से दरवाजा खोलकर, पहले अपनी पीठ बाहर निकाल लयबद्ध तरीके से अपने कूल्हे मटकाती अनीटा बाहर निकली, फिर मेकार्थी को 'हेव ए गुड वन' कहकर मुड़ी। उसने वहाँ बाहर बैठे मुकुंद को देखा, 'हाय'! कहा और निकल गई। यह देख मुकुंद के बदन में जलन सी हुई। उसे यह शक भी हुआ कि कहीं वह विजय की हँसी तो नहीं? इस कल्पना से वह आतंकित भी हुआ। उसको विजय पाने का रास्ता भी न सूझा। उस घटना के बाद अपना और अनीटा के बीच मात्र व्यावहारिक रिश्ता बना था, जिसमें किसी तरह का टेंशन भी न था।

''कम इन, टेक ए सीट'', कहा मेकार्थी ने। उसके बाद उसने बातचीत शुरू की। पहले उसने कहा कि यह दक्षिण की हवा उसे जम नहीं रही, जन्म-पालन सब न्यूयॉर्क में हुआ, यह छोटा शहर होने की वजह से शांत है, इसलिए यहाँ आकर रहने का निश्चय किया। उसकी इस तरह की बातों से मुकुंद को और बेचैनी सी हुई तो उसने सोचा, यह इनसान क्यों नहीं जल्दी से विषय पर आता, जितनी लंबी भूमिका होगी, विषय भी उतना ही बुरा हो सकता है। मुकुंद की बेचैनी को समझकर तब मेकार्थी ने शुरू किया, ''मुकुंद देखना, कुछ मुश्किल आ पहुँची है। यह महत्त्व की बात नहीं कि उस दिन क्या हुआ था, उस लड़की की माँ ने अस्पताल में एक शिकायत दर्ज की है। वह विषय बोर्ड में रखने से पहले हम लोग आपस में विषय को समझ लेंगे। किसी एक को अपना निशाना बना लेना हम नहीं चाहते। इसलिए उस दिन इमर्जेंसी रूप में जो भी उपस्थित रहे, उन सब लोगों से हमें शायद पूछताछ करनी पड़ेगी। आज यह बात बताने के लिए ही मात्र हमने तुम्हें यहाँ बुलाया है, यहाँ पर हमें कुछ जमीनी नियम-कानून का पालन करना पड़ेगा। रिस्क मैनेजमेंट और एडमिनिस्ट्रेशन के सिवा अस्पताल के किसी भी दूसरे कर्मचारी के साथ तुम इस बारे में बात मत करो। चाहो तो, तुम्हारे स्टेटमेंट्स को हम टेप कर लेते हैं। अब उस दिन घटी सारी बातों का हमें ब्योरा देकर वर्णन करो।'' कहा मेकार्थी ने।

अब मुकुंद की समझ में आया कि बात उसकी कल्पना से कहीं बाहर गई है। मुकुंद ने अब तक सोचा यह था कि ज्यादा-से-ज्यादा एक छोटी सी शिकायत होगी और वह स्टॉफ मीटिंग में ही खत्म हो जाएगी, मगर अब इस हालत को देख, वह झूठा साबित हुआ। तब भी, उस गंध की तेजी यहाँ तक कैसे पहुँच गई, इस बात से अपने को खुद अचरज लगा। उसने यह सोचकर कि चाहे जो हो जाए, सारा कुछ बताना ही चाहिए, उसने विस्तार देकर सब कुछ बता दिया।

''तुमने शायद कहा कि कोमा किसी भी तरह का क्यों न हो, इस गंध की तीव्रता के आगे उसे सुध में आना ही होगा'' इस प्रकार मेकार्थी विषय की चर्चा में सीधे उतरा था।

''कहा होगा, मगर मुझे याद नहीं।'' कहा मुकुंद ने।

''क्या मतलब ? प्रेसिडेंट की आवाज में बोलते हो, कहा होगा यानी ?'' उसके अंदाज से क्लिंटन की याद आ रही थी।

''कहा था, शायद।'' कहा मुकुंद ने।

''कहा होगा, कोई पेशे से जुड़ी बात है ? तुम्हें अंदाज है कि इस तरह की गैर-जिम्मेदाराना बातों से अपने अस्पताल के सार्वजनिक संबंध कितने खराब हो सकते हैं ? एक जिम्मेदार डॉक्टर होकर इस तरह बात करना गलत है।'' मेकार्थी ने उसको छेड़ा।

''तुमसे यह किसने कहा ? अनीटा ने ?''

''हो सकता है या उस लड़की की माँ से मिली शिकायत में दर्ज हुआ होगा, किंतु वह जरूरी नहीं। अगर कहीं मीडियावालों को यह पता चल गया कि तुमने इस प्रकार की बातें की थीं, तो सोचो, हमारे अस्पताल की क्या हालत होगी। चैनल 9 के लोग इस पर एक पीस तैयार कर रहे हैं, पता नहीं, उसमें क्या-क्या होगा। अगले सप्ताह के हेरल्ड में शायद यही कवर स्टोरी होगी। तुम्हीं बताओ, इस छोटे से बेकार शहर में उन्हें इससे ज्यादा आकर्षक दूसरी घटना कौन सी हो सकती है ? सारे देश में डॉक्टर लोगों की अदक्षता के चर्चे जारी हैं, उसके साथ इस छोटे से अस्पताल को भी जोड़ना है क्या ?'' यह कहते समय मेकार्थी थोड़ा सा गुस्से में था। मुकुंद को लगा कि यह मीडिया तक कैसे पहुँच सकता है, मगर यह भी लगा कि प्राथमिक पाठशालाओं में दिए जानेवाले मध्याह्न भोजन के मेन्यू को लेकर मुखपृष्ठ पर छापनेवाली पत्रिकाओं को इससे अच्छी और कौन सी खबर हो सकती है ?

''मैंने एक डॉक्टर के अंदाज से तो यह बात नहीं की थी, वह तो एक प्रोफेशनल गॉसिप था। हर पेशे के साथ यह होता है। साथी कार्यकर्ताओं के साथ रिश्ते बनाकर रखने के लिए इस तरह के गॉसिप जरूरी होते हैं। उस पर उस लड़की को दिए गए ट्रीटमेंट में कुछ कमी रह जाती और उस वजह शिकायत दर्ज होती तो भी बात ठीक रहती।'' मुकुंद ने अनमना होकर कहा।

''आगे चलकर, किसी पेशंट को लेकर गॉसिप करनी होगी तो यह बात पहले से समझ लो कि वह पेशंट कोमा में है भी कि नहीं ?''

''वह कोमा में रही होगी···'' कह दिया मुकुंद ने। फिर उसे शायद अपनी

गलती का एहसास हुआ होगा तो, ''मैं जो कह रहा हूँ, वह समझ रहे हो न?'' रुक-रुककर उसने कहा।

अब मेकार्थी जरा और चिढ़ गया। तभी दोनों को अचंभित करती सी मेकार्थी के ऑफिस में हठात् एक तीखी गंदी बास फैली। वहाँ पर थे, दो ही लोग। बहुत तीखी बदबू थी। दोनों उसे सह न सके। अपने ऑफिस से इमर्जेंसी रूम काफी दूरी पर है, मेकार्थी सोच रहा था कि यह बास वहाँ से यहाँ पहुँची थी या यहाँ से वहाँ पहुँची होगी और तभी मुकुंद सोच रहा था कि उस दिन पहली बार जब यह गंध फैली थी तो तब मेकार्थी इमर्जेंसी रूम में नहीं था, इससे आज की गंध को लेकर मेकार्थी क्या-क्या सोचता होगा, मेरे प्रति उसके मन में जो शक है, उसे वह और कितना बढ़ाकर सोच सकता है? ऐसा भी हुआ कि उन दोनों को अपने आप पर भी शक हुआ, दोनों ने अपने कूल्हों को जरा सा हिलाया। चेहरे पर मगर दोनों में से किसी ने भी कोई भावना प्रकट नहीं की, नाक तक को नहीं झाड़ा। सभ्य बनकर बैठे रहे।

मेकार्थी ने कहा, ''इस एयरकंडीशनिंग सिस्टम को एक बार सर्विस करवाने की जरूरत है। बात बदलने के लिए उसकी यह सबसे बड़ी कोशिश थी।'' धीमे से उसने मुकुंद से पूछा, ''तुम्हें यहाँ पर कुछ गंध तो नहीं लगी?'' और तभी मुकुंद ने भी एक साथ मना कर कहा, ''नहीं तो।'' मेकार्थी ने भी ''मुझे भी नहीं लगी'' कहा। थोड़ी देर बीती तो मेकार्थी को लगा कि आज और कुछ बात करनी नहीं तो उसने मुकुंद को बाहर भेजकर खुद भी बाहर निकल आया।

ड्यूटी के लिए दुबारा लौटने से पहले मुकुंद केफिटेरिया गया, एक कप काफी लेकर बैठा। उसका सिर फटा जा रहा था। बात कहाँ-से-कहाँ पहुँच रही है? पता नहीं, यह बदबू कहाँ से फैल रही है। उस सुंदर लड़की की या उसके पलंग की बगल में सोए उस बूढ़े की या ए.सी. डक्ट से दूसरे वार्ड की होगी? यह बदबू इनसान के बदन से फूटती है या अस्पताल की ही पैदाइश है, कौन जाने? यहाँ पर हजारों लोग आते-जाते रहते हैं। कौन जाने, कहाँ से यह गंध फैली होगी। बड़ी-बड़ी मीटिंग में जब सभी लोग बैठे रहते हैं, तब यह गंध नहीं फैलती और मैं जब रहता हूँ, तभी मात्र यह गंध क्यों आती है? आई, सही, मुझे चुप रहना था, वह छोड़ अंट-शंट मजाक नहीं करना था। समझ लो कि वह लड़की कोमा में थी। तब भी बीमार को लेकर मजाक करना अपना हिपोक्रोटिक होने का सबूत ही तो बनता है?

''छिह! छोड़ो भी मुकुंद। सभी लोग इस तरह की बातें करते रहते हैं। हर दिन, सुबह हुई नहीं कि तुम जैसे लोगों की कल्पना की दुनिया इस अस्पताल और

बीमारों को छोड़कर और हो भी क्या सकती है ? यह मेकार्थी, जो इतनी सारी बातें करता है, उसने अभी एडमिनिस्ट्रेटर बनने से चार साल पहले किसी लड़की से दायर केस जीतने की खुशी में पार्टी में इस बात की घोषणा की थी। कहा था, ये लड़कियाँ पेट दर्द का बहाना लेकर आती हैं, पेट दबाकर देखो तो बोलती हैं कि यह डॉक्टर अंट-शंट कैसी-कैसी जगह छू लेता है'' और सेक्सुअल हैरेसमेंट का बहाना लेकर केस दर्ज करा देती हैं। खास तो यह कि गलती तुम्हारी है मुकुंद। तुम्हें पहले से पक्का कर लेना था कि वह लड़की कोमा में है···नहीं, छोड़···तुम्हारी कुछ गलती नहीं। तुम तो प्राण बचा रहे हो ? जरा सा खेल-तमाशा कर लिया तो उसमें कौन सी बड़ी गलती हो गई ?'' उसने पढ़ा था कि हेल्यूसिनेशन बहुत बड़े संकेत हुआ करते हैं।

सिर एक बार झटका और उत्तम पुरुष में दुबारा सोचने लगा—यह ठीक, आज मेकार्थी के ऑफिस में वह गंध कहाँ से फैली थी ? भयंकर। इस अस्पताल के वेंटिलेशन में शायद कुछ कमी है या मैंने ही कहीं···छिह। नहीं हो सकता उस तरह मेरी जानकारी के बगैर उस तरह कैसे···छिह, छिह, नहीं मुकुंद तुम अपने आप पर कैसे शक करोगे हिम्मत रखो। समझो, तुम झूठ बोल रहे हो और ज्यादा देर तक वह उत्तम पुरुष में नहीं रह सका।

''कौन हो सकता है, क्या तुम्हें पता है ?'' पीछे बूथ से कोई बोल रहा था।

''मैं तो नहीं।'' अनीटा की आवाज थी।

''इतना पक्का कैसे कह सकती हो ?'' दूसरी औरत ने कहा।

''छिह ! वह मर्द का स्वभाव है।'' अनीटा ने।

''ओह ! वह बहुत ही सेक्सिस्ट स्टेटमेंट हो जाता है।''

''पूछ-ताछ करते वक्त कहीं इस तरह नहीं बोल देना।''

''यही नहीं, जोर-जोर से डकार लेना, जम्हाई लेना, जोर से छत उड़ाने के अंदाज में छींकना आदि सब मरदाने गुण हैं।'' हँसते हुए अनीटा कहती रही।

''तब और कौन, डॉ. मुकुंद तो नहीं ?''

''कौन जाने ? वहाँ पर तीन-चार मर्द लोग भी बीमार थे, फिर भी, यह इंडियन खाना जो है, मुझे उसी पर शक होता है।'' यह कह अनीटा दुबारा जोर से हँस पड़ी।

झट से वह उठ खड़ा हुआ, पीछे मुड़कर देखा और उन लोगों को अपने अस्तित्व की जानकारी दी। उसने सोचा यह था कि वे लोग घबरा जाएँगे, मगर उसके हाथ निराशा ही लगी। वे लोग अपने में मस्त हँसी हँसती जा रही थीं। मुकुंद को देखकर दुबारा 'हाय' कहा।

मुकुंद को अस्पताल के एडमिनिस्ट्रेशन से एक नोटिस मिला था। उस लड़की की माँ ने अलबामा राज्य के स्वास्थ्य विभाग में यह कहकर शिकायत दर्ज कराई थी कि अस्पताल परिसर स्वस्थ नहीं, उस दिन के इमर्जेंसी कमरे की गंध का मूल क्या था, इसका पता लगाना जरूरी है, अकस्मात् ही कहें, वह गंध यदि कोई जहरीली हवा रही होगी तो अस्पताल आनेवाले बीमारों के लिए वह किस तरह घातक साबित नहीं होगी, इसका सबूत अस्पताल के अधिकारियों को पेश करना होगा। पिछले दो सप्ताह से स्थानीय पत्र-पत्रिकाएँ इस बात को बढ़ा-चढ़ाकर वर्णन कर छाप रही थीं। चैनल 9 के रिपोर्टर ने किसी महत्त्वपूर्ण कार्यक्रम को बीच में ही काट दिया, आकर 'ब्रेकिंग न्यूज' कह डिजिटल में परिवर्तन किया और 'ब्रेकिंग विंड' कहते हुए मुसकराते वह बोली। मुकुंद ने सोचा कि इन शब्दों से फूटते गंदे मतलब की उसे कल्पना नहीं है, प्रेस के लिए इन शब्दों का इस्तेमाल कर रही है, इस रिपोर्टर पर केस दर्ज करना चाहिए। संसार कितनी सारी मुश्किलों से गुजर रहा है, इसको वह सब दिखाना चाहिए, मगर यह औरत एक छोटे से अस्पताल की बदबू को लेकर बड़ी रुचि दिखा रही है। मुकुंद को इन टी.वी. वालों पर बहुत गुस्सा आया, मगर मुकुंद का नाम विशेष रूप से नहीं लिया गया था। कुरसी के किनारे बैठकर वह टी. वी. देख रहा था। उसे अच्छा लगा कि टी.वी. वालों ने उसका नाम नहीं लिया था।

कई बार पूछ-ताछ चली। सबसे पहले अस्पताल के रिस्क मैनेजमेंट के लोग आए, बातचीत की, उसके बाद काउंटी के स्वास्थ्य विभाग से आए, आरंभिक पूछताछ कर गए। उसके दो दिन बाद राजधानी से स्वास्थ्य विभाग के दो विशेष अधिकारियों को पूछताछ करने हेतु भेजने के संबंध में नोटिस मिला था। जाँच-पड़ताल पूरे अस्पताल को लेकर ही चली थी जरूर, मगर तब भी मुकुंद को लग रहा था कि हर कोई उसी को निशाना बना रहा है और इस भावना से वह अपना सिर झुकाए हुए चलने लगा। पूछ-ताछ जैसे ही बढ़ती रही, मुकुंद के मन की अपराध भावना भी जाग्रत हुई। हुए उसे अपने आप पर शक होने लगा। उसको लगने लगा कि वहीं से एक छोटा सा कीड़ा उसके अंदर घुस गया है, और वह कीड़ा उसके पाचन रस से भी बचकर छोटी और बड़ी अँतड़ियों के बीच कहीं छिपकर बैठ गया है। फुफकारते हुए अपनी जानकारी से बाहर हो अपने चारों ओर फैलने का वह अनुभव करने लगा था। डरकर टॉयलेट में जाकर उसने अपने कपड़े उतारे, अपने शरीर के अलग-अलग भागों को उसने सूँघकर देखा, उस दिन की गंध के साथ उसकी तुलना की। दुबारा कपड़ा पहनते वक्त उसने ध्यान देकर देखा—कमीज कहीं दक्षिण अमेरिका में, पैंट मेक्सिको में और शूज चीन के बने थे। मुकुंद भारत में बना

था, इसके सबूत में उसके गले में एक तीन धागोंवाला जनेऊ था। इस अलबामा अस्पताल के बाथरूम में प्रसाधन का पाट और पानी ही बस वहाँ का था, बाकी सब बाहर से आया था। जब भी सूँघता, एक ही गंध आती। वह गंध इसके बदन से निकली थी या उसकी पोशाक से या संडास में खड़े होने की वजह से, समझ नहीं पा रहा हो, उसे पता नहीं चला तो वह बेचैन हो गया। वह तड़प उठा, उसने सोचा, इस गंध को रिकॉर्ड करने की कोई जरूरत तो नहीं।

मुकुंद के हिसाब से सभी जाँच-पड़ताल एक सी थी। हर किसी से यही पूछा जाता कि उस दिन अस्पताल में क्या हुआ था, अस्पताल में कौन सी घटना घटी थी? फिर मन मुताबिक प्रश्न करते। पूछते, कपड़े कितने दिन पहले धुले थे? बदन पर, कंधों के नीचे डिओडोरेंट लगाते हो? बालों में कौन सी क्रीम लगाते हो? खाना कब खाया था? उस दिन सबेरे पेट साफ हुआ था? आदि। इस प्रश्न के लिए कि क्या बदन पर डिओडोरेंट लगाते हो, वह हाँ में जवाब नहीं दे पाया था। उस पर किसी गंदे टी.वी. सीरियल का असर चढ़ा था। छाती ठोंककर 'जी हाँ' कहने के लिए, उसको लगा कि उसका पौरुष उतना सेक्योर नहीं है और उसने यह कहकर जवाब दिया था कि नहीं लगाता। वे इस वजह तड़प उठा था कि अनीटा इसमें जीत गई। अस्पताल के रिस्क मैनेजमेंट के लोग इसे राजधानी से आकर पूछताछ करनेवाले अफसरों के आगे जवाब देने की ट्रेनिंग दे रहे थे। वह लोग सिखा रहे थे कि जहाँ तक संभव हो, इसे 'हाँ' या 'न' में ही जवाब देना चाहिए। वे लोग कह रहे थे, कि यह अस्पताल की इज्जत का सवाल है, मुकुंद की मर्दानगी दिखाने को सेक्युरिटी की जरूरत नहीं।

उन लोगों ने यह भी कहा कि हो सकता है कि बहुत खराब हालत में वह लोग मुकुंद के डी.एन.ए. सेंपल्स भी देखना चाहते होंगे। तब जरूर मुकुंद चकरा गया। सेंपल्स कैसे, कहाँ से डी.एन.ए. से उसकी तुलना करेंगे? हवा में वह अनिल गल चुका है, उसका कोई डी.एन.ए. भी होगा? समझो कि वह है भी, तब उसे अस्पताल के दूसरे कर्मचारियों के डी.एन.ए. से तुलना कैसे करेंगे? छिह मुकुंद, कॉलेज में पढ़ाई करते समय तुम्हें बेसिक रिसर्च करना जरूरी था। अब देख, तुम्हारी इस हालत में मामूली से बाबू लोग भी अपनी जानकारी वाले सभी शब्द इस्तेमाल कर तुम्हें भरमा रहे हैं। घबराओ नहीं, वह लोग झूठ-मूठ कुछ-कुछ कह रहे हैं। हिम्मत रखो। मुकुंद छिह फिर से परकाय प्रवेश। सिर झाड़कर उसने अपने को कोसा।

इस बीच, मुकुंद के दुर्भाग्य ने चैनल 9 में ब्रेकिंग न्यूज में वह लड़की और उसकी माँ का साक्षात्कार करवा दिया था। उस लड़की ने अच्छी तरह मैकअप

कर, ड्रेस सूट पहनकर अपने बाल खुला छोड़ पाँव पर पाँव लटकाकर, ''जी, मैंने गलती की थी। मैं अभी सत्रह साल की हूँ। मेरा दिमाग खराब हो गया था, इससे अपनी माँ की नींद की गोली लेकर खा ली थी। कोई अस्पताल ले गए थे। मुझे थोड़ा-थोड़ा ही याद है। मैं ठीक से देख नहीं पा रही थी। उलटी करवाने के लिए मुझे कुछ-कुछ पिला रहे थे। तब बरबस एक दुर्गंध फैली। सड़े लाश की गंध जैसी। वह क्या था, नहीं कह सकती, बहुत गंदी बास थी। आँख जब खुली, जैसा मैंने अभी कहा, आँख ठीक से नहीं देख रही थी। किसी की पीठ दिखाई पड़ी। शायद सफेद कोट था, मगर एक बात की खूब याद है, कहा था, 'इस गंध के आगे कैसे भी इनसान को जागना ही पड़ेगा।' मुझे लगता है, वह पुरुष की आवाज थी, मगर चेहरा दिखा नहीं। बस, इतना ही याद है।' कहा था।''

सेंट मेरीस अस्पताल बहुत मुसीबत में उलझा है। इस घटना के बाद अस्पताल में आनेवाले रोगियों की संख्या बत्तीस प्रतिशत घट गई है। तीस मील की दूरी पर कहीं दूसरा अस्पताल भी नहीं है। उससे शहर के सभी लोगों को कष्ट पहुँचा है। क्या, अब तो हम आशा करें कि संबंधित अधिकारी उचित काररवाई करेंगे? कहते हुए संवाददाता महिला ने विषाद भरी हँसी हँसकर, 'मैकअप को सँभालते, आँख पोंछ रही उस सत्रह साल की खूबसूरत लड़की के लंबे बालों के ड्रेस सूटवाली तसवीर क्लोज अप में फ्रीज किया और क्लिप बंद की। वह दुबारा आई और ''सुनने में आया है कि उन डॉक्टर का नाम डॉ. मुकुंद है।'' कहा और हँस दी। उसने सोचा, अब मैं खत्म हो गया।

वह किस स्टाइल से बैठी है। किसी ने उसे सूट भी दिला दिया है। उस सूट के अंदर बसे उसके बदन के सारे उभार-उतार पर उसने बंकिम, अंगूठी आदि लगा रखी है, मुकुंद चिल्ला उठा। हाय रे हरामखोर, उसने विटामिन की गोलियाँ खाई थीं, उससे वह नहीं मरती। स्वेच्छा से वह अस्पताल छोड़ गई है। कौन जिम्मेदार बीमार यह सब करता है। आओ रे, तुम लोग मेरा साक्षात्कार लो। मैं उससे भी चार गुना महँगा सूट पहनकर बैठूँगा। मैं भी चाहो तो डिओडोरेंट भी लगाऊँगा। उससे भी ज्यादा प्रोफेशनल बनकर जवाब दूँगा। आओ रे!'' कहकर चिल्लाया। उसे कुछ घबराहट हुई। कमरे में कंप्यूटर था। उसे चलाया अलबामा और फार्ट कह गूगल चलाया। तभी उससे जुड़े दूसरे शब्दों के साथ 'मुकुंद' भी निकला तो वह तड़प गया। साक्षात्कार होने के पंद्रह मिनटों के भीतर उसका नाम अलबामा की अपानवायु के नाम के साथ जुड़कर सारे संसार में फैल रहा था। मुकुंद इसे देख घबरा गया।

आगे पंद्रह मिनट बाद मुकुंद और अनीटा। इन दोनों को राजधानी से आकर, पूछ–ताछ करने तक ड्यूटी करने से मना कर अनिवार्य अवकाश लेकर रहने को कहा गया। शहर के लोगों को यह जानकारी देने के लिए कि अस्पताल काररवाई कर रहा है, अस्पताल के पास दूसरा कोई रास्ता नहीं बचा था। इस कारण इन दोनों को होनेवाले कष्ट के लिए खेद जताकर मेकार्थी ने इन दोनों को अलग-अलग नोटिस भेजा था। यह भी लिखा कि इनमें से कोई भी टी.वी. या किसी भी मीडिया को साक्षात्कार न दे। देने की हालत में होनेवाले परिणाम के लिए अस्पताल जिम्मेदार नहीं होगा और यदि ऐसा कुछ भी हुआ तो इनकी तरफ से अस्पताल वकील की फीस आदि कुछ भी अस्पताल से नहीं देने का निर्णय लिया जा सकता है।

अगर अमेरिका में उसे रहना था तो नौकरी करना अनिवार्य था, फिर तो वीसा की भी दिक्कत हो जाएगी, इस वजह से मुकुंद तड़प उठा, मगर अस्पताल के वकीलों ने उसे यह कहकर सांत्वना दी थी कि ऐसा कुछ भी नहीं होगा।

यह होकर अब तीन साल बीतने लगे। न्यूयॉर्क में इमारतें धँस गई हैं। सद्दाम की संतानें मर चुकी हैं। बुश कह रहा है कि अलकायदा पूरी तरह उलट कर पड़ा है। यह अनुमान है कि सद्दाम और बिन लादेन अभी जिंदा हैं। कैलिफोर्निया के गवर्नर के चुनाव में आर्नाल्ड श्वार्जनेगर और एक महिला स्ट्रिपर लड़ रहे हैं। इकोनॉमी में सुधार हो रहा है। अंदाज लगा रहे हैं कि बुश दुबारा चुनाव लड़ेंगे। सुना है कि इस बार अलबामा में खूब गरमी है। मुकुंद अंतर्जाल में ये सब पढ़ता है।

मुंबई में फिर से बम गिरा है। कहते हैं, वीरप्पन को पकड़नेवाले हैं और शायद सांग्लियाना सेवानिवृत्त हुए हैं। किसान आत्महत्या कर रहे हैं। तीन–चार कन्नड़ सिनेमावालों को पुरस्कार मिले हैं। मूर्तिराव की मृत्यु हो चुकी है। कहते हैं कि बेंगलुरु में अभी तीन–चार और फ्लाई ओवर लगानेवाले हैं। ये सब वह सुबह की पत्रिका यानी समाचार–पत्र में पढ़ता है।

बेंगलुरु बैठकर समाचार–पत्र पढ़ने की हालत में पहुँचने के लिए वजह वही तीन साल पहले की वह तीखी बदबू थी। वह जिस दिन बेंगलुरु आ पहुँचा था, उसी दिन तिलकधारी प्राइवेट टी.वी. के संवाददाताओं ने यह बात कही थी। उन लोगों ने मुकुंद से साक्षात्कार करने की खूब कोशिश की थी, मगर मुकुंद उनके हाथ नहीं लग पाया था। अब मुकुंद ने कर्ज उठाया था, उस पैसे से बेंगलुरु में एक हाइटेक अस्पताल बनवा रहा है। वह स्वयं सारी देखभाल कर रहा है। प्रैक्टिस के

बीच में से समय निकालकर रोज जा आता है। डॉ. मुकुंद, एम.बी.बी.एस., एम.डी. (यूनिवार्सिटी ऑफ अलबामा एट बर्मिंघम) के साथ कोष्ठक में यू.एस.ए. जरूर अंकित करना वह बोर्ड पर लिखनेवाले से कहता है। हर कमरे में उसने एक्जहास्ट लगवाया है। उस पर भी उसका विश्वास नहीं जमता, इसीलिए उसने हर कमरे में भूताकार खिड़कियाँ रखवाई हैं। बेंगलुरु लौटने के बाद उसने अपने साथ आए सामान से बदबू निकलने की कल्पना कर सभी नई चीजें खरीद ली हैं। बीच-बीच में बदबू फिर से आती है। गेस्ट्रो एंटरालजिस्ट मित्र से सिर से पैर तक एंडोस्कोपी में परीक्षण करवा लिया है। मित्र के यह कहने से कि सबकुछ ठीक है, उसने मजाक में पूछा था कि तुम्हारी मशीन की हालत तो ठीक है न? जवाब में मित्र कहता है कि इसे अभी-अभी अमेरिका से मँगाया है।

मुकुंद के अमेरिका से लौटने को लेकर कई तरह की काल्पनिक बातें उछली थीं, मगर अब वे सब बातें ठंडी पड़ गई हैं। एक समाचार-पत्र में लिखा था कि उसने वहाँ अपनी नौकरी खो दी, दूसरी पत्रिका ने यह रपट लिखी थी कि अमेरिकी व्यवस्था से तंग आकर मुकुंद ने इस्तीफा दे दिया था। मुकुंद को तब आश्चर्य का अनुभव हुआ था कि अपने जैसे सामान्य डॉक्टर के लौटने को लेकर टी.वी. वाले क्यों इतनी रुचि दिखाते हैं। कुछ लोगों को यह भी कहते सुना है कि शायद इमिग्रेशनवालों ने उसे बहुत तंग किया, विषैली गैस तैयार करने के आरोप में उसे जेल में बंद कर दिया था, उसका पासपोर्ट भी छीन लिया गया है आदि। इस तरह की बिन माँगे मिली ख्याति से ही मुकुंद बहुत बड़ा डॉक्टर बन गया। अभी कुछ ही दिन पूर्व उसका एक टी.वी. साक्षात्कार आया था। उसमें मुकुंद से यह प्रश्न किया गया कि आप अमेरिका छोड़कर यहाँ कैसे आ गए? चिकबल्लापुर के एक दुष्ट टी.वी. संवाददाता के इस प्रश्न के उत्तर में मुकुंद ने 'कन्नड़ की मिट्टी की गंध मुझे यहाँ तक ले आई' कहकर जवाब दिया था।

लोग आपस में बातचीत करते कहते हैं कि मुकुंद का यह अस्पताल पूरा बन जाने के बाद, उसके आगे कोई विदेशी अस्पताल उसका सानी नहीं रखता। मुकुंद को इ-मेल मिला था कि वहाँ पर अलबामा में उस सुंदर लड़की का केस कोर्ट से बाहर कई हजार डॉलर देकर सेटल हो गया है। मुकुंद की सेक्रेटरी ने शायद चोरी से यह इ-मेल पढ़ लिया था, मेकार्थी और अनीटा ने शायद कुछ दिनों तक साथ रहकर जीवन जिया, उसके बाद शादी की, एक बच्चा पैदा हुआ, अब शायद डाइवोर्स के लिए कोशिश कर रहे हैं।

प्रवासी भारतीयों की तादाद के सद्यः अमरीका के अलबामा स्टेट के निवासी गुरु प्रसाद ने स्वयं को एक श्रेष्ठ भारतीय कथाकार की प्रतिष्ठा दिलाई है।

अपने पेशे के कारण विदेशों में रह रहे भारतीय वहाँ रहकर भी अपने मूल को क्यों और कैसे छोड़ नहीं पाते, यह प्रश्न हम सबको इसलिए सताता रहता है, क्योंकि प्रश्न का उत्तर स्वानुभव ही दे सकता है।

साहित्य के क्षेत्र में इसे भारतीय डयास्पोरा कहते हैं।

कागिनेले की कहानियों में इसी भावना की अभिव्यक्ति होती है। व्यंग्य-कटु हास्य द्वारा और सूक्ष्म व्यंजना से इसकी अत्यंत सुंदर और गहरी अभिव्यक्ति होती है, जिसे मन के चिंतन में एक चिरंतन स्थान मिलता है।

□

नोटों का परिंदा

–केशव रेड्डी हंट्राळ

We learn form experience that
Men never learn anything from experience

यह ब्रह्मांड, तारा समूह, भूमि, वायु, जल, अग्नि, शब्द, ध्वनि, दृष्टि, सपने, प्रज्ञा, जीव जगत् इन सब का जन्म क्यों हुआ, इनकी रचना क्यों हुई आदि सदाकाल के लिए अनुत्तरित प्रश्न हैं। जीव जगत् के हर शरीर में जब तक श्वासोच्छ्वास है तब तक सब कुछ सत्य है : साँस बंद होने के बाद सब कुछ मिथ्या है। साँस और देह का अनुसंधान¨मै गॉड कैसा विस्मय ? प्रिय श्रोतागण मेरी कथा रचना के इन पचास वर्षों में मैंने कभी सपने को आधार बनाकर कथा रचना नहीं की, आपने ध्यान दिया होगा कि जीव जगत् के इंस्टिंक्ट ये भूख, कामवासना, द्वेष, मात्सर्य, क्रौर्य आदि मात्र मेरी कहानियों के प्रणात्मा बन घने रूप से आवृत्त होकर कथावस्तु के विकास में एक प्रकार से बने आवरण का स्वत: निर्माण करते रहे हैं, इस प्रकार की क्रिया के लिए साइकोलॉजी, इकोनॉमिक्स और सोशियोलॉजी इन तीनों विषयों का छात्र होने से ही शायद यह मेरा गहरा विश्वास था कि कारण रहे होंगे। सपनों को लेकर मेरा ज्यादा मोह है भी नहीं, सुप्त मन अगोचर रेशों में सपने का जन्म होता है, इस कारण मैं यही सोचता हूँ कि सपनों में एक Absurd विसंगत घटना ही रहती है। मगर अपनी युवावस्था में मैं स्वप्न स्खलन से खुश होता था। शरीर और मन के संपर्क की स्थिति को कोई अनिर्वचनीय अनुभूति सपनों से अभिव्यक्त होती होगी। मैं इसी निर्णय पर पहुँचा हँ कि सिग्मण्ड फ्रॉयड से शुरू कर अलेन हाब्सम, मार्क ब्लेचन तक सबने इसे एक अध्ययन विषय बनाकर समझने की कोशिश की,

मगर किसी के भी सपनों की एक खास सही व्याख्या कोई भी नहीं दे पाया। सृष्टि तथा उसके चारों तरफ चक्कर लगाते हुए कई रहस्यों को जानने की कोशिश में लगे विश्व भर के श्रेष्ठ वैज्ञानिक या श्रेष्ठ मनोवैज्ञानिक या श्रेष्ठ दैवांशसंभूत किसी को भी इसका अलश्य रहना एक बहुत बड़ी बात है।

प्रिय पाठकों, क्षमा हो, मुझे आपके आगे इतनी सारी पीठिका इसलिए रचना अनिवार्य हुआ कि पहली बार मैंने सपनों को आधार बनाकर कहानी गढ़ने का प्रयास किया है। मैंने जो सपना देखा, उसे मैं कच्चा ही, चंदामामा की कथा के रूप में अत्यंत सरल स्वरूप में आपके आगे रख दूँगा। कहानी हो या सपना, उसके लिए कहीं ऐसा नियम भी नहीं कि उसका एक तार्किक अंत हो। उस दिन मैं जब जागा तब एक बड़े खुले मैदान में सीधे पड़ा हुआ था। पूरा नंगा पड़ा था। लग रहा था कि शरीर बहुत भारी हो गया है, हिलना भी संभव न था। मैं एक जंतु में रूपांतरित हो गया था। मैं इतना बड़ा जंतु बना था कि खुद कभी इतने बड़े जंतु को देखा भी नहीं था। तभी सूर्योदय हो रहा था। सूरज किरणों के साथ ही एक बड़े आकारवाला परिंदा सूर्य गर्भ से ही आविर्भूत सा आकाश में दिख गया था। वह आकाश पर उड़ रहा था तो उसकी छाया भूमि पर एक बड़े आकार वाले बादल जैसे चल रही थी। उस परिंदे ने मुझे देखा था। मेरी तरफ वह उड़कर आया एक अपनी चोंच से सहसा निगलकर टट्टी कर दी। टट्टी के साथ मैं जमीन पर झड़ गया था और साधारण इनसान बना था। पर वह परिंदा मात्र तभी सूर्य किरणों साथ उड़कर आता हुआ-सा लग रहा था। उस तरह के इतने बड़े परिंदे को लोग पहली बार देख रहे थे। बड़े-बूढ़ों ने आपस में कहा था, "वाह इस तरह के परिंदे को हमने अपने जीवनकाल में देखा ही नहीं, यह तो पुष्पक विमान सा दिख रहा है…" महिलाओं ने फिर चकित होकर कहा था, "ओह कैसा सुंदर रूप है। रंग, आकारवाले इस जैसे परिंदे को हमने कभी देखा नहीं था…"

कुछ डरपोक लोगों ने यह कहते हुए कि, 'यों तो यह गीध होगा जो जानवर, पक्षी आदि के साथ इनसान को भी निगलने आया होगा…या दूसरे ग्रहों में जीते जीवों की योजना हो सकती है, भागते हुए जाकर घरों में छिपकर बैठ गए। कुछ युवाओं ने आपस में फुसफुसाते हुए कहा था, "इस प्रकार के अजीब परिंदों को हमने किसी सिनेमा में भी नहीं देखा था, हमने अच्छे-अच्छे अंग्रेजी सिनेमा भी देखे हैं…" कुछ पंडित महानुभावों ने अपना सिर हिलाकर कहा था कि हमने कई पुराण और पवित्र ग्रंथों का अध्ययन किया है, किंतु इस प्रकार के विशिष्ट परिंदों का उल्लेख किसी भी ग्रंथ में न देखा। कुछ निराशावादियों ने व्यथित होकर चिंता जताई। कहा था, "यह पक्षी प्रलय की अग्रिम सूचना तो नहीं दे रहा होगा…।"

लोग आकाश में उड़ते इस पक्षी को देख ही रहे थे कि वह भूमि पर उतरा और एक बड़े मैदान के बीच आ बैठ गया। लोग उसे निकट से देखना चाहते थे। हिम्मतवाले कुछ लोग उसकी तरफ आगे बढ़े। मैंने उनमें से कुछ लोगों को रोका और जोर से चिल्लाकर कहा था, ''वह राक्षस पक्षी है जो उसके पास पहुँचेगा, उसे वह निगल लेगा।'' मगर मेरी बातें लोगों को भी नहीं सुनाई दे रही थीं। मैं तब जंतु के रूपाकार में था, तब मुझे निगलकर उसने दुबारा मनुष्य का सामान्य रूप दिया था, इस कारण उस पक्षी पर मेरा प्रेम भी था, इस कारण उसके पास हिम्मत कर जो लोग जा रहे थे, मैं भी उनके पीछे-पीछे हो लिया था। उसके पास चारों तरफ कई लोग जमा हो गए थे। वास्तव में वह एक आकर्षक विशिष्ट मुग्धतापूर्ण परिंदे सा लग रहा था। छोटी सी चोंच, छोटी सी आँखें और उसकी छोटी-छोटी टाँगें थीं। ऐसा लगा कि वह मेरा भ्रम होगा कि इसने मुझे निगल लिया था। मगर उसका शरीर वृहदाकार सा लग रहा था। उसके बदन पर लाल रंग से जुड़ा आकाशी वर्ण के पंख थे। मैं हिम्मत कर उसके बहुत करीब पहुँच गया था। काफी लोगों ने मेरा पीछा किया था। उसकी छोटी-छोटी आँखें थीं तो उसमें घना मंदहास भरा था, उसे मैंने ही नहीं, सभी ने ध्यान से देखा था। वह बहुत ही साधु स्वभाव का परिंदा था। मैंने सहजभाव से उसकी देह को संवारा था। एक ऐसा अद्‌भुत आश्चर्य आँखों को दिखा, जिसे जिंदगी में कभी भी देखा न था। उसके पंख, पते, फुनगी आदि सब कुछ हजार रुपयों के नोटों से बने थे। और लोग जो मेरे अगल-बगल और चारों तरफ थे, उनको भी मालूम हो गया था। एक आदमी जो मेरे पास ही खड़ा था, उसने हिम्मत कर एक नोट उखाड़ लिया था। उस एक हजार रुपयों के नोट की किसी दूसरे इनसान की जेब से निकले नोट से तुलना की गई। सेम-टू-सेम। अणुमात्र अंतर न था। उसका रूपाकार, रंग, वजन, उस पर अंकित भाषा, नोट की संख्या सब कुछ ओरिजनल। एक और आश्चर्य यह था, जो नोट उखाड़ा गया था, उसकी जगह एक दूसरा उसी जैसा नोट उग आया था। अब कई लोगों ने पक्षी के पंख अर्थात् करेंसी नोटों पर हाथ डालकर उखाड़ना शुरू कर दिया। उखाड़ने के तुरंत बाद फिर से नोटों से परिंदे का शरीर भर जाता था। मैंने भी काफी मात्रा में नोटों को उखाड़कर अपनी जेब भर दी थी। ऐसा होता कि नोट उखाड़ते रहते और परिंदा उससे आवृत होकर सुखानुभाव सा करता जाता। अब वहाँ पर जितने भी लोग घुमड़े थे, उन सबने सम्भ्रम के साथ नोटों को उखाड़कर अपनी-अपनी जेबों में, थैलों में भरना शुरू कर दिया। कुछ लोगों ने तो खुशी से चिल्लाया भी, कुछ और लोगों ने यह कहते हुए कि, 'ओह परिंदे, आहा परिंदे, सोने के परिंदे, हीरे-

जवाहरातों को नीचा दिखाते परिंदे उसकी प्रशंसा में गाना गाते नोट उखाड़ने लगे थे।

किसी ने न्यूज चैनलों तक यह खबर पहुँचा दी थी। दसों न्यूज चैनलों के संवाददाता एक घंट के अंदर वहाँ पर हाजिर हो गए थे। माइक, कैमरा लेकर पक्षी के पास भाग आए थे। आज तक कभी किसी चैनल वालों ने इस प्रकार की अद्भुत विस्मयकारी खबर सुनाई न थी। संवाददाताओं ने परिंदे का बदन सहलाकर नोटों को उखाड़ा, उसी जगह फिर से नए नोटों को उगते, नोटों की ओरिजिनालिटी को दिखाते विवरण देना शुरू किया। सभी चैनलों में यह ब्रेकिंग न्यूज होकर लाइव प्रसाहित हो रहा था। विशेषज्ञ कैमरामैन परिंदे की चोंच को, आँखों को, पाँवों को क्लोजअप में क्लिक कर चैनलों के लाइव न्यूज को रवाना कर रहे थे। लोगों द्वारा नोट उखाड़ने पर परिंदे को मत्तता अनुभव करते आँख बंद कर सुखानुभव करते दृश्य सभी चैनलों में बहुमूल्य क्षणों जैसे फिर-फिर प्रसारित करते जा रहे थे। 'कुबेर का माया पक्षी', 'ऐश्वर्य का जहाज', 'करेंसी का कल्पवृक्ष', 'धन का अक्षय पात्र', 'समानता की साक्षी प्रज्ञा' आदि पाद टिप्पणी ब्रेक न्यूज में देते जा रहे थे। खबर सुनकर देश के विभिन प्रांतों से लोग आश्चर्य और सम्भ्रमित देश के विभिन्न प्रांतों से लोग आश्चर्य और सम्भ्रमित होकर पक्षी को ढूँढ़कर जाने को तैयार हुए।

तभी एक और खबर प्रसारित होने लगी थी। धन का नोटों का परिंदा सर्वांतर्यामी हो गया था। धनी-निर्धन का भेद न था, किसान-मजदूर, उद्यमी-कार्मिक, धनवानों की कालनी-स्लम आदि भेदभावों को दूर कर नोटों का परिंदा हर कहीं दिखने लगा था। न्यूज चैनलों के संवाददाताओं से रपट जारी करते ही पक्षियों के बदन से नोटों को उखाड़कर भरने लगे थे। स्टूडियों में जो लोग थे, संवाददाताओं को, कैमरामैन लोगों को उन लोगों ने फोन किया, विनती की कि जितना हो सकें, उनके लिए भी नोटों को गाड़ियों में भरकर ले आवें। उस पक्षी ने सबसे पहले किसान समुदाय को आकर्षित किया, मजदूरों को, निम्न मध्यम वर्ग के गरीबों को और भिखमंगों को आकर्षित किया। उन सबने यह कहते हुए कि, 'करोड़ों करोड़ सालों से हमें न्याय नहीं मिला था, किसी को भी हमारे प्रति सहानुभूति उपजी नहीं थी। खूब अपने जीवन को जर्जरित कर मेहनत करते, मगर उसके योग्य मूल्य नहीं मिलता था। अंत में फिर भगवान ने आँख खोली है···ऐसी हालत थी कि कभी पेट भरता तो कपड़ा नहीं होता, कपड़ा होता, पेट को नहीं मिलता। भले कोई भी राज करने आता, हमारी वही खराब हालत बनी रही। सद्य भगवान ने दया दिखाई है···इतने दिनों तक विनती कर, माँगकर जिंदगी गुजारी। कम-से-कम आगे से शांत जीवन जीना चाहिए···' वे सब सम्भ्रम के साथ परिंदे की तरफ निकल पड़े। उनके साथ

कॉलेजों के छात्र भी निकले, यह कहते हुए कि तीव्र महँगाई की हालत में जीना ही मुश्किल हो गया है, ऐसे समय रिश्वतखोर लोग ही मजे से जीवन जी सकेंगे। सद्य हमें एक अच्छा रास्ता मिल गया। अच्छा यह रहेगा कि सरकार यह नोटिस निकालें कि रिश्वतखोर लोगों को नोट उखाड़ने से मना है।'···इस तरह रिश्वत खाने के अवसर थे, वंचित लोगों ने तर्क पेश किया।

'हम लोगों ने कई हजार वर्ष यज्ञ-याग आदि किए। उसी का यह फल मिला है। यह हमारी पूजा, भक्ति से संतुष्ट होकर भगवान ने पक्षियों के रूप में स्वर्ग को ही भूमि पर भेज दिया है। आगे से हमारा देश सुसंपन्न बना रहेगा। इसका फल हम लोगों को भी अनुभव करना चाहिए।'···कहते मंदिर के पुजारी, मठों में विलसते मठाधिपति-महंत, हजारों की संख्या में भक्त लोग, परिंदे की तरफ प्रार्थना करते, ध्यानस्थ होकर जयघोष करते खुशी से आगे बढ़े थे। उद्यमी, व्यापारी, होटलों के मालिक, जौहरी लोगों ने एक आवश्यक सभा बुलाई थी। वे लोग इस निर्णय पर पहुँचे कि 'हम लोगों में से किसी को भी पक्षी के धन पाने के लिए आगे नहीं बढ़ना चाहिए। वह हमारी पोजिशन के योग्य नहीं। लोगों के पास पैसे जमा होने पर वे लोग खरीदारी करने आगे बढ़ेंगे। तब तीस-चालीस पर्सेंट का ज्यादा नफा रखकर व्यापार करे उसमें मेहनत नहीं लगती, तब इज्जत रखकर पैसों की ढेर बना सकते हैं। मगर उसी समय मजदूर, हम्माल, ड्राइवर लोगों ने भी एक रहस्य बैठक बुला दी और यह कहकर इतने वर्षों तक इन मालिकों ने हमारा पूरा-पूरा शोषण किया है। मेहनतकर, पसीना बहाकर दिन-रात थककर हमने मेहनत की है। हमें कुत्तों जैसे थोड़ा-सा डालकर पूरी कमाई को ये लोग अपनाते रहे हैं। हमारे पसीने का कोई मोल ही नहीं था। हम लोग ऐसा करेंगे कि तुरंत काम करना रोक देते हैं, पक्षी के पास चलते हैं···इस प्रकार का बढ़िया निर्णय लिया और पक्षी की तरफ आगे बढ़े। इनके साथ छोटे-मोटे उद्यमी, फुटपाथ (पैदल पार पथ) के व्यापारी भी जुड़ गए। सॉफ्टवेयर कंपनियों के आगे बैठे काम कर अपना दिमाग ही खराब हो गया है। जीवन में केाई उल्लास नहीं रह गया है। और कुछ नहीं तो बीवी-बच्चों के साथ बैठकर बातचीत करने की भी हालत नहीं रही है। नोटों के परिंदे के पास जाकर नोट तोड़कर आने से एक-दो साल तो कम-से-कम आराम से बीवी-बच्चों को लेकर घूम-फिरकर आ सकते हैं···' अपने कंप्यूटर डाउनलोड कर दिए नोटों के पक्षी को तलाशने निकल पड़े। पक्षी को देख कारखानों के नेता लोग भावुक हो गए। कुछ मजदूरों के नेताओं ने उसे 'समानता वाला परिंदा' नाम रख दिया। एक मजदूर नेता ने तो अपनी आँखों में आँसू भरकर कहा, ''मुझे ऐसा लगता है ये पक्षी कार्ल मार्क्स

के पुनर्जन्म की लाशें होंगी। इन पंक्षियों ने सच्ची मानवता की लड़ाई में विजय पाई है। इस कारण मैं इन पक्षियों को कार्ल मार्क्स के पक्षी ही कहूँगा। कम्यूनिस चिराग हो…'' तीव्र भावावेग के साथ उसने टी.वी. चैनलों के कैमरा के सामने कहा था।

साहित्यकार, बौद्धिक व्यक्तित्व, सामाजिक चिंतक भी समूह बनाकर इस अजीब परिंदे को देखने भागते हुए आए। कुछ लोगों की दाढ़ी थी, कुछ लोग कुरता-कमीज में थे। कुछ लोग सिगरेट फूँक रहे थे। कुछ लोग अपनी ठुड्डियों के पास उँगली रखकर इस तरह परिंदे की तरफ ताक रहे थे। मानो किसी कुछ चिंतन में डूबे हों। ये किसी भी आगत व्यक्ति को पहचानने की हालत में नहीं थे। कुछ लोगों ने नोटों के पक्षी पर आशु (तत्काल) कविता रच दी। कुछ कथाकार, उपन्यासकार इस चिंता में लगे थे कि इस परिंदे पर एक अपरूपी कथा-उपन्यास आदि लिखकर साहित्य अकादेमी, ज्ञानपीठ जैसी संस्थाओं से पुरस्कार पाएँगे निर्णयकर अपने मन से ही स्केच बनाने लगे। फिर सभी ने अपना-अपना निर्णय लिया, परिंदे के बदन पर हाथ लगाया और नोट तोड़ने लगे। सहिष्णुता और असहिष्णुता के पक्षधर और विरोध करनेवालों ने इस नोटों के पक्षी को एक साथ सहिष्णुता का पक्षी कह मान लिया, अपने पुराने मतभेद भूलकर आपस में एक-दूसरे का हस्तलाहाव किया, गले लगे और मुसकरा दिए। यह सब करने के साथ वे लोग अपनी-अपनी ताकत के हिसाब से नोट तोड़ते जा रहे थे। इसी अवसर पर फिल्म जगत के निर्माता, निर्देशक, तकनीकी, विशेषज्ञ, मजदूर-कर्मचारी सभी एक साथ आ गए थे। इस पक्षी को लेकर बड़े बजट के सिनेमा बनाने के लिए शीर्षक ढूँढ़ने में लगे थे। 'हीरे का पक्षी', 'करेंसी कवच', 'सोने का ढेर', 'धन का ऊन' आदि शीर्षक अपने सेलफोन पर लिखने लगे। कई नामी अभिनेत्रियों ने अपनी यह ख्वाहिश जाहिर की थी कि इस परिंदे के साथ वे अभिनय करेंगी। फिर इन सबके बाद सभी एक साथ परिंदे से नोट तोड़ने हेतु आगे बढ़े। बड़े अस्पतालों में, नर्सिंग होम आदि जगहों पर, सरकारी अस्पताल में कई तरह की बीमारियों से तड़पते लाखों रोगी टी.वी. में प्रदर्शित होते नोटों के परिंदे की खबर देखी-सुनी तो नए उल्लास के साथ अपना सरा दर्द भुला दिया, परिंदे की तरफ भागने लगे। इस प्रकार के विस्मय को देखकर डॉक्टर लोग, नर्स, नर्सिंग होम के मालिक लोग अपने-अपने अस्पताल और नर्सिंग होमों के दरवाजे बंद किए, बीमारों के पीछे वे स्वयं नोटोंवाले परिंदे की तरफ भागने लगे। विशेषज्ञ डॉक्टरों ने दाँतों तले उँगली दबाई, कहा, ''यह कैसी बात है कि भयानक बीमारी से तड़पते बीमार लोग भी इस तरह माया में डूबे लोगों जैसे खुशी-खुशी चलकर जा रहे हैं। वास्तव में यह विश्व की अद्‌भुत घटनाओं में से

एक है, इसमें शक नहीं।'' इसी तरह अदालत, जेलों में भी खबर सुनकर एक तरह का अस्त-व्यस्त वातावरण बना। वकील, उनके क्लाइंट, जेल वार्डन, पुलिस आदि ने अपना कर्तव्य भुला दिया और अपने से जितना संभव था, उतने नोट जमा करने पक्षियों की तरफ बढ़ने लगे। कैदी लोगों ने ताली बजा-बजाकर प्रतिज्ञा की कि हम आगे से अपराध करना बंद कर देते हैं और नोटों वाले पक्षियों की तरफ तेजी से चलना शुरू कर दिया। इन घटनाओं से न्यायाधीश भी विचलित हुए, नोटवाले परिंदे की तरफ आगे बढ़े। चोर-उचक्के लुटेरे भी न्यायाधीश के पीछे-पीछे चल पड़े। वेश्याओं ने भी मीडिया से खबर पाई, उनमें भी अपना चेहरा उस तरफ किया (उस दिशा में आगे बढ़ीं)।

न्यायाधीश, वकीलों ने अपने द्वारा प्रतिपादित वाद फ़ैसले आदि का आत्म-विमर्श करते जाति, धर्म, वर्ग आदि भेद-भावों से दूर हो सभी को समान संपदा का दान कर वे पक्षी सही मायने में न्याय देवता है, पक्षी को अनिरोध रूप से 'न्याय देवता' का विरुद प्रदान कर नोट तोड़ने आगे बढ़े थे।

वेश्याओं ने आपस में बात कर आँखों में आँसू भर लिये और कहा, ''जीने वास्ते हमने इतने वर्षों तक अपनी देह, इज्जत आदि सब कुछ बेच लिया था, कामी हमें बहुत हिंसा देते, हम वह सब सह लेती थीं, अब आगे से समाज के इज्जतदार लोगों जैसा जीवन ही जिएँगी। इस परिवर्तन के लिए जिम्मेदार नोटों के पक्षी के हम आनेवाले कई जन्मों में ऋणी रहेंगे।'' उनमें से बड़ी बूढ़ी वेश्याओं ने हर्षोद्गार कर नोटों की देवता उघे-उघे''कहा था। सबने खुशी से पक्षी के पंख तोड़ना शुरू कर दिया।

चोर, भारी लुटेरे, धोखेबाजों ने बड़ी सावधानी से नोटों के परिंदे को छुआ, उसके पंख बने नोटों को तोड़कर पवित्र बने, कहाँ हम भी जीने के लिए ही चोरी किया करते थे, हमारी इस बेबसी को किसी ने नहीं समझा था, आज मगर ऐसा लगता है कि हमारे लिए ही यह परिंदा आसमान से उड़कर आया है। वृद्ध-वृद्धाएँ, लँगड़े-लूले, अंधे, काने-बहरे, औरतें-बच्चे, सभी ने अपने-अपने आवासों के करीब टिके नोटों वाले पक्षियों को देखने, नोट तोड़ लेने इस तरह जैसे मेल देखने जा रहे हों, निकल पड़े। टी.वी. चैनलों में इस प्रकार के अद्‌भुत दृश्य देखते अपनी आँखों में खुशी भरते वैज्ञानिक, इतिहासकार, समाजशास्त्री, दार्शनिक, भविष्यविद् वक्ता, समाज कार्यकर्ता, दानी सबने What a Secular Bird कह घोषणा की थी।

इतना सारा शोर मचाने पर राजनीतिज्ञ भी जाग्रत् हुए थे। अब तक यह सोचते हुए कि नोटोंवाले पक्षी के पास जाने से अपनी इज्जत घट जाएगी, उस दिशा में

मुड़कर भी नहीं देखा था। अब जब किसी राजनीतिज्ञ ने उससे यह कहा कि सारा जन समुदाय ही प्रज्ञाहीन सा होकर नोटों के पक्षी की तरफ जा रहा था, तो उनके नोटों पर ही आश्वस्त होकर राजनीति करते लोग यदि वहाँ नहीं गए तो समाज में गलत संदेश जाएगा। हर तरह के, हर वर्ग के राजनीतिज्ञ पक्षी की तरफ निकल पड़े। जाकर उन लोगों ने भी पक्षी के बदन पर अपना हाथ आगे बढ़ाया। इन राजनीतिज्ञों को अब यह चिंता सताने लगी कि इस पक्षी के कारण गरीब–अमीर एक समान हो जाएँगे, तब हमारी बात कौन मानेगा?

नोटों के पक्षी को लेकर अर्थशास्त्रियों के बीच कई मतभेद पैदा हो गए। कई अर्थशास्त्रियों ने नोटों के पक्षी का समर्थन किया। उन्होंने कहा, ''नोटों के पक्षी के कारण राष्ट्र की जनता की औसत आय में वृद्धि होगी। देश में पूँजी का निवेश बढेगा, उससे उत्पाद में वृद्धि होगी, उससे निर्यात का व्यवहार बढ़ेगा, विदेशी मुद्रा बढ़ेगी। देश विदेशी ऋण का चुकताकर विश्व बैक में बहुत ज्यादा निवेश कर अमेरिका, चीन, इंग्लैंड आदि राष्ट्र भी हमसे डरना शुरू कर देंगे। दूसरे कुछ अर्थशास्त्रिज्ञों ने भी अपना तर्क पेश कर कहा, कि देश में धन का वितरण बहुत बढ़ जाएगा और उससे आर्थिक अस्थिरता पैदा होगी। फिर अंत में पक्ष–विपक्ष दोनों वादों में उलझे सभी अर्थशास्त्री, एकजुट हुए और नोटों के पक्षी को देखने चल दिए। यहाँ जाकर अपने सारे तर्क भूल गए, नोटोंवाले पक्षी का रूप, उसकी कुशलता पर मुग्ध होकर पक्षी के गले लगे, अपनी ताकत के हिसाब से को–पेंटों में नोट भरना शुरू कर दिया। कई अर्थशास्त्रियों ने अपना यह अभिमत प्रकट कर रहा कि दरिद्रता नामक पिशाच अब इस देश से मिट जाएगा, उन्होंने नोटोंवाले पक्षी को 'Birds of Paradise', 'Birds of Economy' जैसे विकद भी रख दिए। तभी कुछ न्याय की पक्षधर संस्था के महिला संगठन के लोग फलक हाथ लिये घोषणा करने लगे कि नोटों के पक्षियों में Reservation रखना होगा। सदियों से हमारे साथ अन्याय हुआ है। तब एक वरिष्ठ अधिकारी ने उनको समझाया, ''आप भी कैसे मूर्ख लोग हैं। नोटों के परिंदों का सरदार से कोई रिश्ता नहीं और नोट तोड़ने के लिए कोई प्रतिबंध भी तो नहीं है। आंदोलन छोड़िए, पक्षियों को यहाँ से उड़कर निकल जाने से पहले आप लोग अपनी ताकत के हिसाब से जमाकर लीजिए। तब उन संघठनों के लोगों ने अपने हाथों के फलक फेंका और पक्षियों की तरफ दौड़ पड़े थे।

इसी बीच किसी ने नोटों के परिंदे के ऋण से उऋण होने के लिए उसे खाने को कुछ अन्न दिया था। वह ब्रेकिंग न्यूज हुआ, तो प्रतिस्पर्धा शुरू हुई, लोग अनाज, दाने, फल आदि खाने की चीजें लेकर हर गाँव, कॉलोनी का अपने–अपने

नोटों वाले परिंदों को अन्न खिलाने लगे। नोटों के पक्षी अपनी छोटी-छोटी चोंचों से ढेर-ढेर भर अन्न भूखों-यंत्रों जैसे तुरंत-तुरंत खाकर खत्म कर देते थे। टी. वी. चैनल से प्रसारित क्लोजअपवाले दृश्यों में नोटों के परिंदों का अन्न भक्षण नदी के जल जलप्रपातों में तेजी से झरते जल-सा रुद्र-रमणीय होकर दिख रहा था।

प्रधानमंत्री जी जो विदेश प्रवास में थे, वे और विदेश मंत्री दोनों राजधानी में लौट आए थे। देश में चल रही इन घटनाओं से वे आतंकित हुए थे। सबसे पहले वित्तमंत्री से बात की, फिर सभी राज्य के मुख्यमंत्रियों को राजधानी बुला लिया था। केंद्र सरकार के सभी मंत्री, उच्च अधिकारी, सुरक्षा अधिकारी सभी सभा में शामिल हुए थे। सभा में शामिल हर एक के चेहरे पर उलझन थी। तभी देश के प्रमुख राजनेता, उद्यमी, सॉफ्टवेयर कंपनियों के मालिक, रियल एस्टेटवाले, भूमिगत डॉन, फाइनेंस कंपनी के लोग बहुत बेचैन हो चुके थे और इन नोटोंवाले परिंदों से बने वातावरण को लेकर उन लोगों ने शिकायत की थी। प्रधानमंत्रीजी के मन 'षड्यंत्र' नामक शब्द प्रतिध्वनित होने लगा। उनका यह दृढ विश्वास बना था कि इन नोटोंवाले परिंदों को खत्म कराए बिना देश का कुशल नहीं। इंटेलिजेंस विभाग से खबर मिली थी कि सभी अर्थ संबंधी कार्यवाही स्तब्ध हो चुकी है, खाद्य पदार्थों का बहुत अभाव नजर आया है, इसके परिणामस्वरूप कई पशु-पक्षी मरते जा रहे हैं। रक्षामंत्री तथा सेना प्रमुखों से चर्चा कर एक आपातकालीन तंत्र सूचित किया गया। 'ऑपरेशन मनीबर्ड्स' नाम देकर उसके तहत एक ही समय देश के चारों तरफ नोटोंवाले पक्षियों पर धावा बोलकर हत्या करने की योजना तैयार की गई। तदनुसार, देश के योद्धा लाखों की संख्या में सभी स्थानों पर नोटोंवाले परिंदों पर धावा बोलने निकल पड़े। तब एक भयंकर आश्चर्यकारी घटना घटी। सभी योद्धा नोटोंवाले परिंदों से खूब आकर्षित हुए, उनके रूप से मोहित होकर उन लोगों ने अपने शस्त्रास्त्र नीचे डाल दिए, भक्ति से उनकी शरण हुए। नोट नामक उनके पंखों को स्वयं तोड़ने लगे।

एक ही घंटे के भीतर टी.वी. चैनलों में प्रसारित दृश्य परिवर्तित हो गए थे। नोटों के परिंदे संपूर्ण रूप से अदृश्य हो गए थे। मकान, सड़कें, खेत-खलिहान, वाहन आदि हर जगह नोटों के ढेर पड़े थे। उन नोटों के ढेर बीच लोटने के लिए भी जगह नहीं, नर जंतु नंगे पड़े थे। जहाँ देखों तहाँ भयंकर मौन था, जंगल, नदी, पहाड़, समुद्र, हरियाली सभी को निगले नोट पड़े थे। उसके बाद फिर टी.वी. चैनल भी बंद हो गए थे। मैं भी एक नंगा नर जंतु बन बगल में पड़े नोटों के ढेर से गले लगाने की व्यर्थ कोशिश में लगा था।

प्रिय श्रोता महानुभाव, यहाँ आकर मैं अपना सपना या कहानी बंद कर दे रहा हूँ। मेरा यही विश्वास है कि सपने या कहानियों का ऐसा कोई गंभीर उद्‌देश्य नहीं हुआ करता। हो सके तो आपके अंदर भी यह विश्वास बना रहे। और इस तरह का एक नीरसता से भरा लेख लिखने पर लाखों लाख आपके शाप मुझे मिलें।

सद्यः कर्नाटक सरकार के आबकारी विभाग के डिप्टी कमीश्नर हंद्राळ के लेखन की अद्‌भुत पृष्ठभूमि है। 22 जुलाई, 1958 में कर्नाटक के तुमकूर जिले के हंद्राळ में जनमे रेड्डीजी के माता-पिता को अक्षर ज्ञान तक नहीं था। दादाजी आज के आंध्र राज्य के अनंतपुर जिले के एक गाँव के जमींदार थे, बीसवीं सदी के दूसरे दशक में एक शोषक अंग्रेज कलेक्टर का खून कर ब्रिटिश सरकार के भय से रातोरात छिपकर कर्नाटक भाग आए थे।

इस तरह की पारिवारिक पृष्ठभूमि में पले हंद्राळ के स्वभाव में सहज विद्रोहात्मकता है। बेंगलुरु में शिक्षा पाई, कुछ वर्षों तक सरकारी महाविद्यालय में व्याख्याता की सेवाएँ दीं, तदंतर प्रशासनिक सेवाएँ इनके मत्थे चढ़ीं।

कन्नड़ साहित्य के बण्डाय आंदोलन के एक प्रमुख लेखक, अब तक 400 से अधिक कहानियों की रचना, 'हंद्राळ', 'बरद नाडल्लि बेळदिंगळु', 'मो करगुळ मुन्न', 'ओंदु हिडि मण्णु', 'ई क्षणद बुद्ध' आदि कथा संकलन। 2002 में 'युद्ध और स्वतंत्र्य (स्वाधीनता)' कथा पर फिल्म और उस फिल्म पर राज्य सरकार का पुरस्कार। 2005-2006 में 'ओंदु हिडि मण्णु' ओक्कल ओनयु कहानी संकलनों पर कर्नाटक सरकार का साहित्य अकादेमी पुरस्कार।

'अल्लमन आत्मलिंग', 'राजधानिय रस्तेगळल्लि' बेंगलुरु के जीवनानुभवों के आत्मकथन हैं। 'मरेत भारत' ग्रामीण भारत के समृद्ध संवेगों का आत्मकथन है।

□□□